다시 쓰는
나는 조선의 국모다
5

북오션은 책에 관한 아이디어와 원고를 설레는 마음으로 기다리고 있습니다. 책으로 만들고 싶은 아이디어가 있는 분은 이메일(bookrose@naver.com)로 간단한 개요와 취지, 연락처 등을 보내주세요. 머뭇거리지 말고 문을 두드리세요. 길이 열릴 것입니다.

다시 쓰는
나는 조선의 국모다 ❺

초판 1쇄 인쇄 | 2015년 9월 1일
초판 1쇄 발행 | 2015년 9월 8일

지은이 | 이수광
펴낸이 | 박영욱
펴낸곳 | (주)북오션

경영총괄 | 정희숙
편 집 | 지태진
마케팅 | 최석진 · 임동건
표지 및 본문 디자인 | 서정희
일러스트 | 흘날린
법률자문 | 법무법인 광평 대표 변호사 안성용(02-525-3001)
세무자문 | 세무법인 한울 대표 세무사 정석길(02-6220-6100)

주 소 | 서울시 마포구 서교동 468-2
이메일 | bookrose@naver.com
페이스북 | bookocean
전 화 | 편집문의: 02-325-9172   영업문의: 02-322-6709
팩 스 | 02-3143-3964

출판신고번호 | 제313-2007-000197호

ISBN 978-89-6799-222-4 (04810)

이수광
장편소설
5

다시 쓰는
나는 조선의 국모다

북오션

차례

29

야만의 시대

경상도 남해에서 일어난 사건은 조선인들을 분노하게 했다. 일본인들이 제주도와 남해안에 자주 침략하여 약탈과 방화를 일삼았다. 1891년 5월 15일에는 일본 어선 수십 척이 제주도 건입포에 상륙하여 주민 16명을 살해했고, 6월 13일에는 조천리에 상륙하여 살인과 약탈을 자행했다.

일본인들은 1892년 2월에도 144명이 성산포에 상륙하여 도민들을 살해하고 부녀자를 겁탈하는 만행을 저질렀고 4월 1일에는 화북포에 어선 6척이 상륙, 부락민들을 살상하고 재물을 약탈했다. 이어서 4월 2일에는 두모리 일대에 일본 어선 수십 척이 상륙하여 살인, 강간, 약탈 행위를 저지르고 달아났다. 자영은 일본 공사 곤도 신스케를 불러 사건 관련자들을 엄벌에 처하고 배상할 것을 요구했다.

"왕비 전하, 부산의 영사관에서 조사한 결과 증거가 없었습니다. 일본은 법치국가입니다. 증거가 있다면 반드시 처벌할 것입니다."

곤도가 비웃음을 얼굴에 담고 대답했다.

"공사, 어찌 그런 말씀을 하시오? 우리 조선인들이 일본을 모함하고 있다는 말이오?"

자영의 눈에서 푸른 서슬이 뿜어졌다.

"왕비 전하, 이는 조선의 내각과 논의할 것입니다. 왕비 전하께서는 정사에 관여하시면 안 됩니다."

"호호. 공사는 어찌 조선의 내정에 관여하고 있소? 일본인인 공사는 관여해도 되고 조선 사람인 나는 관여해서는 안 된다는 말이오?"

자영이 곤도를 비웃었다. 경회루에는 미국 공사, 영국 영사, 러시아 공사가 조선의 국왕과 왕비를 알현하고 있었다. 열국 공사관이 들어오면서 왕과 왕비가 열국 공사들을 접견하는 공식 행사가 많아져 자연스럽게 공사들을 만날 수 있었다.

"왕비 전하, 일본 공사를 모독하지 마십시오. 일본 공사는 일본을 대리하고 있습니다."

곤도의 얼굴이 붉어졌다.

"공사는 자신의 양심에 부끄러움이 없소?"

자영의 언성이 더욱 높아졌다.

"외신은 물러가겠습니다."

곤도가 화를 내면서 몸을 돌렸다.

"일본이 조선에서 이권을 얻으려고 하는 것 같은데 두고 봅시다."

자영이 차갑게 내뱉었다. 공사는 그 순간 등줄기가 서늘한 기분이 들었다. 그는 조선의 왕비가 말한 이권이 경인철도 부설권을 의미하는 것이라고 생각했다. 한양과 인천에 철도를 부설하기 위해 미국과 일본이 치열하게 각축전을 벌이고 있었다.

'경인철도 부설권을 따내야 하는데 왕비가 방해를 하겠구나.'

곤도는 씁쓸한 기분을 느꼈다. 그 무렵 일본인들이 또다시 만행을 저질렀다. 일본 배 한 척이 서해안을 항해하다가 태안만 앞에서 암초에 부딪쳐 좌초되었는데 암초가 조선의 것이라는 이유로 3천 원을 배상하라고 요구한 것이다.

'참으로 황당한 자들이다. 저희들이 잘못하여 암초에 부딪치고 배상을 요구한다는 말인가?'

자영은 너무나 어이가 없어서 입이 다물어지지 않았다. 조선에서는 일본인들이 막무가내로 배상을 요구하자 어쩔 수 없이 배상을 하고 말았다. 그들의 뒤에는 일본의 군함이 있었다.

미국은 한양과 인천을 연결하는 철도 건설 계획을 세웠다. 일본도 뒤늦게 경인철도 건설에 뛰어들려고 했다.

"일본이 철도를 건설해? 조선 백성을 약탈하는 일본은 어림없다."

자영은 주미 공사인 이하영을 통해 미국과 교섭하게 했다. 조선에서 철도를 건설하는 권리를 차지하기 위해 미국과 일본은 치열하게 대립했다.

"왕비 전하, 일본은 조선을 돕고 있습니다. 조선의 철도 건설을 일본에 맡겨주십시오."

곤도가 자영을 찾아와 머리를 조아렸다.

"공사는 전에 나에게 부녀자가 정사에 관여하지 말라고 했소. 기억나지 않소? 불과 몇 달 전 일인데……?"

자영의 얼굴에 조소가 떠올랐다.

"왕비 전하, 외신의 실언입니다. 용서해주십시오."

곤도가 황송한 듯이 깊숙이 머리를 조아렸다.

"철도 부설권은 공명정대한 나라에 맡기겠소."

"왕비 전하, 일본은 공명정대한 나라입니다."

"일본이 공명정대하다고? 일본인들이 우리 남해 백성을 약탈하고 죽였소."

"하나 그 일은 증거가 없어서 처벌할 수가 없었습니다. 그 일로 일본에 나쁜 감정을 갖지 않으셨으면 합니다."

"공사, 일본 배가 조선의 바다에서 암초에 부딪쳤는데 조선이 책임을 져야 한다고 3천 원의 배상금을 받아 갔소."

"왕비 전하······."

곤도의 얼굴이 창백해졌다.

"공사는 들으세요. 내가 이 이야기를 열국 공사들에게 했어요."

"왕비 전하, 일본 공사를 모독하지 마십시오."

"나는 몇 달 전에 공사에게 양심이 있느냐고 물었소. 지금 묻는다면 무엇이라고 대답하겠소?"

"외신은 물러가겠습니다."

곤도는 얼굴이 하얗게 변해 몸을 돌렸다. 조선의 왕비가 작심하고 그를 비난하고 있었다.

'여우 같은 왕비 때문에 일이 여의치 않구나.'

곤도는 분개하여 공사관으로 돌아갔다. 등 뒤에서 그를 비웃는 자영의 요란한 웃음소리가 들렸다.

***

오카모토 유노스케는 일본 현양사에서 온 사내 앞에 꿇어앉아 몸을 부르르 떨었다. 밖에는 빗줄기가 장대질을 하고 있었다. 공덕리 야산에 있는 빈 절이었다. 절의 대웅전에서 비가 쏟아지는 한강이 한눈에 내려다보였다.

"마침내 전쟁을 시작합니까?"

오카모토가 60대의 사내를 향해 입을 열었다. 사내는 눈을 지

그시 감고 있었다. 그의 이름은 도야마 미치루로 도야마군사정보
학교를 창설했을 정도로 군사 정보에 관심이 많았다. 일본에서는
'어둠의 그림자'라고 불렸는데 오카모토가 황궁을 습격하려다가
체포되어 사형선고를 받았을 때 그를 막후에서 구하고 밀정으로
만든 인물도 도야마였다.

도야마 뒤에는 이토 히로부미의 양녀라는 조선인 배정자(일본
이름 사다코)와 게이샤 출신의 일본인 밀정 하향이 있었다. 하향은
조선의 왕궁에 첩자로 들어갈 예정이었다.

"육군성은 비밀리에 개전이 불가피하다는 결론을 내렸다."

도야마가 무겁게 입을 열었다. 도야마 같은 거물이 조선까지
왔다는 것은 사태가 그만큼 심상치 않다는 증거였다.

"청국을 침공합니까?"

"청국을 침공하면 일본이 열국의 침략을 받는다. 일본이 열국
과 싸워서 이길 수 있겠는가?"

"그럼……?"

"조선에서 개전할 것이다."

도야마의 말에 포병 소좌 출신인 오카모토는 가슴이 세차게 뛰
는 것을 느꼈다.

"언제 개전합니까?"

"2년 후가 될지 5년 후가 될지 모른다. 그러나 철저한 준비가
있어야 한다. 일본군의 승리는 오로지 너희 밀정들에게 달려 있

다. 밀정들은 일본군이 대승할 수 있도록 모든 군사정보를 수집하라."

"예."

오카모토는 마침내 기회가 왔다고 생각했다. 밀정들은 이름도 남지 않고 역사에 기록도 되지 않는다. 그러나 일본군의 선봉이 되어 죽을 수 있다면 언제든지 기꺼이 죽을 것이라고 생각했다.

"사다코는 조선 대신들에게서 정보를 수집하고 하향은 궁녀로 위장하여 조선 왕궁에 잠입하라."

"하이."

사다코와 하향이 납작 엎드려 머리를 조아렸다.

"가라."

도야마가 명령을 내렸다. 오카모토는 머리를 깊숙이 조아리고 일어섰다. 그는 조심스럽게 뒷걸음으로 물러나와 대청마루에 섰다. 섬돌에 조선인으로 변장한 낭인들이 서 있다가 오카모토에게 우르르 몰려왔다.

"다방골로 가자."

오카모토가 허공을 노려보면서 말했다. 그는 이미 조선에서 많은 밀정들을 거느리고 있었다.

"예."

밀정 기토가 오카모토에게 삿갓을 내밀었다. 오카모토는 삿갓을 머리에 쓰고 지팡이를 들고 빗속을 달리기 시작했다. 그들의 지팡이에는 칼이 숨겨져 있었다. 그들은 공덕리에서 빠르게 달려 남대문으로 들어갔다. 비가 내리기 때문인지 남대문의 칠패시장은 텅 비어 있었다. 그들은 빗물을 튀기면서 청계천 쪽으로 달렸다.

"뭐야? 웬 미친놈들이야?"

거리를 오가던 조선인들이 오카모토와 밀정들을 보고 눈살을 찌푸렸다.

'한양이 일본의 수중에 들어오는 데 얼마나 걸릴까?'

오카모토는 다방골을 향해 달리면서 생각이 많았다. 조선에서 각축을 벌이고 있는 열국만 아니라면 조선은 오래전에 일본의 수중에 들어와 있을 터였다.

'청나라를 치고 러시아와 전쟁을 한다.'

오카모토는 광교에 이르자 걸음을 멈췄다. 공덕리에서 내쳐 달려왔기에 숨이 가빴다.

멀리 조선의 왕궁 경복궁이 보였다. 경복궁의 정문 광화문은 빗속에서 우뚝 서 있었다. 청나라와 전쟁이 시작되면 조선이 군화에 짓밟힐 것이다. 다방골로 갈 것이 아니라 밀정들을 소집해야 한다고 생각했다.

"들어라."

오카모토가 밀정들에게 명령을 내렸다.

"예."

밀정들이 일제히 대답했다.

"조선 팔도 전국에서 활약하고 있는 우리 밀정들을 소집하라."

"예."

"해산!"

"해산!"

밀정들이 일제히 외치고 흩어지기 시작했다.

***

자영은 가배차를 천천히 마셨다. 가배 향이 실내에 은은하게 감돌았다. 베베르 공사 부인이 선물한 차였다.

"어마마마, 문후드립니다."

자영은 아들과 며느리가 나란히 절을 올리는 것을 흐뭇한 시선으로 응시했다. 아들인 왕세자 척이 어느새 18세가 되었고 며느리인 세자빈 민씨가 20세가 되어 있었다. 그러나 두 사람 사이에 아직 소생이 없었다. 조선의 국왕 자리를 이어가야 하니 하루속히 세손을 낳아야 했다. 자영은 자신도 모르게 한숨을 내쉬었다.

"어마마마, 무슨 근심이라도 있으십니까?"

세자 척이 불안한 표정으로 자영을 살폈다. 척은 병치레도 자주 하고 몸도 허약했다. 게다가 심성도 여려 우유부단한 재황을 닮았다.

"나라가 어지러운데 어찌 근심이 없겠느냐?"

"어마마마, 소자가 할 일이 있으면 말씀해주십시오. 소자가 어마마마의 근심을 덜어드리겠습니다."

"착하구나. 세자가 할 일은 세손을 낳는 일이다."

자영이 웃으면서 말했다. 척은 얼굴을 붉히고 세자빈은 손으로 입을 가렸다.

"오늘은 모처럼 우리 모자가 낮것을 같이 하자."

자영은 아들 내외와 점심을 같이 먹었다.

'부부 사이가 나쁜 것 같지는 않구나.'

점심을 먹으면서 동정을 살피자 아들 내외는 정이 돈독한 것 같았다. 자영은 아들 내외가 젊으니 기다려야 할 것이라고 생각했다. 아들 내외가 동궁전으로 돌아가고 얼마 되지 않았을 때 민영환이 중궁전으로 들어왔다. 민영환은 난군들에게 죽은 민겸호의 아들로 이조참의 등 여러 벼슬을 거쳐 도승지 벼슬에 있었다.

"무슨 일이 있는 게냐?"

자영은 가배차를 마시면서 물었다. 민영환도 어느덧 장년 사내가 되어 있었다.

"조병식의 처벌에 대해 논의가 분분합니다."

"방곡령 때문이구나."

자영이 가만히 한숨을 내쉬었다. 1889년 9월 함경 감사 조병식은 흉년을 이유로 10월부터 1년간 미곡의 대일 수출을 금지하여 방곡령 사건이 터지게 되었다. 조병식은 1985년 대원군이 환국할

16

때 주청사로 청나라로 파견될 만큼 내외의 신망이 높은 인물이었다. 이때 조선은 전국적으로 가뭄이 들었으나 그중에서도 황해, 강원도, 함경도 지방은 가뭄이 더욱 극심했다.

"백성들이 굶주리고 있는데 어찌 쌀을 일본으로 실어 간다는 말이냐?"

조병식은 백성들이 돈을 주고도 쌀을 살 수 없게 되자 분노했다.

"일본인들이 함경도의 모든 쌀을 사들였습니다."

함경도 판관 조우일이 대답했다.

"대체 어찌 이런 일이 있느냐?"

"일본인들이 봄에 볍씨를 뿌릴 때부터 조선인들과 계약을 했습니다."

"그래서 가을에 추수하면 모조리 일본으로 실어 가는 것이냐?"

"그렇습니다."

일본 상인들은 전국을 돌아다니면서 농사를 짓기도 전에 가난한 조선의 농민들과 계약했다. 돈이 궁한 농민들은 헐값에 쌀을 모두 넘기기로 계약했다.

"함경도의 모든 쌀과 콩에 방곡령을 내려라."

조병식이 명을 내렸다. 방곡령은 곡식을 수출하는 것을 금지하는 명령이다. 일본은 이에 즉각 반발했다. 11월 7일 일본 공사관의 곤도는 조선 정부에 방곡령 철폐와 일본 상인들이 입은 손해를 배상하라고 요구했다.

"조선의 백성들이 굶어 죽어가고 있는데 어떻게 방곡령을 철폐하는가?"

함경 감사 조병식은 단호히 거부했다. 1883년 민영목이 다케소에 일본 공사와 조인한 통상장정 제37관에는 조선의 지방장관이 1개월 전에 예고하면 쌀과 콩의 수출을 금지해도 좋다고 되어 있었다. 조병식은 이에 따라 1개월 전에 예고했으나 원산의 일본 영사에게 통지할 때 절차상의 실수가 있었다. 일본은 이를 트집 잡아 강력하게 배상을 요구했다.

"우리는 조선 농민들과 계약했다."

일본인들이 항의했으나 조병식은 완강했다.

"일본인들의 항의가 극심하다. 함경 감사는 즉시 방곡령을 철폐하라."

조선 정부에서 조병식에게 명령을 내렸다.

"함경도 백성들이 죽어가고 있다. 절대로 철폐할 수 없다."

조선 조정은 방곡령이 외교 문제로 비화되자 12월 18일 조병식에게 방곡령 철폐를 지시했다. 그러나 조병식은 조선 정부의 지시까지도 거부했다. 그러자 일본이 절차상의 실수를 문제 삼아 조병식의 처벌과 손해배상을 강력하게 요구한 것이다.

"조병식을 파면해야 한다."

조선 정부는 일본의 눈치를 보면서 조병식을 파면하려는 움직임을 보이고 있었다.

조선 정부는 1890년 1월 7일 방곡령 철회 지시를 거부한 조병식에게 녹봉 3개월분을 감봉하는 처분을 내렸다.

'조병식이 참으로 대찬 인물이군.'

자영은 그 소식을 듣고 흥건히 미소를 지었다. 정부의 지시에 불응하면서까지 백성을 사랑하는 충직한 목민관이 있다는 것은 기꺼운 일이었다.

1891년 일본 공사관의 가지야마 데이스케는 방곡령으로 인한 일본 상인의 손해액이 14만 5천 원이라면서 배상을 요구했다. 그러나 4년 동안이나 교섭이 계속되다가 1893년 5월이 되어서야 11만 원으로 타결되었다. 원산의 일본 상인들이 방곡령에 의해 손해를 본 것은 대단치 않았으나 조선 쪽에서 보면 농민들의 사활이 걸린 문제였다. 조병식의 방곡령은 합법적인 것이었고 방곡령이 철폐된 뒤에는 그렇지 않아도 흉작으로 고통 받던 함경도에서 민란이 일어나게 되었다.

함경도에서 방곡령을 실시하여 한바탕 소란이 일어났는데도 황해도에서도 방곡령을 실시했고, 나주와 김해에서도 방곡령을 실시하는 한편 일본인들이 사들인 미곡을 압수하기까지 했다. 일본인들은 즉각 방곡령 철폐와 몰수한 미곡의 반환을 요구했다. 그러나 외무독판 조병직은 단호히 거절했다. 그러자 일본인들은 부랑자처럼 몰려다니며 조선인들의 재물을 약탈하고 부녀자들을 겁탈하기 시작했다. 방곡령과 미곡 몰수에 대한 반발이었다.

***

어느 숲에선가 접동새 우는 소리가 들렸다. 접동새 우는 소리에 공기가 파르르 몸을 떠는 것 같았다. 자영은 어둠에 잠긴 아미산 오솔길을 느릿느릿 걸었다. 그의 뒤를 홍계훈과 현흥택이 조심스럽게 따라오고 있었다. 홍계훈은 포천에서 돌아와 친군영에 소속되어 있었다.

"내가 왕궁시위대를 창설하려고 하는 것은 두 가지 이유 때문이오."

자영은 천천히 뒤를 돌아보면서 입을 열었다.

"마마, 말씀해주십시오."

홍계훈이 주위를 경계하면서 허리를 숙였다.

"첫째는 무예별감들로는 왕궁을 지킬 수 없기 때문이오."

자영은 임오군란과 갑신정변을 겪으면서 충성스러운 근위대 병사들이 필요하다는 사실을 절실하게 깨달았다.

"둘째는 무엇입니까?"

"왕궁시위대에서 훈련을 받은 군사들로 조선의 군사들을 양성할 것이오. 군사 양성에는 비용이 많이 드니 우선 왕궁시위대부터 양성하오."

자영은 일본군의 명령을 받는 왜학생도들에게 불만을 느꼈다. 일본이나 청나라의 명령을 받지 않는 군대를 갖고 싶었다.

"중전마마, 일본인 교관이 훈련을 시킵니까? 왜학생도들처럼 친일파가 되면 안 됩니다."

현흥택이 불만스럽게 말했다. 현흥택은 전형적인 무인 출신으로 친군통위영의 우부령을 맡았다. 한때 수안 군수도 역임한 일이 있었다.

"그래서 미국인 교관을 초청했소."

"미국인이요?"

"맥이 다이라는 미국인 퇴역장군을 초대했소."

군대를 양성하는 일에는 많은 자금과 군수물자가 들어간다. 특히 일본군이 등장하면서 조선의 군인들도 총이 필요하다는 사실을 알게 되었다. 이제는 칼과 화살의 시대가 아니라 총과 대포의 시대였다.

"그럼 총은?"

"총도 1만 정을 계약했소. 6개월 안에 한양으로 들어올 거요."

홍계훈은 자영의 세심한 배려에 놀랐다. 조선은 총을 제작할 무기공장도 없고 탄약을 생산하는 화학공장도 없었다. 그러나 청나라나 일본의 총보다 미국 총과 탄약이 훨씬 우수하다는 것은 조선 군사들도 모두 알고 있었다.

"현 부령은 왕궁시위대를 모집하여 평양에서 훈련을 시키시오.

총이 들어오려면 시간이 걸리니 우선 정신무장부터 시키시오."

"예."

"왕궁시위대는 오로지 국왕과 나에게 충성을 해야 하오. 왜학생도들처럼 일본에 충성을 해서는 안 되오."

"명심하겠습니다."

"물러들 가시오."

"예."

홍계훈과 현흥택이 물러갔다. 왕궁시위대를 양성하려는 생각은 오래전부터 해왔다. 자영은 열국 공사들과 그들의 부인을 만나면서 총과 군대에 깊은 관심을 표명해왔다. 그들에게 듣기로 미국이 총과 화약을 생산하는 공장이 가장 우수하다고 했다.

민영익도 적극적으로 미국을 추천했다.

'모든 것이 너무 어수선해.'

조선은 빠르게 개화를 추진하고 있었다. 김옥균 일파가 일본으로 달아난 뒤에 개화가 후퇴했다는 말은 거짓이었다. 육영공원을 설립하고, 전신을 개통하고, 전기도 설치했다. 이제 철도를 건설해야 했으나 많은 자금이 필요했다. 갑신정변의 주모자들은 청나라와 가까운 온건개화파를 청당 혹은 수구파라고 불렀다. 그러나 김홍집, 어윤중, 김윤식 등 많은 대신들이 조선의 개화를 추진하고 있었다.

이 무렵 동학교도들이 집요하게 동학의 승인과 교주 최제우의 신원을 요구했다.

'서학을 허락했으니 동학도 허락해야 하는 것이 아닐까?'

동학의 움직임이 심상치 않았다.

동학을 일으킨 교주 최제우는 경주 가정리에서 태어났다. 그의 집안은 신라 말기에 이름을 떨치던 최치원의 후손으로 아버지 최옥은 도학자로 명성이 높았다.

그러나 최제우는 6세에 어머니를 잃고 10년 후인 16세 때 다시 아버지를 잃는 불행을 겪었다. 그는 조선의 실정을 이렇게 비판했다.

"임금은 임금 같지 못하고 신하는 신하 같지 못하며 아버지는 아버지 같지 못하고 아들은 아들 같지 못하다."

최제우는 이어서 "이 세상은 요임금이나 순임금이 다시 살아온다고 해도 다스리지 못할 것이다"라고 단언한 뒤 오랫동안 도를 연구하여 인내천(人乃天)을 깨달았다. 그리하여 그는 "나의 도는 천도다"라고 말한 뒤, "학은 동학"이라고 내세웠다.

동학은 그 후 영남 지방을 무대로 빠르게 확산되어 교도들이 늘어났고 철종 13년에는 호남과 기호지방까지 휩쓸었다. 그리하여 경주 감영에서는 일단 최제우를 체포하여 문초했으나 교도들이 수백 명씩 몰려와 항의를 하는 바람에 석방하고 말았다. 그러나 조정과 유림의 여론이 비등하자 대원군은 경상 감사에게 동학을 엄중히 다스리라고 지시했다. 이에 경상 감사는 1863년 최제우를 대구 장대(將臺)에서 처형한 뒤 그 목을 효수하고 접주들을 귀양 보냈다.

'벌써 최제우가 죽은 지 30년이 가까워지고 있구나.'

자영은 최제우가 죽임을 당할 무렵 재황이 조선의 왕이 되었기에 뚜렷이 기억하고 있었다. 춥고 어려웠던 시절이라 가슴을 졸이고는 했었다. 자영은 사정전 쪽으로 천천히 걸음을 옮겼다.

"마마."

박 상궁이 뒤에서 머리를 조아렸다. 어디로 행차를 해야 할지 묻는 것이었다.

"사정전으로 간다."

재황은 아직 사정전에서 돌아오지 않고 있었다. 대궐은 어둠에 잠겨 있었으나 향원지 쪽은 전기가 들어와 대낮처럼 밝았다.

'문명은 공자의 말씀이 아니라 과학이다.'

자영은 대궐을 환하게 밝힌 전기를 보면서 흡족했다.

"예."

재황은 사정전에서 배정자라는 여자와 차를 마시고 있었다. 자영은 사정전 앞에서 머리를 조아리고 있는 낯선 궁녀를 힐끗 쏘아보았다. 대전에 출입하는 궁녀는 자영이 모두 알고 있는데 처음 보는 궁녀였다.

"어서 오시오, 중전. 배정자에게 일본 이야기를 듣고 있었소."

재황이 웃으면서 자영을 맞이하고 배정자가 자리에서 일어나

머리를 조아렸다. 자영은 싸늘한 눈빛으로 배정자를 쏘아보았다. 최근에 입시를 자주 하는 여자였으나 밤에 편전인 사정전에 들어온 것은 뜻밖이었다.

"중전마마, 소인이 인사드리옵니다."

배정자가 자영에게 인사를 건넸다.

"오늘은 무슨 이야기로 전하를 즐겁게 해드렸나?"

자영은 배정자를 향해 미소를 지었다. 배정자는 일본 공사를 비롯해 일본군 장교들과도 친분이 두텁다고 했다.

"충신장 이야기를 해드렸습니다. 전하께서 아주 좋아하셨습니다."

배정자는 일본 전통 옷이라는 기모노를 입고 있었다. 머리가 단정하고 허리가 잘록했다. 걸을 때는 엉덩이를 실룩거리게 되는 기묘한 옷이었다.

"충신장 이야기가 무엇인가?"

"중전마마, 충신장은 일본에서 가장 유명한 이야기입니다. 억울하게 죽은 주인을 위해 사무라이들이 복수를 하는 이야기입니다."

"그거 아주 재미있겠군. 언제 기회가 오면 나에게도 이야기를 들려주겠나?"

자영의 얼굴에 조소가 떠올랐다.

"중전마마의 분부를 따르겠습니다."

"듣거라. 박 상궁은 배정자 양을 대궐 밖으로 안내해드려라."

자영이 얼음 가루가 날릴 것처럼 차갑게 말했다. 배정자는 가슴이 철렁했다. 그녀의 얼굴이 하얗게 질려 있었다.

"소인 물러갑니다."

배정자가 황급히 머리를 조아리고 물러갔다. 자영은 재황과 교태전으로 돌아오기 시작했다. 길이 어두워 내시들이 등롱을 들고 길을 인도했다.

"전기가 또 나간 것 같군."

재황이 향원지 쪽을 보면서 중얼거렸다. 미국인 매캐이가 설치한 전기는 자주 불이 나갔다. 향원지의 물을 끌어올려 석탄으로 불을 때서 수증기를 만들어 생산하는 전기는 자주 꺼져서 '건달불'이라고 불렸고 '물불'이라고도 불렸다.

"전하, 불이 자주 꺼져서 러시아 전기기사 사바틴이라는 사람을 불렀습니다."

"음. 그 전기기사가 와서 불이 나가지 않으면 좋겠군. 영익이 보빙사로 가서 전기를 들여온 것은 잘한 일 같소."

자영은 재황과 함께 나란히 걸었다. 재황과 밤길을 걷는 것은 오래간만의 일이었다.

"전하, 배정자를 가까이 두지 마십시오."

"배정자는 일본에 대해서 잘 알고 있소."

"일본 총리대신을 지낸 이토라는 자의 양녀라고 합니다."

"배정자도 조선인이니 일본 총리대신에게 우리 어려운 사정을 잘 이야기해줄 것이오. 그럼 우리 조선에 도움이 되지 않겠소?"

"전하, 나라를 팔아먹을 수도 있습니다."

"하하. 중전이 너무 예민한 것 같소. 일개 부녀자가 어찌 나라를 팔아먹겠소?"

"대전에 신첩이 모르는 궁녀가 있었습니다."

"하향을 말하는 것인가? 배정자가 천거한 궁녀라고 하오."

"첩이 한번 살펴보겠습니다."

자영은 배정자가 수상하다고 생각했다. 자영은 그날 밤 잠이 오지 않았다. 재황이 배정자를 가까이하는 것은 어제오늘의 일이 아니었다. 이튿날 자영은 감찰상궁인 박 상궁에게 대전에 새로 들어온 궁녀를 잡아오라는 명을 내렸다. 박 상궁이 감찰부 상궁을 거느리고 편전으로 달려갔다. 그러나 그 궁녀는 아침 일찍 대궐을 나갔다고 했다.

'아뿔사!'

자영은 궁녀가 눈치를 채고 달아난 것이라고 생각했다.

"그 궁녀의 이름이 무엇이냐?"

"하향이라고 합니다."

"누가 천거했느냐?"

"배정자입니다."

"배정자가 천거했다고 함부로 궁녀로 받아들였느냐? 지밀상궁을 잡아다가 곤장을 쳐라."

자영은 지밀상궁들에게 혹독하게 곤장을 때렸다. 그런 다음 하향이라는 궁녀가 살고 있다는 곳에 내시를 보내서 잡아오게 했으나 오히려 우락부락한 사내들에게 매를 맞고 돌아왔다.

"뭐라고? 내가 보낸 내시에게 폭력을 휘둘러? 그 집에 있는 자들을 모조리 잡아들여라."

자영은 내금위 무사들을 보냈다. 그러나 내금위 무사들이 달려갔을 때는 사내들이 모두 사라졌다고 했다. 자영은 홍계훈을 불러 그 집을 감시하게 했다.

"이웃 사람들 말을 들으니 왜인들이 자주 드나들었다고 합니다."

홍계훈이 돌아와서 보고했다. 자영은 홍계훈에게 하향에 대해서 조사하게 했다. 그러자 하향이 주거지도 없고 친척도 없는 여자라는 것을 알 수 있었다. 일본인들과 가까운 배정자가 천거했다면 일본의 첩자일 것이라고 생각했다.

"앞으로 어떤 일이 있어도 배정자를 대궐에 출입시키지 마라. 배정자가 대궐에 들어오면 통과시킨 병사를 용서하지 않을 것이다."

자영은 내금위 무사들을 불러 명을 내렸다.

***

조선의 도성인 한양에 내금위 무사들이 살벌한 기색으로 돌아다니기 시작했다. 오카모토는 지게를 지고 가면서 무사들의 동정을 주의 깊게 살폈다.

'하향의 정체가 드러난 것이 확실하구나.'

오카모토는 하향이 대궐에서 빠져나오길 잘했다고 생각했다. 은신처를 버리고 제2의 은신처로 피한 것도 잘한 일이었다. 그녀가 피하지 않았으면 일본 밀정들이 모조리 잡혔을 것이다.

'왕비는 예사로운 여자가 아니야.'

한눈에 하향의 정체를 파악한 조선의 왕비에게 오카모토는 긴장하지 않을 수 없었다.

오카모토는 지게를 지고 걸음을 빨리해 제2 은신처인 사직동의 와가(瓦家)에 이르렀다. 와가에는 배정자가 와 있었다.

"오셨습니까?"

배정자와 하향이 오카모토에게 인사를 했다. 오카모토는 지게를 벗어놓고 방으로 들어갔다. 방 안에는 긴장감이 흐르고 있었다. 배정자를 수상하게 보는 것은 어쩔 수 없었으나 하향까지 의심을 받았다는 사실에 가슴이 철렁했다.

"배정자는 대궐에 들어가지 말고 조선의 대신들과 접촉하라."

"예."

배정자가 머리를 조아렸다.

"왕비가 눈치를 챈 것 같으니 하향도 대궐에 들어가지 마라."

"하면 어떻게 대궐의 정보를 염탐합니까?"

"조선의 궁녀들을 매수하라."

"예."

"우리의 거처가 왕비에게 알려졌다. 앞으로 거처를 칠패시장으로 옮기고 1년 후에 다시 이곳으로 온다."

"예."

"배정자는 의심을 피하기 위해 공사관에서 일하는 조선인 교사와 혼례를 올려라."

오카모토의 말에 배정자가 고개를 번쩍 들었다. 왕비에게 정체가 밝혀졌다고 생각하자 그녀가 새삼 무서운 여인이라는 생각이 들었다.

***

빗줄기가 장대질을 하듯이 세차게 쏟아지고 있었다. 원세개는 의자에 깊숙이 몸을 누이고 담배 연기를 빨았다.

"장군, 일본이 우리 대청제국과 전쟁을 하려고 하고 있습니다."

역관 손시한이 차를 마시면서 말했다. 비가 억세게도 오는구나. 비가 그치고 나면 조선에 불볕더위가 몰아칠 것이다. 원세개는 실눈을 뜨고 생각에 잠겼다.

"놈들이 감히 우리와 전쟁을 한다고?"

원세개는 어림도 없는 일이라고 생각했다. 이홍장은 북양함대를 창설했고 청나라 본토에는 백만 대군이 있었다.

"조선에서 군사를 양성하게 하는 것이 어떻습니까?"

"조선은 친군영을 운영하고 있지 않은가?"

"왕비가 새 군대를 원하고 있습니다."

"새 군대라니 그것이 무슨 말인가?"

"왕궁시위대를 창설하려고 하고 있습니다."

"왕궁시위대? 청나라가 왕궁을 지켜주고 있는데 무슨 군대가 필요해?"

"그럼 거절하시겠습니까?"

"내가 국왕을 만나겠다."

"비가 오고 있습니다. 비가 그친 뒤에……."

"경복궁으로 가자."

원세개는 즉시 청나라 군사를 이끌고 경복궁으로 달려갔다. 조선의 국왕 재황은 사정전에서 대신들과 정사를 의논하고 있었다.

"전하, 왕궁시위대를 창설합니까?"

원세개는 인사도 올리지 않고 재황을 쏘아보았다. 원세개는 조선 국왕을 눈 아래로 보고 조선이 러시아와 밀약을 맺었을 때 신랄하게 비난하는 편지를 보낸 바 있었다. 자영은 당시 일본의 침략 정책이 노골화되자 러시아에 조선을 보호해줄 것을 청했고 이에 러시아가 응하여 밀약이 체결되었다.

조선은 조그만 나라로 영토도 작고 인구도 보잘것없습니다. 지금 강대한 나라들이 조선의 숨통을 조여오는데 사람들은 안일만 탐내고 있습니다.

"부유하고 강대한 나라들이 구라파에 많이 있으니 조선은 영국과 불란서를 끌어들여 보호를 받지 않으면 안 될 것이다."

어떤 사람이 그렇게 말하기에 이런 대답을 해주었습니다.

"그렇지 않다. 영국과 불란서는 남의 나라를 침략하고 영토를 탐내므로 호랑이를 방 안에 끌어들이는 것과 같다. 더구나 멀리 떨어져 있으므로 유사시에 구원을 할 수가 없는 처지이니 채찍이 길다 해도 말에 닿을 수 없는 것과 같은 이치다."

"영국과 프랑스를 믿을 수 없다면 독일과 미국은 어떠한가?"

그 사람이 묻기에 저는 이렇게 대답해주었습니다.

"독일은 병력이 강대하고 미국은 나라가 부유하지만 먼 나라에는 뜻을 두지 않고 있다. 그러므로 같이 상론할 수 없다."

"그렇다면 러시아는 가까이에 있으니 의거하는 것이 좋지 않겠는가?"

"이것은 진짜로 문을 열고 도적을 맞아들이는 것과 같다. 러시아는 오래전부터 아세아를 탐내어 항구를 점령하고 수군을 주둔시킴으로써 병탄할 뜻을 이루려고 하는데 만일 조선을 먹지 않는다면 어느 나라를 먹겠는가. 끌어들이지 않아도 곧 올 터인데 불러들일 까닭이 있는가?"

"구라파에서 원조를 받을 수 없다면 아세아의 일본밖에 없지 않은가?"

"이것은 더욱 저속한 논의다. 일본은 영토가 조선과 비슷한 나라인데 서양 법만 적용하여 실업만 강조함으로써 겉으로는 강한 것 같지만 속은 텅 비어 있다. 뿐만 아니라 본성이 교활하여 잇속만을 노리므로 일본과 화친은 맺을 수 있어도 의거할 수는 없는 것이다."

"만약에 조선이 중국과 관계를 끊는다면 나라를 유지할 수 있겠는가?"

"없다."

"조선이 중국에 의거하면 이로운 점은 무엇이고 배반하면 해로운 점은 무엇인가?"

"조선이 중국을 버리고 다른 곳으로 가는 것은 일곱 살 어린아이가 자기 부모에게서 떨어져 다른 사람의 보살핌을 받으려는 것이나 마찬가지다. 중국은 천하를 한집안처럼 여기고 변방의 나라들은 한 몸처럼 여기기 때문에 변란이 생기면 즉시로 평정한다. 장수를 임명하고 군사를 출동시킬 때 군사비용을 아끼지 않고 물자 공급을 요구하지 않는 것은 임오년과 갑신년에 실천한 사실이 있으니 그 은혜를 믿을 것이다. 중국의 병력은 군사가 30만이고 군함도 1백여 척이며 해마다 들여오는 수입도 6천만 섬이나 된다. 조선이 배반을 하면 청나라가 조선을 치는 것은 돌멩이로 계란을 깨트리듯 쉬울 것이다."

"만약 그렇다면 조선은 끝내 자주할 가망이 없는가?"

"이것이 웬 말인가. 조선은 자기 나라를 자체로 통치하고 자기 백성들을 자체로 거느리며 각 나라들과 조약을 맺음에 있어서 자주국이라고 부르고 있다. 다만 중국의 통제를 받는 것에 지나지 않을 뿐이다."

"공의 말은 참으로 눈을 틔워주고 귀를 열어주었으니 약도 침도 이만 못하다."

그 사람은 저에게 깊이 사례하고 돌아갔습니다. 대왕 전하께서는 제가 왜 이런 이야기를 말씀드리는지 깨달아 처신해야 할 것입니다. 앙화를 부르는 것도 대왕 전하의 심중에 있고 복을 부르는 것도 대왕 전하의 심중에 있습니다.

원세개의 편지를 받은 재황은 당황했다.

어제 보내온 편지를 보았는데 충고가 극진하였습니다. 어리석은 이 몸을 가르칠 수 없다고 여기지 않고 마음을 다하여 타일러주었는데 글자마다 약이 되고 침이 되어 감격을 금할 수 없었습니다. 족하(편지글에서 또래를 높여 부를 때 사용)는 조선에 온 지 5년 동안에 좋은 일 궂은일을 함께 치렀고 환난도 함께 겪어서 나의 마음속을 족하가 알고, 위급한 때에는 오직 족하에게 의존하였으며, 족하 역시 쉽고 어려운 것을 가리지 않고 이 변방 나라를 보호함으로써 밤낮으로 이 나라를 근심하는 황제에게 조력하였으니, 이 나라의 높고 낮은 신하들치고 누가 족하의 의리를 흠모하고 감격의 칭송을 하지 않겠습니까? 근래에 이 나라의 정사에 대한 지시가 하나도 집행되지 못하고 있는 것은 사실 암둔한 내가 똑똑히 못해서 일처리를 잘하지 못하고 있기 때문입니다. 또한 안팎의 여러 신하들 역시 우물쭈물하면서 간하지 않고 있습니다. 그런데 족하만은 간곡하게 일깨워주며 당면한 폐단들을 명확하게 지적하였으니 감히 마음과 몸을 깨끗하게 씻고 새로운 정사를 도모함으로써 고심 어린 족하의 기대에 부합하지 않을 수 있겠습니까? 족하는 두터운 우의를 아끼지 말고 교훈적인 충언을 해주기를 부탁드립니다.

재황은 정중한 답장을 보냈으나 원세개는 조선의 왕이 치인(癡人, 어리석은 인물)이라고까지 비난했다. 그런데 왕궁시위대 양성 사건이 터진 것이다.

원세개는 재황을 맹렬하게 비난했다.

"청나라가 군대를 파견하여 왕궁을 보호하고 있는데 시위대를 양성하려는 것은 청나라를 적대하려는 것인가. 국왕이 청나라를 적대하는 행위를 용납할 수 없다. 임오군란과 갑신정변을 진압한 것이 누구인가. 왕을 폐위하고 새로운 왕을 추대할 수밖에 없다."

원세개가 재황을 날카롭게 몰아세웠다. 그 보고를 받은 자영은 황급히 사정전으로 달려왔다.

"왕비 전하."

원세개는 자신도 모르게 머리를 숙였다. 그녀의 눈에서 파랗게 불꽃이 일어나고 있었다.

"원 장군, 장군은 이제 청나라로 돌아가세요."

자영이 원세개를 쏘아보면서 날카롭게 소리를 질렀다.

"왕비 전하, 그게 무슨 말씀입니까?"

원세개가 몸을 부르르 떨면서 자영을 쏘아보았다.

"원 장군은 조선을 보호하는 임무를 띠고 왔으면서 내정간섭을 하고 조선의 왕실을 무시하고 있습니다. 원 장군 때문에 조선은 입국(立國, 독립)을 결정하지 않을 수 없습니다."

원세개의 얼굴이 하얗게 변했다. 조선의 왕비인 자영이 노골적으로 자신을 비난하고 있었다.

"조선은 청나라의 속국입니다."

"원 장군 때문에 입국을 선언하겠소."

입국을 선언한다는 것은 청나라의 속국이 되지 않겠다는 뜻이었다.

"그럼 외신은 청나라 군대를 동원하여 왕궁을 공격하겠습니다."

원세개가 허리에 찬 칼을 움켜쥐고 자영을 쏘아보았다. 원세개는 금방이라도 칼을 뽑을 듯이 기세가 흉흉했다. 대신들은 벌벌 떨었으나 자영은 눈빛 한 번 흔들리지 않았다.

"우리 왕궁에는 지금 미국, 러시아, 일본 등 여러 나라 공사가 들어와 있습니다. 청나라 군대를 동원하여 왕궁을 공격해보십시오. 청나라가 미국, 일본 등 여러 나라를 이길 수 있겠습니까?"

자영의 냉담한 말에 원세개의 얼굴이 흙빛이 되었다. 조선의 왕비인 자영이 너무나 당당했다. 그는 대꾸할 말을 떠올리지 못해 당황했다.

"원 장군."

자영이 원세개를 달래듯이 부드러운 목소리로 불렀다.

"예. 왕비 전하."

원세개가 더욱 깊이 머리를 조아렸다.

"청나라와 조선은 종주국과 속국이라고 하지만 그동안 우호적으로 지내왔어요. 사실 내정간섭도 없었지요."

"왕비 전하."

"그런데 군사를 주둔시킨다고 원 장군이 조선에 내정간섭을 하는 것입니까?"

"왕비 전하, 외신의 뜻은 그런 게 아닙니다."

"조선이 왕궁시위대를 양성한다고 해서 청나라를 공격하겠습니까? 원 장군에게도 도움이 되는 일이 아닙니까? 넓게 생각하면 막을 일이 아니라 도울 일입니다."

"……."

"왕궁시위대는 오히려 일본을 막는 군대가 될 것입니다."

"왕비 전하, 시위대는 얼마나 양성하실 생각입니까?"

원세개가 물러날 뜻을 비쳤다.

"5백 명 선이 될 것입니다."

"잘 알겠습니다. 외신은 왕비 전하의 큰 뜻을 이해하고 물러가겠습니다."

원세개가 군사들을 이끌고 돌아갔다. 조정 대신들의 얼굴에서 비로소 안도의 빛이 떠올랐다.

"대신들은 어찌 원세개에게 말 한마디 못하고 국왕 전하께서 치욕을 당하게 하는 것이오?"

자영이 대신들에게 차갑게 눈을 흘겼다.

"송구하옵니다."

대신들이 일제히 머리를 조아렸다.

'원세개는 이 일로 또다시 폐위론을 일으킬 것이다.'

자영은 중궁전으로 돌아오면서 대책을 세워야 한다고 생각했다.

30
유유한 푸른 하늘아

신정왕후가 죽은 것은 1890년 4월의 일이었다. 안동 김씨와 대립하면서 이하응과 손을 잡고 재황을 국왕으로 만든 신정왕후였다. 그녀는 효명세자와 혼례를 올렸으나 요절하는 바람에 헌종을 낳고 대비가 되었다. 평생을 과부로 살아온 그녀의 일생을 생각하자 가슴이 아팠다.

'그래도 87세를 사셨으니 장수하신 거야.'

자영은 혼전(魂殿)에 절을 하면서 신정왕후의 일생을 더듬어보았다. 그녀의 인생도 파란만장했으나 일본에 굴욕을 당하지 않고 죽었다고 생각했다. 그녀는 거의 100년을 살았으나 쓸쓸하고 허망한 삶이었다.

밖에는 늦은 봄비가 내리고 있었다. 날도 점점 어두워지고 있었다. 부슬부슬 내리는 봄비가 혼전의 지붕을 때리고 마당을 촉촉하게 적시고 있었다.

"마마, 대신들이 밖에서 기다리고 있습니다."

박 상궁이 자영에게 낮게 속삭였다. 그녀가 혼전에 있기 때문에 들어와서 대신들이 곡을 하지 못하는 것이다. 자영은 혼전에서 나오다가 하얀 소복을 입고 들어오는 이하응과 마주쳤다. 자영은 가슴이 철렁했다. 마치 길에서 뱀을 만난 것처럼 가슴이 섬뜩했다. 대신들이 모두 길을 비키고 웅성거리고 있었다.

"중전마마······."

이하응이 먼저 입을 열었다. 그의 눈은 여전히 이글거리고 있었다.

"저하······."

자영도 입을 열었으나 말을 잇지 못했다. 혼전 앞뜰에 있는 대신들이 그들을 살피고 있었다. 대궐은 궁녀와 내관들까지 하얀 소복을 입어 온통 하얀색 일색이었다.

"강녕하신지요?"

자영이 먼저 머리를 숙였다. 이하응은 이미 백발이 되어 있었다.

"중전마마 덕분에 잘 지내고 있습니다."

이하응이 대신들의 눈치를 살피면서 대답했다. 자영을 조롱하는 말인지 원망하는 말인지 알 수 없었다. 이하응과 자영 사이에 팽팽한 긴장감이 흐르기 시작했다. 오랜 세월 반목하고 원수처럼 지내온 사이였다.

"왜적이 도성까지 들어와 활개를 치고 있습니다. 왜적을 경계하십시오."

이하응이 수염을 쓰다듬으면서 말했다. 충고를 하는 것 같기도 하고 대신들을 선동하는 말 같기도 했다.

"저하의 말씀을 가슴 깊이 새기겠습니다."

"육영공원을 설립하셨더군요."

"사람들이 아직 서양에 대해서 잘 모릅니다. 그저 과거시험만 공부하고 있습니다."

육영공원에 나오는 학생들은 양반가의 자제들인데 태만하기 짝이 없었다. 학교에 오는데 담뱃대를 든 종이 따라오고 나라에서 급료를 받으면서 결석과 조퇴를 되풀이하고 있었다. 공부를 하려는 의지도 없고 신념도 없었다.

"장차 어찌하시렵니까? 조선을 향해 무서운 풍운이 몰아치고 있는데 막을 수 있겠습니까?"

이하응은 자영을 노려보며 말했다,

"막아야지요. 막겠습니다."

"섶을 지고 불속으로 뛰어드는 일입니다."

자영의 눈에 조소가 떠올랐다. 빗방울이 굵어지고 있었다. 자영에게는 궁녀들이 일산을 씌워주었으나 이하응은 비를 맞고 있었다.

"저하께서는 풍운을 막으실 수 있겠습니까? 그렇다면 정말 다행한 일이지요."

"조선이 불속으로 뛰어 들어가고 있다는 생각을 하면 잠을 이룰 수 없습니다."

자영의 얼굴이 딱딱하게 굳어졌다.

"물러가겠습니다."

자영은 고개를 숙여 예를 올리고 중궁전으로 돌아왔다. 조선이 섶을 지고 불속으로 뛰어들고 있다는 이하응의 말은 틀린 것이 아니었다. 온몸이 불에 타 죽는다고 하더라도 발버둥을 쳐야 하지 않는가. 자영은 이하응의 말을 생각하면서 잠을 이루지 못했다.

이튿날 아침, 비가 부슬부슬 내렸으나 신정왕후의 상여가 대궐을 떠나기 시작했다.

'조선을 향해 몰아치는 풍운이 저렇게 떠났으면 좋겠구나.'

자영은 신정왕후의 상여가 대궐을 나가는 것을 보면서 쓸쓸했다.

***

휘이잉. 바람이 맹렬하게 불어오면서 빨래가 펄럭거렸다. 이하응은 안방에서 나와 사랑으로 건너가다가 걸음을 멈췄다. 잿빛 하늘을 달리면서 바람이 사납게 불어오고 있었다. 1892년 2월이었다. 봄이 시작되기 전에 흙바람부터 불고 있었다.

"나리."

천하장안이 중문 앞에 있다가 머리를 조아렸다.

"서원에 서찰을 전했느냐?"

이하응이 사랑으로 걸음을 옮기면서 천하장안에게 물었다.

"예. 척양척왜를 해야 한다고 모두 입을 모았습니다."

"수고들 했다. 모두 푹 쉬도록 해라."

이하응은 어두운 잿빛 하늘을 우두커니 바라보았다. 이제야말
로 다시 한 번 일어설 때가 왔다고 생각했다. 일본과 수교를 하고
서양 각국의 공사관이 한양에 들어오면서 유림의 반발이 극심해
지고 있었다. 게다가 일본 상인들이 닥치는 대로 쌀을 수입해 가
자 개화를 추진하고 있는 왕실에까지 비난의 화살이 쏟아졌다. 이
하응이 사랑으로 들어가자 젊은 선비가 앉아 있다가 벌떡 일어났
다. 그는 이하응이 좌정하기를 기다려 정중하게 절을 올렸다.

"국태공 저하, 얼마나 고초가 많으십니까? 소인 이제야 문후 올
립니다."

손자 이준용에게 홍문관의 젊은 관리를 불러오라고 했는데 사
랑까지 들어와 있는 것을 보면 이자인 모양이었다.

"누구신가?"

이하응은 비스듬히 앉아서 젊은 선비를 쏘아보았다.

"홍문관 부정자 김인호입니다."

김인호는 격정을 이기지 못해 한바탕 곡을 했다. 홍문관 부정자는 과거 급제자 중에 학문이 뛰어난 자를 임명한다.

"음. 늙은이가 무슨 고초를 겪는다고 이러나?"

김인호의 통곡에 이하응은 눈살을 찌푸렸다.

"도성에 나날이 왜색이 강해지고 양이가 제 나라 땅인 듯 활개를 치고 돌아다니니 식견 있는 자로서 울분을 참을 수가 없습니다. 저희들의 나아갈 바를 인도해주십시오."

"장한 일이기는 하나 개화는 시대의 흐름이 아닌가. 또한 나라에서 허락하는데 어찌할 것인가?"

"국태공 저하께서 척양척왜의 깃발을 들면 소인들이 뒤따를 것입니다."

김인호는 이하응이 앞에 나설 것을 요구했다.

"그래 무엇을 어찌할 것인고?"

"정학을 바로 세우는 일부터 할 것입니다."

정학을 바로 세운다는 것은 사학을 금지하고 유학을 더욱 엄중하게 나라의 근본으로 세운다는 뜻이다.

"서학을 일컫는 것인가?"

"동학도 있습니다."

김인호의 말에 이하응은 자신도 모르게 무릎을 쳤다. 1863년에 교주 최제우의 목을 베었으나 동학은 작금에 이르러 더욱 왕성해지고 있었다.

'동학을 치면 교도들이 난을 일으킬 것이고 교도들에게 척양척왜의 깃발을 들라고 하면 일반 백성들도 동조할 것이다. 이때 왕을 폐위해버리면 내가 다시 정권을 잡을 수 있다.'

이하응은 김인호를 보면서 미소를 지었다. 가슴속에서 뜨거운 것이 치밀고 올라오는 듯한 기분이 들었다.

이튿날 홍문관에서 연명으로 차자를 올렸다.

"동학의 괴수를 참하소서."

홍문관 응교 신대균, 부응교 윤충구, 교리 이원긍과 이재현, 부교리 조범구와 송정섭, 수찬 이인창과 이범찬, 정자 오형근과 서상훈이 동학의 괴수를 죽이라고 주장했다.

"공연한 일로 번거롭게 하지 마라."

재황은 홍문관의 차자를 가볍게 물리쳤다. 홍문관의 차자로 시작된 동학 괴수 처벌 요구는 순식간에 전국으로 번졌다.

'왜 갑자기 동학에 대한 탄압을 주장하는 거지?'

자영은 홍문관의 요구를 이해할 수 없었다. 홍문관에서 시작된 동학 처벌 요구는 성균관과 전국 유림으로까지 번졌다. 마침내 의정부에서도 동학을 처벌할 것을 주장했다.

"동학 처벌을 주장하는 배후가 누구인지 상세하게 살피도록 하라."

자영은 홍계훈을 불러 지시했다.

"마마, 개화에 대한 유림의 불만이 적지 않습니다. 동학에 대한 처벌은 그냥 넘기십시오.”

병조판서 민응식이 말했다.

“그게 무슨 말인가?”

“유림의 불만을 잠재우고 왕실과 조정의 무서움을 보여주어야 합니다.”

“동학교도들이 그냥 있을 것 같은가?”

“교도들이 난을 일으키면 엄중하게 진압을 하면 됩니다.”

“모르는 소리. 저들이 척양척왜의 깃발을 들면 아무도 막을 수 없게 될 것이다. 배후를 철저하게 추적하라.”

자영이 명을 내렸으나 재황은 어전에서 이미 동학 처벌을 윤허한 뒤였다. 재황이 윤허를 하자 동학교도들에 대한 대대적인 검거 선풍이 불었다. 동학교도들은 곳곳에서 체포되고 재물을 약탈당했다.

***

1892년 겨울은 유난히 추웠다. 동짓달부터 눈발이 간간이 날리더니 갑자기 기온이 뚝 떨어져 혹한이 엄습해왔다. 문고리가 손에 쩍쩍 달라붙고 물동이가 얼어 터지는 혹한이 달포 넘게 계속되었다. 아무리 군불을 때도 밤이면 머리맡으로 찬바람이 설렁설렁 불었다. 이 무렵 동학은 이미 크게 세력을 떨치고 있었다.

동학에 2대 교주 최시형이 등장하여 열성적인 교세 확장을 해 나간 탓에 1890년대에 이르러서는 동학이 경상, 전라, 충청도에 이어 경기도와 황해도까지 그 세력을 뻗쳤고, 교도가 수십만 명에 이르게 되었다. 지방 관리들은 동학에 대해 극심한 탄압을 했으나 교도들은 오히려 점점 늘어갔다.

최시형은 점점 악화되어가는 지방 관리들의 탄압으로 교도들이 사경에서 울부짖자 동학도들에게 입의문(立義文)을 보내어 1892년 11월 1일 전라도 삼례(參禮)로 모이게 한 뒤 전라, 충청 양도 감사에게 진정서를 냈다.

"우리 동학교도가 피를 머금고 눈물을 마신 지난 30여 년에 선사의 지극한 원한을 아직 풀지 못한지라 예전의 원통함을 외치던 것과 우리의 이 호소는 오로지 신원금폭의 뜻에서 나온 것이었다. 혼탁한 세상에 엷은 풍속이 아직도 동학을 지목하여 당파로 배척하여 공사를 빙자해서 사리를 영위하매 돈과 재물을 토색질하고 아버지를 캐어 자식을 체포하매 집을 털어 재산을 탕진하니 동학이라 이름 붙은 자는 살 길이 없다. 대개 동학이란 이름은 다른 뜻이 없다. 선사가 생전에 동방에서 낳아서, 동방에 거하여, 동학의 이름을 불러 서양에서 들어오는 학을 대칭한 것이어는 뜻하지 않게 금일에 다시 동학의 체포가 일어나서 도리어 서학의 왼팔을 도우니 유유한 푸른 하늘아, 이 어느 사람이 억울하지 않다는 말인가, 금백(충청 감사)은 동학을 말하되 조정의 금하는 것이오, 우리가 마음대로 그러는 것이 아니라 하니 진실로 조정의 영이 이럴진대 8도가 이와 같아 수령들이 탐폭하고 지방 토호들이 포악한 짓을 행사하여 곳곳에서 아전들이 인민을 괴롭히고 생명을 손상하는 일이 더욱더 처참하고 혹독하여 슬프면서도 알 수 없는 원통한 소리가 하늘에 사무친다.”

동학인들이 올린 진정서는 비통하기까지 했다. 이때 삼례에 모인 교인들은 수천 명이었다.

당시 전라도 감사는 이경직이었다. 이경직은 동학 교인들의 움직임이 심상치 않자 6일에야 비로소 어정쩡한 회신을 보냈다.

“동학은 나라에서 금하는 사학인데 어찌 교조의 신원(伸冤)을 바라는가. 너희들은 사학에 미혹되지 말고 정학에 힘쓰라.”

동학인들의 1차 신원운동에 대한 전라도 감사의 회신이었다. 동학인들의 신원운동이란, 교세가 확장된 동학인들이 교조 최제우의 억울한 죽음을 풀어주고 동학인들에 대한 탄압을 중지해줄 것을 요구하는 운동이었다. 그러나 전라도 감사의 회신은 동학인들의 기대를 저버린 것이었다. 동학인들은 다시 진정서를 올렸다.

“각하께서 민정을 세세히 살피기를 기다리느라고 저희는 풍찬노숙하기를 닷새가 되었나이다. 이에 굶주림과 추위가 살을 에며 모두가 죽음의 구렁텅이에 들어갈 날만 기다리고 있는 실정입니다. 우리가 바라는 것은 오직 하나 신원금폭(伸冤禁暴)에 있나이다. 지금 각 역의 화는 물보다 깊고 불보다 맹렬하여 수재(守宰, 고을 수령과 조정의 정승)로부터 서리군교(胥吏軍校)와 향간토호(鄕奸土豪)까지 우리의 가산을 탈취할 뿐 아니라 살상, 구타, 능욕을 거리낌 없이 행하고 있으니 중생들이 호소할 곳이 없나이다."

이들이 주장하는 신원금폭은 교조 최제우를 복권시켜 주고 관리들의 폭정을 시정해달라는 호소의 성격을 띠고 있었다. 전라도 감사 이경직은 동학교인들 수천 명이 삼례에 모여 호소하자 교조 최제우의 복권은 자신의 권한이 아니고 관리들의 폭정은 즉시 시정하겠다고 약속했다. 이경직의 약속에 동학교인들은 스스로 해산했다. 그러나 불붙은 신원 운동은 1893년의 복합상소로 발전했다.

2월 12일 박광호, 김연국, 손병희, 손천민 등 40여 명이 광화문 앞에 엎드려 복합상소를 올렸다. 역시 교조 최제우의 억울한 죽음을 밝히고 동학을 인정해달라는 호소였다.

"돌아가 생업에 종사하면 소원을 들어주겠노라."

재황이 칙교를 내렸다. 이에 동학인들은 모두 해산했다. 그러나 재황은 동학인들이 해산하자 최제우의 복권이나 동학인들에 대한 칙교를 내리지 않고 유야무야 흘려버렸다. 오히려 동학인들을 처벌하라는 반대 상소가 빗발치자 재황은 슬그머니 그들 쪽으로 가담해버렸다.

상소를 통한 평화적인 신원운동이 수포로 돌아가자 최시형은 3월 10일 충북 보은에 교도들을 소집하라는 지시를 내렸다. 저 유명한 보은집회의 시발이었다.

최시형의 지시가 떨어지자 전국 각지에서 동학인들이 구름처럼 모여들기 시작했다. 그들은 보은에 돌성을 쌓고 좌차(座次)를 정하여 상소를 다시 올릴 준비를 하기 시작했다. 그들은 매일같이 몰려오는 동학인들을 정돈하기 위하여 각 포(包, 각 지역 단위 신도회)와 접주의 기(旗)를 세워 질서를 잡았다. 각 깃발에는 '척양척왜창의(斥洋斥倭倡義)' 여섯 글자를 써넣었다. 충청 감사가 보고를 올리자 조정은 당황하여 대책회의에 들어갔다. 그러나 뚜렷한 대책을 세우지 못했다.

"보은에 수만 명의 동학교도들이 모였다고 하오."

재황이 어전에서 돌아와 자영에게 말했다.

"전하, 그들이 요구하는 것이 무엇입니까?"

"척양척왜와 포학한 정치를 하는 탐관오리를 척결하는 것이오."

"전하, 동학인들이 원하는 것은 신원금폭입니다. 교주 최제우의 명예를 살려주고 폭압적인 관리를 엄벌해달라는 것입니다. 이제 동학을 인정할 때가 되었습니다."

"유림에서 격렬하게 반대하고 있소. 당장 토벌군을 보내야 한다고 하오."

"안 됩니다. 차라리 선유사를 보내세요."

"선유사로 누가 좋겠소?"

"어윤중이 무난할 듯합니다."

동학의 움직임이 심상치 않자 조정에서는 급히 어윤중을 양호 도어사(兩湖都御史)로 삼아 보은으로 내려보내는 한편, 정령관 홍 계훈으로 하여금 6백 명의 군사들을 이끌고 뒤따라 내려가도록 했다. 어윤중이 보은군 속이면 장내리에 도착하여 동학인들을 살 피자 깃발이 천지를 뒤덮고 흰옷을 입은 동학인들이 장내리 들판 을 하얗게 메우고 있었다. 그러나 질서가 정연하였고 손에는 무기 가 전혀 없었다. 뿐만 아니라 동학인들은 비가 내리는데도 동요하 는 빛이 전혀 없이 동학의 주문만 외고 있었다.

어윤중이 그들의 대표를 불러 해산할 것을 종용하자 그들은 척 양척왜 하여 자주독립할 것과, 교조의 억울한 죄목을 풀고, 동학 의 승인을 받게 할 것과, 탐관오리의 폭정을 금지시키는 조정의 밝은 지시를 받은 후에야 퇴산하겠다고 말했다.

어윤중은 동학인들의 주장을 그대로 조정에 보고했다. 조정에 서는 회의를 거듭한 뒤에 윤음을 내렸다. 어윤중은 4월 2일 보은 군수 이규백으로 하여금 윤음을 받게 하고 동학교도들이 운집 한 장내로 들어갔다.

"국왕 전하의 윤음이다."

이규백이 윤음을 머리 위에 받들고 장내로 들어가자 수만 명의 교도들이 물결처럼 갈라졌다.

"윤음이다."

어윤중이 동학의 지도부 앞에 이르러 윤음을 받들자 최시형, 손병희, 오지영 같은 지도부가 일제히 무릎을 꿇었다. 이어 수만 명의 교도들이 무릎을 꿇었다.

"임금이 말한다. 너희 낮은 백성들은 나의 지시를 들으라. 돌을 쌓아 성을 만들고 깃발을 세우고 서로 호응하면서 감히 큰 의리를 제창한다 하고 통문을 돌리기도 하고 방을 붙여 인심을 선동하니 너희들이 아무리 어리석고 영리하지 못하다고 하더라도 세상의 대세와 조정에서 정한 조약을 왜 듣지 못하고 척양척왜를 부르짖는가. 이것은 다 내가 너희를 잘 인도하지 못하고 너희를 편안하게 하지 못한 데 원인이 있으며 또한 각 고을의 수령들이 너희의 피땀을 짜고 너희를 못살게 굴었기 때문이니 탐오한 아전들과 고을 수령들은 이제 곧 징벌할 것이다. 내가 백성의 부모 된 사람으로서 백성들을 불쌍히 여기고 가슴 아파하면서 어두운 데서 밝은 데로 이끌 방도를 생각하지 않을 수 있겠는가. 이렇게 타이른 후에도 너희들이 퇴산을 하지 않으면 나는 마땅히 큰 처분을 내릴 것이다."

재황이 내린 윤음이었다.

"전하께서 윤음을 내리셨으니 받들겠습니다."

동학 지도부는 최제우에 대한 신원은 받아들여지지 않았으나 탐관오리를 징벌하겠다는 임금의 말에 감읍하여 해산을 결정했다. 교주 최시형의 결정이었다. 그러나 서장옥을 비롯한 남접의 대표들은 강하게 반발했다.

"척양척왜창의!"

그들은 깃발을 들고 구호를 외쳤다. 그러나 교주는 최시형이었다. 그들은 무기를 들고 척양척왜 하여 후천개벽을 하자는 남접의 과격한 주장을 만류하고 해산했다.

***

교주 최시형과 북접 지도부는 무력 투쟁을 반대했다. 그러나 동학농민운동을 들불처럼 타오르게 하는 사건이 전라도 고부에서 발생했다. 이해의 마지막 날을 이틀 앞둔 12월 28일 전라도 고부에서 군수 조병갑에게 만석보(萬石洑) 수세(水稅)의 부당함과 학정의 시정을 요구하는 사태가 일어났다. 사태의 주인은 전창혁, 이듬해인 1894년 갑오농민전쟁의 주역으로 등장하는 전봉준의 아버지였다.

전봉준은 전라도 고창군 오산면 죽림리 원당촌에서 태어나 8세 때 고부군으로 이사했다. 그의 아버지 전창혁은 몰락한 양반이었으나 한학에 조예가 깊어 서당 훈장을 하는 등 활동적인 사람이었다. 이로 인하여 전봉준은 일찍부터 사서오경을 읽는 등 문재가 뛰어나 13세에 시를 짓기까지 했다.

고부는 유서 깊은 고장이었다. 두승산을 중심으로 삼면이 산으로 둘러싸여 아늑한 정취를 물씬 풍기고 있었다. 고색 짙은 토담, 퇴락한 초가, 순박한 인심…… 해가 질 무렵이면 집집마다 저녁 짓는 연기가 피어올라 마을을 푸르게 덮곤 하였다. 마을 주변에는 높고 낮은 언덕이 누워 있는 여자처럼 부드러운 곡선을 이루고 있었고 곳곳에 산재한 대밭은 바람이 일 때마다 자지러지는 비명 소리를 질러댔다.

전봉준은 1888년 동학인들 가운데서도 가장 혁명적인 인물인 서장옥의 부하 황해일에게 입교를 권유받고 동학에 몸담았다. 서장옥은 교주 최시형 밑에서 교단의 총무를 본 일도 있었으나 온건한 북접과 사상적인 배경이 맞지 않았다. 그는 남접에서 활동했고 많은 교도들을 끌어모을 수 있었다.

"우리 교조께서는 요순이 와도 이 나라를 바꾸지 못할 것이라고 했다."

서장옥은 때때로 세상을 뒤집어엎어야 한다고 말했다.

"하면 선생께서는 어찌해야 한다고 생각하십니까?"

"개벽을 해야 한다. 세상을 바꾸어야 한다."

전봉준은 서장옥에게 많은 것을 배웠으나 과격하지 않았다. 서장옥은 삼례집회를 주도하고 광화문에서 복합상소를 올리면서 척양척왜를 강력하게 부르짖었다. 그는 외국 공사관과 성당에 "양이 오랑캐는 물러가라" "탐관오리를 모두 죽여라"라는 글을 붙여 공사관을 공포에 떨게 했다. 그러나 실제로 행동에 옮기지는 않았다.

전봉준은 풍채가 작고 과묵했다. 그러나 넓은 이마와 사려 깊은 눈에서 별빛 같은 광채를 뿜고는 하였다. 평소에는 마을 아이들에게 《천자문》과 《동몽선습》을 가르치면서 농사를 지었다.

고부군의 군수 조병갑은 북면에 있는 만석보와 팔왕리보를 백성의 부역으로 쌓게 하고 논 매 두럭에 조(組) 3두(斗)씩 세금을 걷어 농민들의 원성을 샀다. 조병갑은 모친이 죽자 군내에서 부의금으로 2천 냥을 강제로 거두어들이라고 하고 그 책임을 향교의 장의(掌議)를 지낸 전창혁에게 맡겼다. 조병갑은 부의금까지 강제로 걷는 악독한 관리였다. 전창혁은 이를 단호히 거부했다.

"전창혁이 감히 수세 납부를 거부하는가? 그놈이 본관을 무시하는구나."

조병갑이 눈알을 데룩데룩 굴리면서 언성을 높였다.

"전창혁은 수세뿐이 아니라 양곡이 부족한 것을 채우라는 사또의 영도 거절하는 민소를 올렸습니다. 잡아다가 곤장 맛을 보여주어야 합니다."

아전이 부채질을 했다.

"전창혁이 무엇을 믿고 사또의 영을 거절하는 것인가?"

"전창혁은 동학입니다."

"사학을 하는 놈이구나. 나라에서 금하는 사학을 하는 놈이니 잡아들여라."

조병갑은 전창혁, 김도삼, 정일서를 잡아들여 곤장을 때린 뒤에 난민으로 몰아 전주 감영으로 보냈다.

전라 감사 김문현은 장두(狀頭, 소를 낸 사람들의 우두머리)들이 순박한 백성들을 선동하여 난을 일으켰다고 하여 엄형으로 장두들을 징벌한 다음 다시 영을 내려 고부 본옥(本獄)에 이수하고 엄형 납고(納拷, 곤장을 때린 뒤에 관가에서 다짐을 받는 일)를 받으라고 하였다.

이에 조병갑은 전창혁, 김도삼, 정일서에게 혹형을 가해 전창혁이 장독으로 죽게 되었다.

전봉준은 서당에서 아이들을 가르치는 등 비교적 평범한 삶을 살았으나 조병갑에게 아버지 전창혁이 맞아 죽자 피눈물을 흘리지 않을 수 없었다.

'인륜이 무너져도 이렇게 무너질 수 있는가? 명색이 목민관이라는 자가 죄 없는 백성을 때려죽이니 내 반드시 이 혼탁한 세상을 뒤집어엎을 것이다!'

전봉준은 아버지의 비참한 죽음에 피눈물을 흘렸다.

전봉준은 아버지의 장례식을 치르고 12월 28일 고부 군민 60명과 함께 만석보 수세의 면멸(免滅)과 학정을 시정할 것을 요구하는 민소를 올렸다. 아버지 전창혁이 이루지 못한 민소를 아들이 재차 올린 것이다. 그러나 고부 군수 조병갑은 이번에도 백성들의 민소를 아랑곳하지 않았다. 조병갑은 불효죄, 음행죄, 잡기죄 등을 농민들에게 뒤집어씌워 2만여 냥의 금전을 수탈하고 송덕비 건립,

모친상 부의금 등을 강제로 거두었다. 뿐만 아니라 멀쩡한 만석보와 팔왕리보를 3년에 걸쳐 부녀자들과 아이들까지 동원하여 뜯어고친 뒤 수세를 걷고 새로 생긴 토지에서 세미를 징수하여 7백여석을 착취하였다. 고부 농민들이 들고일어난 것은 당연한 결과였다.

전봉준은 손화중, 김개남과 함께 상의하여 의병으로 일어날 것을 호소하는 창의문(倡義文)을 지어 전국에 돌렸다.

"……세상에서 사람을 귀하다 함은 인륜이라는 것이 있기 때문이다. 우리 임금은 인효자애하고 총명하여 현량한 신하가 잘 보필할 것 같으면 요순지치(堯舜之治)를 얻을 수도 있을 것이나 금일에 신하 된 자들은 한갓 녹위(祿位)만 도적질하여 총명을 용훼할 뿐이다. 충간하는 신하의 말을 요언이라 하고 정직한 사람들을 도적이라 하니 안으로는 나라를 돕는 인재가 없고 밖으로는 백성을 학대하는 관리뿐이다. 학정이 날로 자라고 원성이 그치지 아니하여 군신부자 상하의 본분이 무너지고 있다. 우리들은 비록 초야에 있는 유민이나 군토(君土)를 먹고 군의(君衣)를 입고 사는 자들이라 어찌 차마 국가의 멸망을 앉아서 보겠느냐. 팔역(八域, 조선 8도)이 마음을 같이하고 억조가 잘 상의하여 의기를 들어 보국안민으로써 사생의 맹세를 하노니 금일의 광경에 놀라지 말고 승평성화(昇平聖化)와 함께 들어가 살아보기를 바란다."

동학 접주 전봉준, 손화중, 김개남의 이름으로 된 창의문이었다. 창의문이 돌자 호남 일대는 떠들썩해졌다. 동학이 아닌 농민들까지 대대적인 호응을 해왔다.

"금번 창의가 동학에서 나왔으니 동학이야말로 참도가 아닌가. 우리 모두 동학으로 들어가세."

창의문을 받아 본 농민들은 이구동성으로 외쳤다. 그들의 가슴에는 누가 시키지 않았는데도 세상을 갈아엎자는 뜨거운 피가 솟구치고 있었다.

"동학으로 가세!"

"천지를 개벽하세!"

창의문을 세상에 선포한 전봉준, 손화중, 김개남은 그날로 사발통문을 돌리고 혁명의 깃발을 높이 들었다. 사발통문이 돌자 동학인들은 머리에 흰 띠를 두르고 태인 주산리 접주 최경선의 집으로 속속 모여들었다. 1월 10일 밤이었다. 날씨는 살을 엘 듯이 추웠다. 그러나 얼어붙은 동진강 건너 황량한 벌판은 횃불과 죽창으로 뒤덮였다. 강바람이 차가웠으나 흰옷을 입은 농민들이 3백여 명이나 몰려들어 기세가 삼엄했다.

"여러분! 우리는 고부 군수 조병갑의 가렴주구를 견디다 못해 마침내 사발통문을 돌려 봉기하게 되었습니다! 명색이 목민관이라는 자가 백성들의 고혈만 짜고 있으니 우리 무지렁이 농민들이 어떻게 살아갑니까?"

전봉준은 농민들 앞에서 열변을 토했다.

"우리 농민들이 농사를 지으면 무얼 하겠습니까? 농사를 지어 풍년이 드는데도 왜 농민들이 굶어 죽고 얼어 죽어야 합니까?"

전봉준의 열변에 농민들은 숨조차 쉬지 않고 경청했다.

"세미를 걷고 각종 죄를 만들어 옥에 가두고 매질을 하다가 돈을 내면 풀어줍니다. 도대체 불효죄는 무엇이고 음행죄는 무엇입니까?"

농민들이 술렁거리기 시작했다.

"여러분! 이렇게 사느니 죽느니만 못합니다! 우리 모두 떨쳐 일어나 후천개벽을 도모합시다!"

"후천개벽 합시다."

농민들은 전봉준에게 일제히 화답했다. 전봉준은 동학의 고부군 접주였다. 양반은 아니었으나 실질적으로는 몰락한 양반의 후예인 잔반의 위치에 있었고 농민들에게 신망이 높았다. 농민들의 함성이 우레와 같았다.

"여러분! 우리는 이미 창의문을 전국에 돌렸습니다! 창의문이 한번 세상에 떨어지자 온 백성이 모두 찬동을 하였습니다! 우리가 대의를 앞세우지 않았다면 어찌 억조창생이 우리에게 호응하겠습니까?"

"옳소!"

농민들은 일제히 죽창과 횃불을 들고 소리를 질렀다. 동진강이 떠나갈 듯한 함성이었다.

"이제 우리는 관아로 진군할 것입니다! 이 길로 관아로 진군하여 썩어빠진 탐관오리를 징벌하고 새 세상을 세울 것입니다!"

전봉준의 말에 농민들이 와하는 함성을 질렀다.

"진군!"

그러자 장사(壯士)에 임명된 정종혁, 정일서, 김도삼이 복창을 했고, 그 소리가 떨어지자마자 북소리가 둥둥둥 울리기 시작했다.

"관아로 진군합시다!"

"가렴주구를 일삼는 조병갑을 처단합시다!"

북소리가 울리자 3백여 농민들은 거대한 함성을 지르며 노도처럼 내달리기 시작했다. 그들은 곧장 고부 북면 마항리로 30리를 달려가서 그곳에 운집한 농민 수천 명과 합세하여 고부읍으로 짓쳐 들어갔다.

"사또, 큰일 났습니다. 농민들이 쳐들어옵니다."

이전이 사색이 되어 달려왔다.

"뭐, 뭣이? 인부(印符)를 챙겨라."

첩과 함께 잠들어 있던 조병갑이 벌떡 일어났다.

"인부를 챙길 시간이 어디 있습니까? 도망치지 않으면 목이 달아납니다."

조병갑은 혼비백산하여 담을 넘어 도망쳤다.

농민들에게 무기다운 무기가 있을 리 없었다. 농민들은 대부분 죽창을 들고 있었고 칼과 총을 지닌 사람들은 극히 드물었다. 그러나 제폭구민, 보국안민의 깃발을 높이 든 농민들은 두려운 것이 없었다. 대대로 관리들에게 억울한 세금을 내고 양반들에게 토색질을 당한 농민들은 동학의 후천개벽, 사민평등 사상을 가슴으로 받아들였다.

그들은 곧장 고부읍 저자를 휩쓸고 고부 군아로 쳐들어갔다. 부녀자들은 머리에 수건을 동여매고 남정네들의 뒤를 따랐다. 아이들은 까닭도 모른 채 막대기를 주워 들고 뒤를 따랐다.

깃발이 하늘 높이 펄럭거리고 징 소리, 꽹과리 소리, 북소리가 온 고을을 진동했다. 고부 군아의 나졸들은 농민군이 함성을 지르며 달려오자 저항 한 번 해보지 않고 혼비백산하여 달아났다. 고부 군수 조병갑도 황황히 달아났다.

"조병갑을 잡아라!"

"이속이나 관속들도 잡아들여라!"

고부 군아의 나졸들이 달아나버리자 농민군들은 군아를 접거하고 조병갑을 잡으려고 군아를 샅샅이 뒤졌다. 그러나 급보를 받은 조병갑은 단속곳 차림으로 달아나버린 뒤였고 아전 나부랭이들만 농민들을 피해 이리 뛰고 저리 뛰고 있었다.

"조병갑을 놓치면 안 된다!"

"조병갑은 어떠한 일이 있어도 잡아 와야 한다!"

전봉준은 고부군 동헌에서 농민들에게 단호한 영을 내렸다.

조병갑은 탐관오리로 원성이 자자한 인물이었다. 전봉준은 조병갑만은 어떠한 일이 있어도 잡아서 처단하고 싶었다. 전봉준의 명령을 받은 농민들은 횃불을 밝히고 고부읍을 샅샅이 뒤졌다. 그러나 조병갑은 농민들이 떼를 지어 몰려다니며 수색을 해도 그림자조차 발견할 수 없었다.

'조병갑을 본보기로 죽여야 했는데……'

전봉준은 조병갑이 달아났다는 보고를 받자 허전했다. 고부 군수 조병갑에게는 씻지 못할 사원까지 있었다. 아버지 전창혁을 장독으로 죽게 한 원흉이 바로 고부 군수 조병갑인 것이다. 그러나 사사로운 원한에 집착하고 있을 시간이 없었다. 농민들은 기세등등하던 군수 조병갑이 줄행랑을 놓자 잔뜩 고무되어 있었다. 농민들의 세상이 오기라도 했다는 듯이 꽹과리와 징 소리에 맞춰 덩실덩실 신명 나게 춤을 추기까지 하였다. 순박하고 단순한 농민들이었다.

'폭정을 그치게 하는 것만으로는 아무 의미가 없어!'

전봉준은 농민들을 혁명으로 유도할 생각이었다. 농민들을 혁명으로 유도하지 않으면 동학의 인내천 시천주 사상이 사민평등과 후천개벽으로 이어질 수 없었다.

전봉준은 먼저 고부군의 군기고를 열어 농민들에게 총과 칼, 창 따위의 무기로 무장하게 하였다. 그러나 군기고의 무기가 턱없이 부족하여 대나무를 베어 죽창을 만들게 하였다. 고부군 인근에는 대나무밭이 지천으로 널려 있었다. 이방이나 관속 중에 조병갑과 부화뇌동하여 백성들을 착취한 죄질이 악독한 자를 가려내어 목을 베었다.

다음은 백성들의 원성의 대상이었던 만석보에 사람들을 보내 보를 허물었다.

"만세!"

"만세!"

보가 터져 물이 쏟아져 흘러내려 가자 농민들은 눈물을 흘리며 기뻐했다. 만세 소리가 봇물이 터지는 소리보다 더욱 크고 우렁찼다. 전봉준은 이어서 굶주리는 농민들에게는 조병갑이 수세로 거두어들인 1400석의 양곡을 골고루 나누어주었다.

"전 장군 만세!"

"녹두장군 만세!"

농민들은 전봉준을 어느 사이에 장군으로 부르기 시작했다. 고부읍은 3일 만에야 질서가 잡혔다. 고부군에서 농민들이 봉기했다는 소식이 퍼져나가자 인근 군에서도 동학을 중심으로 농민들이 일제히 들고일어나 호응해 왔다. 그리하여 3일 만에 고부군에 몰려든 농민들의 숫자는 근 1만 명을 헤아리게 되었다.

음력 3월 11일부터 13일까지 고부군 인근에서 몰려온 농민들은 1만 명을 헤아렸다. 농민들은 비로소 대오를 정리하여 백산에 주둔하고 격문을 띄웠다. 농민들이 농민군으로 역사에 이름을 남기는 순간이었다.

"우리가 의를 들어 여기에 이르렀음은 그 본의가 결코 다른 데 있지 아니하고 창생을 도탄 가운데서 건지고 국가를 반석 위에 두자 함이라. 안으로는 탐학한 관리의 머리를 베고 밖으로는 횡포한 강적의 무리를 내치고자 함이다. 양반과 부호 앞에 고통을 받는 민중들과 방백과 수령 밑에서 굴욕을 받는 소리(小吏)들은 우리와 같이 원한이 깊은 자라, 조금도 주저치 말고 이 시각으로 일어서라. 만일 기회를 잃으면 후회하여도 믿지 못하리라."

이때 전라 감사는 김문현이 맡고 있었다.

김문현은 고부군에서 농민들이 봉기하고 군수 조병갑이 인부도 챙기지 못하고 달아났다는 급보를 받자 깜짝 놀랐다. 경황 중에도 전라감영의 영병(營兵)을 보내어 농민들을 해산시키려고 하였으나 고부군 일대에서 봉기한 농민들의 숫자가 시시각각 불어나고 있어서 감영의 영병으로는 토벌할 수가 없었다.

김문현은 농민군에게 무리를 지어 군아를 습격하는 것은 도적들이나 하는 짓이라며 해산할 것을 촉구하고 타이르는 말을 듣지 않으면 국법으로 다스리겠다고 엄포를 놓았다.

"우리는 오로지 교조의 신원을 허락하고 고부 군수 조병갑의 학정을 낱낱이 밝혀 엄벌에 처하기를 바랄 뿐이다. 이와 같은 일이 이루어지기 전에는 결단코 해산할 수 없다."

농민군은 김문현의 제안을 단호하게 거부하고 농민군의 형세를 살피러 온 전라감영 영병들과 전투를 하여 패퇴시켰다. 김문현은 도리 없이 구원을 청하는 장계를 조정으로 올렸다.

"방금 전라 감사 김문현이 올린 장계를 보니, 고부의 난민은 아직 잡지 못해 명백히 조사하지 못하였고, 단지 해당 백성들이 올린 소장에 폐단을 설명한 조목과 해읍의 수령을 논죄하여 파직하고 잡아 오도록 하는 것, 해당 관속(官屬)들에 대해 공초(供招, 조선 시대에 죄인이 범죄 사실을 진술하던 일)를 받아 감처해달라는 요청만 있었습니다. 요즘 백성들이 소란을 일으키는 것은 대체로 관리와 백성이 서로 믿지 못하는 데 원인이 있지만 나라의 기강이 허물어지고 백성의 풍습이 고약한 것으로는 역시 고부처럼 심한 경우가 없습니다. 가령 고통을 견딜 수 없었다고 하더라도 무리를 불러 모아 제멋대로 법을 무시하고 본분을 어긴 죄는 용서할 수 없습니다. 응당 먼저 제창한 사람과 추종한 사람이 있을 것이니 조사하고 구별해야 할 것입니다."

영의정 심순택을 비롯하여 조정 대신들은 민란이 백성들의 책임이라고 몰아세웠다.

"민란의 책임이 고부 군수에게 있는데 어찌 그자를 잡아들이지 않는가?"

자영은 분개하여 민응식을 불러 질책했다.

"동학이 원하는 것이 신원금폭이 아닌가? 그것만 들어주면 될 텐데 영의정이 무엇을 하는가?"

자영은 심순택을 맹렬하게 비난했다.

"심순택은 원세개가 영의정에 임명하라고 요구한 사람입니다."

"민란이 일어났는데 대책도 세우지 못하는 자가 무슨 영의정이야? 물러나라고 하라."

심순택은 결국 영의정직을 사임하는 사직상소를 올렸다.

조정에서는 김문현의 장계를 보고 조병갑을 잡아 의금부에서 문초하도록 하고 박원명을 새 군수에 임명했다. 한편 장흥 부사 이용태를 안핵사로 삼아 고부에 보내 현지 실정을 낱낱이 조사하도록 했다.

농민군은 조병갑이 의금부에서 문초를 받게 되고 안핵사까지 파견되어 오자 스스로 해산했다. 그러나 안핵사에 이용태를 임명한 것은 농민군의 봉기에 불을 붙이는 결과가 되었다. 안핵사 이용태는 고부군에 도착하자 동학인들을 철저하게 탄압했다.

"동학은 사학이다. 혹세무민하는 자들이 농민들을 선동하고 있으니 용서할 수 없다. 내가 국법을 엄중하게 세울 것이다."

이용태는 호남 일대의 민란이 대부분 동학인들의 사주로 일어난다고 생각했다.

"들거라! 고부군을 이 잡듯이 뒤져서라도 난군의 주모자들을 모조리 잡아들여라!"

이용태는 군사들에게 불같이 영을 내렸다. 군사들이라고 해야 정규 훈련을 받은 것도 아니고 대부분 역졸(驛卒) 수준에 지나지 않아서 대오도 엉성하고 군율도 어수룩하기 짝이 없었다. 그러나 조정에서 막강한 권력을 위임받은 그들은 닥치는 대로 고부군을 들쑤시고 다녔다. 곳곳에서 동학인들이 체포되고 농민들의 재산이 약탈되기 시작했다.

"동학비도는 무조건 잡아들여라"

안핵사 이용태의 지시는 무시무시했다. 이용태가 안핵사가 되어 고부에 나타난 지 열흘도 안 되어 이용태에 대한 농민들의 원성이 하늘을 찔렀다.

'조병갑이보다 더 징글맞은 놈이 나타나서 농민들을 수탈하는데 도대체 조정에서는 무엇들을 하고 있는 거야.'

전봉준은 농민들이 안핵사 이용태의 역졸들에게 조병갑 때보다 더 심한 학정에 시달리게 되자 가슴이 답답했다.

"이제는 더는 참고 있을 수가 없소! 안핵사의 역졸들이 우리 동학인들을 잡아들이고 부녀자들을 겁탈하는 실정인데 무엇을 망설인다는 말이오?"

손화중, 김개남도 전봉준을 찾아와 분통을 터뜨렸다.

"맞소. 이용태라는 놈이 더 악질이오."

전봉준은 침통한 낯빛으로 대꾸했다.

"통문을 띄웁시다!"

"창의소를 차리고 다시 한 번 봉기합시다. 이번엔 한양까지 짓쳐 올라가 조정을 확 바꿉시다."

손화중, 김개남은 망설이는 전봉준에게 거듭 봉기할 것을 촉구했다.

"봉기하자, 동학의 이름으로 봉기하자."

농민군은 죽창과 낫을 들고 몰려다녔다. 전봉준은 그들의 말에 동의하고 사발통문을 띄우면서도 착잡한 심정을 떨쳐버릴 수 없었다. 아버지 전창혁의 죽음에 대한 분노가 가라앉지 않았으나 봉기를 하면 수많은 농민들이 죽게 될 것이다.

"가자, 동학으로 가자."

농민들은 사발통문이 돌자 기다리고 있었다는 듯이 일제히 호응해왔다. 안핵사 이용태의 탄압이 극심했으나 재차 운집한 농민군은 다시 고부 군아를 습격했다.

"난군들이 몰려옵니다."

"뭐, 뭣이? 어찌 비도들을 잡아들이지 못하는 것이냐?"

이용태는 사색이 되어 허겁지겁 달아났다.

"안핵사가 달아났다."

고부 관아를 점거한 농민군은 불을 지르고 몰려다녔다.

"백산으로 모이라."

"백산에 창의소를 설치한다."

전봉준은 고부 인근에 있는 백산에 농민군을 집결시키고 창의소를 설치했다. 농민군은 중망(衆望)에 의해 전봉준을 대장으로 선출했다.

"전봉준 대장 만세!"

전봉준은 농민들의 환호성에 답한 뒤 손화중, 김개남을 총관령에, 김덕명, 오시영을 총참모에, 최경선을 영솔장에 임명했다. 이것이 남접의 농민군 제1차 봉기였다. 군대로서 대오와 지휘체계를 대충 갖춘 농민군은 죽창을 들고 일어났다 앉았다 하는 간단한 제식훈련까지 했다.

'전설에 있는 말과 똑같은 모습이군.'

전봉준은 죽창을 든 농민들이 제식훈련을 하는 모습을 말을 타고 응시하며 미소를 지었다. 고부군에는 오래전부터 출처불명의 '입측백산좌측죽산(立則白山座則竹山)'이라는 말이 떠돌고 있었다. 농민군이 훈련을 하기 위해 일어서면 농민군이 입은 옷으로 산이 하얗게 백산이 되고 농민군이 구령에 맞춰 일제히 앉으면 죽창이 빽빽하여 문자 그대로 죽산의 모습이 되었던 것이다.

이때 김옥균이 상해에서 암살되었다는 급보가 청나라에서 조선으로 날아왔다. 조선은 즉각 외무독판 조병직을 원세개에게 보내 김옥균의 시체를 조선으로 인도해줄 것을 강력하게 요구했다.

김옥균의 망명 생활은 몹시 비참했다. 그는 몇 번이나 재기를 시도했으나 물거품이 되었고 오히려 일본 정부로부터 퇴거 명령을 받았다. 일본을 떠나라는 추방령이었다. 김옥균은 미국으로 가려고 했으나 여비를 마련하지 못해 이세산의 별장에 연금되었다. 그러나 거기서도 오래 있지 못하고 소립원도로 추방되었다. 김옥균은 그때 저 유명한 시 한 수를 지어 남겼다.

울적하게 이세산에 갇혀 있다가

하나님 뜻밖에 동풍을 보내시어

속박에서 벗어나 저자로 나가는 길

소립원도 천 리 길 하루 만에 돌아가네.

김옥균은 절해고도인 소립원도에서 3년을 지낸 뒤에 다시 홋카이도로 추방되었다. 홋카이도에서는 거의 2년 동안 연금 상태에 있다가 1890년에 이르러서야 자유의 몸이 되었다. 김옥균은 이후 도쿄로 돌아와 재기를 위하여 몸부림을 치면서 일본의 낭인조직인 현양사와 흑룡회를 접촉했다. 그리하여 김옥균은 구마모토의 현양사와 제휴하게 되었다. 제휴 내용은 일조유사시에는 현양사의 낭인 5백 명이 선봉을 맡는다는 것이었다. 김옥균은 최후까지도 일본에 의지하려는 태도를 버리지 않았다.

그러나 역사는 이미 김옥균을 필요로 하지 않았다. 일본 정부는 김옥균이 망명할 때부터 줄곧 냉담한 태도를 보였고, 김옥균은 일본 정부의 눈을 피해 러시아와 미국과도 접촉하려고 했으나 그것도 여의치 않았다. 그리하여 결국 암살자 이일직의 마수에 걸려 일본을 떠나게 된 것이다.

김옥균은 일본에 청국 공사로 와 있던 이경방에게 이홍장과의 면담을 청했고, 이경방이 이를 쾌히 허락하여 김옥균이 일본을 떠나게 된 것이다. 이경방은 이홍장의 양자였고, 김옥균의 생각으로는 청나라의 실권자인 이홍장과 담판을 하여 권토중래를 할 수 있으리라고 생각했으나 부질없는 일이었다.

김옥균은 음력 2월 21일 상해에 도착하여 미국과 영국 공동조계에 있는 호텔 동화양행에 투숙했다. 이때 김옥균은 홍종우와 동행하고 있었다. 이일직이 일본에서 김옥균에게 접근하여 청나라와 일본을 오가면서 약종상을 한다고 속이고 영감이 궁색한 것 같으니 돈을 꾸어주겠다고 했던 것이다.

김옥균은 이일직의 제안을 두말없이 수락했다. 김옥균은 돈이 궁핍한 처지라 궁색하기 짝이 없었다. 이일직은 자신의 돈이 상해의 외국은행에 예금되어 있으므로 홍종우를 동행시켜 우선 1만 원을 인출해주겠다고 하였다. 김옥균은 의심하지 않고 홍종우와 동행하였다. 2월 22일 김옥균은 동화양행의 2층 1호실에서 와다 노부지로에게 마차를 세 대 빌리라고 지시했다. 김옥균은 마차를 빌려 번화한 상해 시가지를 구경할 참이었다. 김옥균을 선생님으로 깍듯이 모시던 와다는 불길한 예감을 느끼며 김옥균의 방을 나갔다. 김옥균의 방에는 김옥균과 홍종우가 함께 있었다.

김옥균은 침대에 누워 있었다. 10년 동안이나 핍박을 받던 일본을 떠났다는 기분 좋은 안도감과 여행의 피로에 나른한 졸음을 느꼈다. 홍종우는 어딘지 모르게 불안하고 초조해 보였다. 그러나 김옥균은 눈을 감은 채 와다가 층계를 내려가는 발자국 소리를 듣고 있었다.

날씨는 화창했다. 바람 한 점 없이 맑은 날씨였다. 상해는 이미 봄이 완연해 열어놓은 창으로 이국의 꽃향기가 조수처럼 밀려 들어왔다.

홍종우는 김옥균이 눈을 감은 것을 확인한 뒤에 권총을 뽑았다. 가슴이 격렬하게 뛰고 있었다. 홍종우는 심호흡을 하고 김옥균을 향해 총구를 겨누었다. 그리고 벼락 치듯 소리를 질렀다.

"대역죄인 김옥균을 처단한다!"

홍종우의 커다란 외침에 김옥균이 눈을 번쩍 떴다.

"호, 홍 군!"

김옥균이 떨리는 목소리로 외치며 손을 내저었다. 그러나 그 손짓이 멎기도 전에 독한 화약 냄새와 함께 요란한 총성이 울려 퍼졌다. 김옥균이 몸을 벌떡 일으켰다. 그 순간 탄환이 김옥균의 머리를 스치고 지나갔다. 그러나 치명적인 상처는 아니었다. 홍종우는 다시 한 번 방아쇠를 당겼다. 요란한 총성과 함께 두 번째 탄환이 김옥균의 어깨 밑을 관통했다. 김옥균은 그 충격으로 침대 위로 나뒹굴었다.

탕!

그때 세 번째 탄환이 김옥균의 얼굴을 관통했다. 김옥균의 얼굴이 피투성이가 되고 피비린내가 확 풍겼다. 혁명가로 파란만장한 삶을 산 김옥균은 이렇게 하여 숨을 거두었다.

홍종우는 권총을 침대 위로 내던졌다. 마차를 빌리러 가던 와다가 뛰어 들어오고 호텔 관계자들이 헐레벌떡 달려왔을 때는 이미 김옥균의 숨이 완전히 끊어진 뒤였다.

일본 상해 총영사는 김옥균의 시체에 세 군데의 총창이 있었다고 일본 외무대신에게 보고했다. 어깨뼈와 광대뼈를 지나 뇌에 이른 총상이 치명적이었다는 보고였다.

김옥균은 혁명가의 삶을 살았으나 죽음은 비참했다. 김옥균의 죽음은 곧바로 청, 일, 조선에 긴급 전문으로 타전되었고 일본과 조선은 김옥균의 시체를 인도받기 위하여 치열한 각축을 벌였다.

일본은 이홍장에게 김옥균의 시체를 일본으로 인도해달라고 강력하게 요구했다. 그러나 이홍장은 이를 거절하고 김옥균의 시체와 홍종우를 조선으로 보냈다.

3월 9일이었다. 경기 감사 김규홍의 보고로 김옥균의 시체가 월미도에 도착했다는 보고를 받은 조선 조정은 김옥균을 일제히 성토하고 나섰다. 특히 영의정 심순택, 좌의정 조병세, 중추부판사 김홍집, 중추부판사 정범조가 선두에 서서 김옥균을 규탄하는 차자를 올렸다.

"지난번에 상해에서 온 전보를 받고 홍종우가 역적을 사살한 거사를 알았으나 역적의 시체가 이제야 압송되어 진부를 판별하였으니 10년 동안 귀신과 사람이 격분하던 것이 비로소 시원하게 풀리게 되었습니다. 비록 산 채로 잡아다가 처형하지는 못했지만 그래도 꿇어앉히고 목을 벨 수 있으니 법을 소급하여 시행하고 팔과 상운에게 시행한 전례를 더 적용하여 반역을 음모하는 역적들을 경계하시기 바랍니다."

'팔과 상운에게 시행한 전례'란 능지처참을 말하는 것이었다.

"지금 경등의 간절한 청으로 말하면 피눈물을 흘리며 징계하고 성토한다는 것을 알 수 있다. 제의한 대로 그대로 승인한다."

시원임대신들이 올린 차자에 대한 재황의 비답이었다. 이날 사헌부와 사간원, 홍문관에서도 같은 내용의 상소를 올리고 재황은 같은 비답을 내렸다. 이로 인하여 김옥균의 시체는 죽은 뒤에도 양화진에서 목이 잘리는 비극을 당하게 되었다.

"모밤대역부도죄인김옥균당일양화진두부대시능지처참."

모반을 일으킨 대역죄인 김옥균을 때를 기다리지 않고 당일로 양화진에서 지체 없이 능지처참하라는 지시였다. 그리하여 김옥균의 머리는 그날로 목이 잘려 오가는 행인들의 구경거리가 되었다.

***

한양이 김옥균의 시체 인도와 그 시체에 대한 능지처참으로 뒤숭숭할 때 호남의 곡창지대인 고부군은 농민 혁명의 열기가 뜨겁게 달아오르고 있었다. 전라 감사 김문현은 급히 한양으로 전문을 보냈다.

조선 조정에서는 전라 감사 김문현의 보고를 받자 전라 감사가 제대로 대책을 세우지 않았다는 이유로 녹봉 3기분을 건너뛰는 처벌을 내렸다. 그러나 동학농민군의 기세가 점점 드세어지자 4월 2일 홍계훈을 양호초토사(兩湖招討使)로 임명하여 장위영의 병력을 거느리고 호남으로 떠나도록 했다.

홍계훈은 4월 4일 경군(京軍, 서울의 각 영문營門에 소속되어 임금의 호위를 주로 맡아보던 군사) 8백 명을 거느리고 청국 군함으로 인천을 떠나 4월 6일 군산에 도착했고, 4월 7일 전주에 입성했다. 그 사이에 동학농민군은 부안, 금구를 점령하고 전라감영에서 진압군으로 보낸 감영군 250명과 보부상 수천 명을 황토현에서 대파하는 승전고를 울렸다.

4월 6일의 일이었다. 이어서 4월 7일 정읍을 습격하여 군기를 탈취하고 보부상의 숙소에 불을 지른 뒤 삼거리에 집결했다.

농민군은 파죽지세였다. 이기지 않으면 죽는다는 절박한 처지에 있었기에 전투에서 결코 물러서지 않았다. 7일에 정읍을 친 뒤 흥덕, 고창을 점령하고 9일에는 무장을 함락시켰다.

전봉준은 무장현 독산봉(獨山峰)에 진을 치고 다시 창의문을 지어 반포했다. 이미 그를 따르는 농민군은 수만 명이 넘었다. 그러나 싸우지 않고 이기는 것이 최선의 목표였다. 전봉준의 창의문은 혁명을 일으킬 수밖에 없는 실정을 도도한 문장으로 설명하고 있기도 했으나 농민군에 가담할 것을 촉구하는 격문의 성격도 띠고 있었다.

농민군은 질서정연하게 움직이기 시작했다. 무장현에서 노획한 관군의 무기로 무장을 하여 기마병이 1백 명이나 되었고 대포와 총도 갖추고 있었다. 그들은 수비가 견고한 전주성을 그대로 두고 계속 남진하여 위세를 떨치며 동도를 규합했다.

홍계훈은 전주에 이르자 김문현에게 농민군에 대한 보고를 받고 전주성 수비에 들어갔다. 농민군은 점점 기세를 올리고 있었고 관군은 사기가 저하되었다. 홍계훈이 전주성에 이르렀을 때 도망병이 속출하여 관군은 470명밖에 남아 있지 않았다.

홍계훈은 전투에 들어가기 전 병조판서 민영준에게 증원병을 요청하는 급보를 보내는 한편 농민군과 내통하고 있는 전주 영장 임태두 외 4명을 처형했다. 사기가 떨어지고 도망병이 늘어가는 관군의 군율을 세우기 위한 고육책이었다.

이때 조선 조정은 강온파가 갈라져 극심한 대립을 보이고 있었다. 동학농민군에 대한 강경파는 병조판서 민영준이었고 심순택, 김홍집, 조병세, 정범조 같은 시원임대신들은 온건파였다. 특히 시원임대신들은 민영준이 청군에 지원을 요청해야 한다고 하자 격렬하게 비판했다.

재황은 농민군의 여론을 수렴하겠다는 윤음을 내렸다.

"임금이 말한다. 하늘이 백성을 낸 것은 살리기 위한 것뿐으로써 비가 오고 이슬이 내리고 서리가 오며 눈이 내리는 것도 모두 너희 낮은 백성을 위한 것이다. 대체로 살기를 좋아하고 죽기를 싫어하는 것은 인지상정인데 그 누가 안착하여 살기를 바라지 않겠는가. 전 군수 조병갑을 의금부로 체포하여 조사케 하고 안핵사 이용태를 멀고 먼 섬으로 귀양 보낼 것이다. 아울러 감사에게 엄정하게 신칙하여 탐학하고 포학한 고을 원들을 낱낱이 조사하여 징치할 것이니 너희 낮은 백성들은 각자 고향에 돌아가 생업에 힘쓸 것이다."

재황의 윤음이었다. 그러나 고부 군수 조병갑을 의금부에서 잡아 가두고 안핵사 이용태를 먼 섬에 귀향 보냈어도 농민군은 해산을 하지 않았다. 재황의 윤음도 이제는 소용이 없었다. 동학농민군은 무인지경의 전라남도 지방을 휩쓸면서 남으로 남으로 내려갔다. 홍계훈의 경군도 농민군을 따라 전주성을 비우고 남으로 내려가기 시작했다.

남도 3백 리 길이었다. 홍계훈은 동학농민군을 추격하면서 농민군의 잔당을 소탕했다. 농민군은 텅 빈 관아를 습격하여 농민들에게 쌀을 나누어 주었으나 경군은 농민들에게 쌀을 빼앗아 군량으로 충당했다. 경군이 지나는 곳마다 농민들의 원성이 높았다.

동학농민군은 경군과의 정면충돌을 피하고 다시 북상하기 시작했다. 농민군은 지나는 곳곳의 관아를 불 지르고, 양곡을 농민들에게 나누어 주고, 양반과 탐관오리들을 처벌했기 때문에 농민들에게 절대적인 환영을 받고 있었다.

농민군은 영광에서 양반들의 식량을 징발하여 함평으로 향했다. 성문을 지키던 관군은 150명 남짓 되었으나 1만여 명에 이르는 농민군을 당할 수 없었다. 관군은 농민군이 거대한 함성을 지르며 밀어닥치자 뿔뿔이 흩어져 달아났다. 그러나 동학 비도가 들이닥친다는 급보를 받고 동헌으로 몰려온 유림 1백여 명은 끝까지 동헌을 지키려고 무장을 하고 성문을 굳게 닫아걸었다.

"그대들은 우리의 적이 아니다. 우리는 오직 포악하고 잔인한 관리들을 처벌하기 위해 봉기했을 뿐이다! 그대들이 동헌을 호위하고 있는 것을 보니 이 고을 현감이 바른 정치를 베푼 것을 알 수 있다."

전봉준의 말에 유림은 스스로 물러갔다. 농민군은 동헌을 지키려는 유림들의 충성심에 감동하여 각 고을의 호방, 이방, 수형리를 잡아다가 대곤(大棍, 큰 매) 5대를 치는 것으로 관대하게 처벌했다.

동학농민군은 다시 북상하기 시작하여 장성군 월평리 황룡촌에 이르렀다. 이때 경군의 일대가 장성 갈재를 넘어오다가 농민군과 맞닥뜨렸다.

음력 4월 23일(양력 5월 27일)이었다. 홍계훈은 본대를 거느리고 강진에서 농민군을 토벌하고 있었다.

농민군은 황룡강이 내려다보이는 언덕에 진을 쳤다. 월산봉이었다.

경군은 이학승, 원세록, 오건영의 영솔하에 함평을 떠나 23일에 황룡강에 이르렀던 것이다. 오시 때였다. 농민군의 일부는 그늘에서 점심을 먹고 있었다. 경군은 농민군을 발견하자 일제히 기습 공격을 감행했다. 농민군은 깜짝 놀라 대피하기에 급급했다.

"경군이다!"

"경군이 몰려왔다!"

경군은 대포를 쏘며 공격해 왔다. 순식간에 농민군 수십 명이 흙더미와 함께 경군의 포탄에 맞아 허공으로 튕겨져 올랐다. 그때 대장군 깃발이 오르면서 북소리가 둥, 둥, 둥…… 울리기 시작했다.

"대장군이다!"

"녹두장군이다!"

농민군들이 일제히 함성을 질러댔다. 월산봉 능선에 대장군 깃발이 높게 솟아 바람에 펄럭거리고 있었다. 깃발 밑에는 흰옷을 입은 녹두장군 전봉준이 마상에 앉아 있었다.

"녹두장군이 지켜보신다!"

"녹두장군 옆에는 신동도 있다!"

농민군은 일제히 반격에 나섰다. 동학농민군들 사이에는 녹두장군 밑에 7세와 14세의 하늘에서 내려온 동자가 있어서 농민군을 돕고 있다는 전설 같은 이야기가 떠돌고 있었다.

전세는 곧 역전되었다. 농민군은 장태를 굴리며 경군을 공격했다. 장태는 청죽을 얽어 닭장과 같이 만들어 그 밑에 차바퀴를 붙인 것이었다. 장태를 만든 사람은 장흥 접주 이방언이었다. 장태를 방패로 굴리며 농민군은 경군을 압박했다. 수에서나 지리적 조건에서나 농민군은 월등히 우세했다.

경군은 마침내 무수한 사상자를 내면서 패퇴하기 시작했다. 그러나 그들이 함평에 못 미쳐 까치골에 이르렀을 때 능선 양쪽에 매복해 있던 농민군들이 갑자기 기습했다. 경군은 대장인 이학승과 장교 이교응, 배근환이 전사하고 군사들도 1백여 명이 몰살을 당했다.

농민군은 곳곳에서 경군을 격파하고 전주성을 공략하기로 하였다. 농민군은 4월 24일에 노령(蘆嶺)을 넘고 26일엔 태인 원평점(院坪店)에 이르렀다. 이어서 27일에는 전주의 턱밑인 금구에 도착했다.

"전주 감영을 쳐부수자!"

농민군은 기세등등하게 진군했다. 농민군은 한양까지 그대로 진격하자는 주장을 하기까지 했다. 이때 조정에서는 전라 감사 김문현을 파직하고 김학진을 임명했다.

동학농민군은 4월 27일 금구를 떠나 전주에 이르렀다. 전주감영은 신임 감사조차 없는 상태에서 전 감사 김문현이 판관 민영승과 함께 동학농민군과 대적하게 되었다. 동학농민군은 전주성의 서문과 남문 앞에서 일자진(一字陣)으로 대오를 편성하고 총공격을 하기 시작했다.

"전주성을 쳐부숴라!"

"와아!"

녹두장군 전봉준의 명령에 농민군은 함성으로 화답했다.

"전주성을 점령하여 탐오한 감사의 목을 베라!"

"와아!"

"진군!"

오시 무렵이었다. 일자진을 형성한 농민군이 일제히 전주성을 향해 달려갔다.

둥둥둥……..

북소리는 농민군의 사기를 북돋웠다. 깃발이 청천 하늘을 뒤덮고 함성이 천지를 진동했다. 농민군은 성을 따라 흐르는 전주천을 건너 성으로 내달렸다. 김문현은 전주성의 4대문을 닫아걸고 성민(城民)들을 동원하여 농민군을 방어하기 시작했다. 농민군의 주력부대가 짓쳐들어오는 서문 일대의 수백 채는 불을 질러서 농민군의 진격로를 차단했다.

전투는 치열했다.

농민군은 단숨에 관군을 격파하고 성안으로 들어갔다. 감사 김문현은 전세가 불리하자 재빨리 달아나고 판관 민영승은 태조 이성계의 위패와 영정만을 간신히 수습하여 탈출했다.

"만세!"

전봉준은 농민군의 환호 속에서 당당하게 입성하여 전주 감영의 선화당(宣化堂, 감사가 정사를 보는 곳)에 좌정했다.

홍계훈은 전주에 도착하자 봉산(封山)인 완산에 군사를 주둔시켰다. 완산은 왕성인 전주 이씨의 근거지라고 하여 함부로 출입하지 못하는 봉산으로 되어 있었다. 그러나 전주성을 남쪽에 두고 한눈에 내려다볼 수 있는 전략적인 요충이었다. 농민군 쪽에서도 완산에 군사를 배치해야 한다는 의논이 분분했으나 봉산이라고 하여 범접하지 않았던 것이다.

홍계훈은 완산에 경군을 주둔시킨 뒤에 전주성을 맹렬하게 포격하면서 탈환을 시도했다. 성내의 민가가 잿더미가 되고 농민군은 사기가 저하되기 시작했다. 5월 1일과 5월 3일 농민군은 성문을 열고 나가 완산을 공격하기 시작했다.

그러나 완산은 지리적 여건 때문에 철옹성 같았다. 농민군은 1천여 명의 사상자를 낸 뒤 전주성으로 퇴각했다.

***

오카모토는 공사관에서 벚꽃이 하얗게 나부끼는 정동의 주택가를 내려다보았다. 남도에서는 전쟁이 한창이었으나 도읍 한양은 기이할 정도로 조용했다. 일본 내각도 전라도에서 일어난 민란에 비상한 관심을 기울이고 있었다.

"민란이 어디까지 갈 것 같은가?"

오도리 게이스케 공사가 물었다.

"전라도를 휩쓸 것 같다는 밀정들의 보고입니다."

오카모토가 집무실 책상에 앉아 있는 오도리 공사를 향해 몸을 돌렸다.

"그렇다면 조선의 군대로 막을 수 없겠군."

"조선에는 군대가 없습니다."

"왕궁시위대는 어떤가?"

조선의 왕궁시위대는 왕비에 의해 창설되었다. 미국인이 평양에서 훈련을 시키고 미국에서 총까지 구입했다.

"왕궁시위대는 최강입니다만 5백 명밖에 되지 않습니다."

"그렇다면 청군이 개입을 하겠군."

오카모토는 대답을 하지 않았다. 일본 육군성은 이미 청나라와의 전쟁을 준비하고 있었다. 전쟁 비용을 마련하기 위해 영국에 막대한 자금을 빌렸고 일본 국민들에게도 채권을 발행했다.

동아시아는 청나라와 일본 때문에 긴박하게 움직이고 있었다.

"6월이면 일본군이 조선에 상륙한다."

"얼마나 상륙합니까?"

"5개 사단에서 7개 사단이 상륙할 것이다."

오카모토는 숨이 막히는 듯한 기분이 들었다. 5개 사단에서 7개 사단이면 7~8만 명의 육군이 상륙하는 것이고, 세계 최강의 해군을 지향하는 일본 함대도 청나라의 북양함대와 맞서기 위해 준비하고 있었다.

"개전을 하기 전에 조선의 왕궁을 점령해야 한다."

"예."

오카모토는 바짝 긴장했다.

"왕궁시위대를 신속하게 점령할 수 있도록 준비하라."

"왕궁에도 밀정이 있습니다."

"왕비가 누구를 만나는지 철저하게 파악하라."

조선은 왕비가 정사에 적극적으로 개입하고 있었다. 밀정들은 왕보다 왕비의 동정에 더욱 촉각을 곤두세웠다.

"예."

"이달에 육군성 정보국 장교들과 작전국 장교들이 들어올 것이다."

"완벽한 작전을 세울 수 있도록 정보를 제공하겠습니다."

오카모토는 다시 어둠에 잠긴 정동을 내려다보았다. 그도 먼발치에서 왕비를 본 일이 있었다.

'조선의 왕비는 아름답고 총명하다. 그러나 우리에게는 적이다.'

오카모토는 왕비의 얼굴을 떠올리며 깊은 생각에 잠겼다.

"공사 각하, 조선의 왕궁을 점령한 뒤에 왕비는 어떻게 합니까?"

일본인들 사이에서는 조선의 왕비를 죽여야 한다는 여론이 팽배했다. 조선의 왕비 때문에 일본은 여러 가지 이권 쟁탈에 실패

했고 상인들은 분개했다.

"왕비를 죽이면 조선인들은 일본에 더욱 적개심을 드러낼 것이다. 전쟁이 끝나기 전에는 죽일 수 없다."

오도리 공사의 말에 오카모토가 고개를 끄덕거렸다. 일단 일본이 청나라와의 전쟁에서 승리를 하는 것이 중요했다.

***

이하응은 남도가 민란에 휩싸여 있다는 보고를 받자 초조했다. 농민군이 척양척왜를 외치면서 한양으로 달려올 것이라고 생각했으나 남도를 돌고 있었다. 게다가 조정에서는 청나라 군사를 끌어들여 농민군을 토벌하려는 논의가 한창이었고, 일본군도 기회를 놓치지 않고 군대를 상륙시키려고 하고 있었다.

"왕비는 무엇을 하고 있는가?"

이하응은 며느리이자 적인 자영이 어떤 방법으로 위기를 타개하려 하는지 궁금했다.

"농민군과 협상을 하려고 하고 있습니다."

손자인 이준용이 머리를 조아리며 대답했다.

"뭐라고?"

"중전마마께서 전라 감사 김학진에게 영을 내려 농민군과 협상을 한다고 합니다."

"허어. 절묘하구나."

이하응은 자신도 모르게 탄성을 내뱉었다. 자영은 농민군과 타협을 하여 일본군과 청나라군을 조선에 상륙시키지 않으려고 하고 있었다.

'기발한 계책이지만 왜놈들이 왕비의 뜻대로 움직이지 않을 것이다.'

이하응은 오카모토의 얼굴을 떠올렸다. 오카모토는 운현궁을 자주 찾아왔으나 난이 일어난 뒤로는 모습을 보이지 않고 있었다. 그는 일본의 상인이라고 했으나 낭인으로 보였다.

"저하께서는 일본을 싫어하십니까?"

오카모토가 인사를 드리러 왔을 때 이하응에게 물은 말이었다. 눈보라가 사납게 몰아치던 2월의 어느 날이었다.

"일본이 조선에서 하는 일을 보면 미워하지 않을 수 있겠소?"

이하응은 장죽을 물고 연기를 뻐금뻐금 빨면서 실눈으로 오카모토를 살폈다. 오카모토는 초로의 사내로 어딘지 모르게 눈빛이 음침했다.

"일본은 조선이 청나라에서 벗어나 입국하기를 바라고 있습니다. 국태공 저하께서도 청나라에 끌려가 고통을 받지 않으셨습니까?"

"그대는 무슨 장사를 하고 있소?"

이하응은 대답을 하지 않고 화제를 바꾸었다.

"미곡상을 하고 있습니다."

"돈을 많이 벌었소?"

"장사는 이익을 남기는 것이라……."

"나를 찾아온 연유는 무엇이오?"

"조선의 호랑이라는 저하를 꼭 한번 뵙고 싶었습니다."

"조선의 호랑이? 핫핫. 늙고 병든 호랑이겠지."

"동양의 여걸이라는 왕비 전하에게 맞설 분은 저하뿐이라는 말을 들었습니다."

오카모토의 말에 이하응의 눈에서 불이 일어났다.

'이놈이 나를 염탐하러 온 것이구나.'

이하응은 그렇게 생각했다.

"조선말이 아주 능통하군."

"조선에 온 지 여러 해가 되었습니다."

"얼마나 되었소?"

"20년이 되었습니다."

"그러면 고향으로 돌아갈 때가 되었군."

"아닙니다. 저는 조선을 사랑하여 조선에 뼈를 묻을 생각입니다."

오카모토는 그날 이후 이하응을 자주 찾아왔다. 그런데 남도에서 민란이 일어난 뒤로는 오카모토의 발길이 뚝 끊겼다.

전주부가 동학농민군에게 함락되었다는 보고는 4월 28일에야 남로전선을 통한 전보로 조정에 보고되었다. 조정은 비로소 사태의 심각성을 깨닫고 청나라에 원병을 청하는 문제를 다급하게 논의하기 시작했다. 그러나 대부분의 조정 중신들은 청나라에 원병을 청하는 것을 반대했고 친군경리사 겸 병조판서인 민영준만이 청나라에 원병을 요청해야 한다고 강력하게 주장했다.

초토사 홍계훈도 농민군을 막지 못하였다고 하여 대신들의 탄핵을 받았다. 그러나 초토사의 임무를 대신 할 사람이 없어서 홍계훈은 죄를 진 채 농민군을 토벌하라는 지시를 받았다.

'무기도 없고 군량도 없이 어떻게 난군과 싸우라는 말인가?'

홍계훈은 강화 진무영과 포수군을 이끌고 출정했으나 변변한 총이나 탄약도 없었다. 병사들의 군복은 해어져 너덜너덜하고 병조에서는 군량을 마련해주지 않아 굶주렸다.

'중전마마께서 환후만 아니라면 대책을 마련해주셨을 텐데……'

왕비 자영은 환후 중이었다. 몇 년 전에도 천연두로 사경을 헤맨 일이 있는데 또다시 중병을 앓고 있었다.

"내 속이 새카맣게 타들어간다."

몇 달 전 중궁전에 들어갔을 때 자영은 창백한 얼굴로 그렇게

88

말했다. 홍계훈은 자영의 초췌한 모습을 보고 가슴이 아팠다.

자영은 난군과 협상을 하라고 지시했으나 그녀가 고열로 쓰러지면서 병조판서 민영준이 조정의 여론을 이끌고 있었다.

"난군이 한양으로 향하기 전에 청군에 진압 요청을 해야 합니다."

4월 30일 조선 조정은 마침내 청군의 출병을 요청하는 조회문(照會文)을 원세개에게 보냈다.

"청군에 누가 출병을 요청했느냐?"

자영은 중궁전에 누워 있다가 그 말을 듣고 벌떡 일어났다가 쓰러졌다.

"마마."

중궁전 상궁들이 놀라서 자영을 만류했다.

"이제 이 나라가 망하게 생겼구나."

자영은 일어나 앉아서 비통하게 눈물을 흘렸다.

조선의 출병요청서는 원세개를 통해 청나라의 북양대신 이홍장에게 보고되었다. 이홍장은 제독 섭지초에게 1500명을 거느리고 인천으로 향하게 하고 뒤이어 총병 섭사성에게도 9백 명의 군사를 거느리고 뒤따라가게 했다. 섭사성은 5월 5일 아산(牙山)에 도착하고 섭지초는 5월 2일 인천에 도착했다가 5월 7일 아산에 도착함으로써 아산에 집결한 청군의 숫자는 2400명이 넘었다.

"청군이 출병했습니다."

청군이 조선을 향해 출병했다는 밀정들의 보고를 받은 오도리 공사는 즉각 일본 내각에 보고했다. 일본 내각은 비상 전투 상황에 돌입했다.

"조선에서 개전한다."

일본 내각은 비밀리에 전쟁을 결정했다. 이미 청일전쟁을 위한 만반의 준비를 갖춘 일본이었다.

청나라가 군대를 파견하자 일본도 5월 4일 병력 출동을 조선에 통고했다. 일본은 갑신정변의 실패 후 조선에서 영향력을 만회하기 위해 절치부심하고 있었다. 조선은 일본에 군대 파견을 중지할 것을 요청했다. 그러나 일본은 이에 불응하고 5월 6일 일본 공사 오도리를 앞세워 인천에 상륙했다.

"조선이 목하 혼란에 빠졌으니 일본군으로 공사관을 보호할 수밖에 없소."

일본은 해군 중장의 인솔하에 군함 야에야마 편으로 육전대 420명을 파견하여 인천에 상륙시켰다.

"도대체 이런 방약무도한 놈들이 어디에 있는가?"

자영은 일본군이 인천에 도착했다는 소식을 듣고는 펄쩍 뛰었다. 재황도 얼굴이 하얗게 질려 시원임대신들을 어전으로 불러들였다. 사태가 긴박하여 자영도 간신히 몸을 추스르고 나와서 편전에 발을 치고 앉았다.

"일본군이 인천에 상륙했다고 하오. 경들은 속히 대책을 수립하시오.”

재황이 떨리는 목소리로 대소 신료들에게 옥음을 내렸다. 침통한 표정을 짓고 있던 영의정 심순택이 낮게 헛기침을 했다. 그는 사직을 청했으나 원세개의 요청으로 사직이 반려되었다.

“전하. 신등이 청군 차병의 불가함을 아뢰었던 것은 일본군이 입조하는 것을 우려했기 때문입니다.”

“남도가 비적들로 들끓고 있는데 청군이라도 차병하지 않으면 무슨 수단으로 토벌을 하오?”

민영준이 심순택에게 반발했다.

“오늘의 사변은 관리들의 탐학이 극도에 이르렀기 때문입니다. 관리들의 탐학을 근절하여 시폐를 혁신하는 것만이 도적의 난을 가라앉힐 방법입니다.”

심순택이 얼굴을 찡그리고 있다가 아뢰었다.

“영상은 참으로 답답하오. 목전에 일본군이 들어와 있는 사태를 얘기해야지 어째서 원론적인 말씀을 하오?”

자영이 날카롭게 쏘아붙였다.

“황공하옵니다.”

“병판도 대책이 없는가?”

자영이 민영준을 쏘아보았다. 청군 차병을 민영준이 주장했기 때문이다.

“경은 청군 차병을 주청했으니 이에 대한 대책이 있을 것이 아닌가?"

"황공하옵니다. 오도리 공사에게 철병을 요구해야 할 줄로 아옵니다."

"철병하라고 물러갈 그들이 아니지 않는가?"

자영의 옥음이 더욱 높아졌다. 민영준은 대답을 하지 못하고 쩔쩔 맸다. 자영은 발 뒤에서 낮게 한숨을 내쉬었다. 조정 대신들이 일본군의 파병에 아무 대책도 세우지 못하는 것이 답답했다.

"전하."

그때 판부사 김홍집이 입을 열었다.

"말씀을 하시오."

"일본군은 아무 명분도 없이 조선에 상륙한 것입니다. 청나라는 우리 조선이 출병을 요청하였기에 외교적으로 아무 문제가 없으나 일본은 출병을 요청한 일이 없으므로 불법적인 일입니다. 미국, 영국, 독일, 불란서, 러시아 같은 열국 공사들에게 중재를 요청하여 철병하게 하는 것이 상책인 줄로 아옵니다."

외교가다운 발상이었다.

"판부사 대감."

그때 발 뒤에 앉아 있던 자영이 입을 열었다.

"예, 중전마마."

김홍집이 자영을 쳐다보았다.

"대감의 고견은 외교적으로 해볼 만한 방법이오. 하나 내 생각은 좀 다르오. 내 비록 구중궁궐에 있는 아녀자에 불과하나 일찍이 《춘추좌전》도 읽고 《사기》도 공부하여 병법을 조금 알고 있는데 아무래도 농민군과 강화를 맺는 것이 상책인 것 같소."

자영의 말에 대신들이 일제히 웅성거렸다.

"중전마마, 강화라 하셨습니까?"

김홍집이 깜짝 놀라서 발 뒤에 앉아 있는 자영을 쳐다보았다. 그러나 자영은 발에 그림자만 어른거릴 뿐 얼굴이 보이지 않았다. 표정을 전혀 알 수 없었다.

"그렇소. 강화요."

대신들이 서로 얼굴을 마주 보며 웅성거렸다. 농민군과의 강화는 상상도 할 수 없는 것이었다.

"중전마마, 어찌하여 도적들과 강화를 맺으라 하십니까?"

영의정 심순택이 항의했다.

"중전마마, 도적들은 성역이나 다름없는 전주성을 유린한 자들입니다. 분부 거두셔야 하옵니다."

병조판서 민영준도 심순택에게 동조했다. 전주성을 성역이라고 부르는 것은 태조 이성계의 본향이기 때문이었다.

"닥쳐라. 경은 조선 천지가 청일의 전쟁터가 되기를 바라는가?"

자영은 민영준을 날카롭게 다그쳤다. 대소 신료들 앞이 아니라면 뺨이라도 올려붙였을 것 같은 싸늘한 목소리였다.

"화…… 황공하옵니다."

민영준이 몸을 부르르 떨었다.

"어찌 보면 도적들과 강화를 맺는 것이 굴욕적인 일이라고 볼 수도 있소. 하나 도적들이 스스로 큰 의리를 세운다는 기치를 내세우고 봉기를 하였으니 명분을 주어서 물러가게 해야 할 것이오."

대소 신료들은 대답이 없었다. 자영의 제안은 대담하기 짝이 없는 것이었다.

"일이 이 지경에 이른 것은 경들이 동학의 신원금폭을 외면했기 때문이오. 동학 교조 최제우의 신원을 회복해주고 탐관오리들을 대대적으로 잡아들여 죄를 다스리시오."

자영의 지시에 대신들은 대답을 하지 않았다.

"서학은 되고 동학은 안 된다니 그런 법이 어디 있소? 당장 최제우의 신원을 회복하고 동학을 인정한다는 윤음을 반포하시오. 알겠소?"

자영이 발 앞에 있는 책상을 주먹으로 내리쳤다.

"그리하라. 중전의 말이 옳다."

재황이 풀 죽은 목소리로 말했다.

"예."

대신들이 비로소 머리를 조아렸다.

"그동안 동학은 조정의 혁신과 관리들의 탐학을 비난해왔소. 그러한 그들이 나라가 위급에 빠졌는데 외면하겠소? 청일 군대가 도적을 소탕하러 조선에 왔다고 하면 그들도 심상하게 보지는 못할 것이오."

자영은 대신들에게 낮게 훈계했다. 조정은 마침내 동학 교조 최제우의 신원을 회복시켜주고 동학을 인정하겠다고 선언했다. 이러한 사실이 윤음으로 반포되자 동학인들은 눈물을 흘리며 기뻐했다.

"조정은 그대들과 강화를 맺기를 희망한다."

초토사 홍계훈, 전라 감사 김학진, 양호순변사 이원희가 농민 군 지도부에 사신을 보냈다. 전봉준을 비롯하여 농민군 지도부는 회의에 들어갔다. 그들은 조정을 믿을 수 없다고 이구동성으로 말 했으나 청군과 일본군이 조선에 상륙했기 때문에 신중해야 했다.

"우리는 척양척왜의 깃발을 들었는데 여기서 물러설 수 없소."

"자칫하면 조선이 전쟁터로 돌변하오."

"맞소. 조선이 전쟁터가 되는 것은 막아야 하오."

전봉준은 관군과 강화를 맺기로 결정했다. 마침내 관군과 동학 농민군 사이에 전주화약(全州和約)이 맺어졌다.

동학농민군은 5월 7일 전주화약을 맺고 5월 8일 일체의 무기와 탄약을 반납하고 전주성에서 퇴거했다. 경군도 한양으로 철수했다.

'우리 중전마마는 참으로 훌륭한 분이 아니신가? 동학농민군 과 화약을 맺을 생각을 하시다니……'

홍계훈은 감탄했다. 그동안 외직에도 잠깐 머물러 있었으나 그 는 대궐에서 항상 자영의 측근에 있었다. 무예별감이었기에 벼슬이 승차하지도 않았고, 벼슬이 승차하면 자영의 곁에서 떠나야 했기에 오히려 승차하는 것을 바라지 않았다.

대궐에서 자영을 보는 일은 쉽지 않았다. 그러나 먼발치에서 자영의 모습을 볼 때면 홍계훈은 가슴이 세차게 뛰곤 했다. 그럴 때마다 임오년에 난군에게 포위당한 그녀를 업고 대궐을 빠져나오던 일이 아련하게 머릿속에 떠올랐다.

'아아, 나는 이렇게 멀리서 중전마마를 바라보면서 살아도 후회하지 않을 것이다.'

홍계훈은 그렇게 20여 년을 살아온 것이다.

전라 감사 김학진은 경군이 철수하자 치안을 확보하기 위해 전봉준을 초치하고 그와 정사를 일일이 상의했다. 그리하여 전라도 53주(州)에 집강소(執綱所)를 설치하고 사실상 농민군이 정사를 보게 되었다.

31
조선 왕궁 점령 사건

날씨가 점점 더워지고 있었다. 대궐에도 신록이 무성하여 잎잎이 녹향을 뿜어대고 있었다. 세자와 세자빈이 유쾌하게 웃는 소리를 들으면서 자영은 얼굴을 찡그렸다. 세자와 세자빈은 아직 젊다. 그 젊음이 부럽기는 했으나 둘 사이에 소생이 없어 마음이 무거웠다.

자영이 지독한 학질에서 깨어나자 농민군과 관군 사이에 전주 화약이 맺어졌다. 얼마나 다행한 일인가. 병세도 회복되고 농민군과 강화도 맺어진 틈을 타 세자와 세자빈을 데리고 아미산으로 산책을 나온 것이다. 세자빈도 아미산을 걸으면서 좋아했다.

"빈궁."

자영은 세자빈과 나란히 걸으면서 머리 위로 손을 뻗어 굴참나무 잎사귀를 땄다. 아미산에 울창한 굴참나무가 청량한 향기를 뿜어대서 좋았다.

"예. 중전마마."

세자빈이 그녀를 향해 방긋 미소를 지었다.

"중전마마가 아니라 어마마마라고 부르라고 하지 않았느냐?"

"어마마마."

"아미산으로 나오니 좋지 않으냐? 고향에서는 이맘때면 천렵을 가고는 했다."

"여름이라 녹향이 참 좋습니다."

"예서 점심을 먹자구나."

자영은 소주방에 명을 내려 아미산에 점심을 차리게 했다.

'올해가 갑자년이니 벌써 내 나이가 마흔네 살이구나.'

자영은 문득 아버지 민치록과 어머니 이씨의 얼굴이 떠올랐다. 그녀가 어릴 때 여주 신륵사에 천렵을 간 일이 있었다. 아버지는 술을 마시고 자영은 무릎에 앉아서 《이소경》을 낭랑한 목소리로 읽었다.

아침에는 모란에서 떨어지는 이슬을 마시고
저녁에는 가을 국화의 떨어지는 꽃부리를 먹는다.
진실로 내 마음이 아름답고 한마음이라면
오랫동안 초췌하게 지낸들 어떠하리.

굴원이 지은 《이소경》의 한 부분으로 이 시는 조선시대의 사대부들도 그의 충성과 절개를 높이 평가하여 즐겨 암송했다. 그러니 《이소경》을 외운 지 오랜 시간이 흘러 있었다.

세자빈도 아미산을 걸으면서 좋아했다. 자영은 세자 척과 민씨 사이에 소생이 없는 것이 안타까웠다. 시중에는 고약한 소문까지 나돌고 있었다. 세자 척의 음경이 작아서 여자와 방사를 치를 수 없다는 것이었다. 심지어는 자영이 척의 방에 궁녀를 집어넣고 방문 밖에서 "되느냐? 안 되느냐?" 하고 다그치기도 했다는 것이었다. 자영은 차마 입에 담을 수 없는 그러한 소문을 들었을 때 누군가 조직적으로 자신을 음해하고 있다는 사실을 깨달았다. 아니 자신뿐만 아니라 세자까지도 무능력한 자로 만들고 있는 것이다.

'이건 세자를 겨냥하고 있는 거야.'

자영은 아미산을 걸으면서 몸을 떨었다. 누군가 역모를 일으키려고 하고 있는 것이다.

'나라가 어지러운데 역모까지 꾸미고 있다니.'

자영은 민영익의 수하인 고영근을 불러 이하응과 그의 손자인 이준용을 감시하라고 지시했다.

"내가 초사를 한 수 욀 테니 들어보거라."

자영은 세자와 세자빈을 풀숲에 앉혀놓고 초사를 외기 시작했다. 굴원의 시를 일컬어 초사라고 부르기도 했다.

여름의 눈부신 햇살에

신록이 무성하여 향기를 뿜네.

내 마음이 서러워

발길을 재촉하여 강남으로 가네.

눈을 들어 아늑한 산천을 보니

고요하고 그윽하구나.

병들고 비천한 신세

가슴에 맺힌 한을 달랠 수 없네.

자영이 외는 시를 듣고 있던 세자와 세자빈의 얼굴에 숙연한 표정이 서렸다.

"여름이라 신록이 푸르지 않느냐? 옛날 생각이 나서 읊어본 것이다."

"어마마마께 욕이 되지 않는다면 여중군자라고 부르고 싶습니다."

세자빈의 얼굴에 잔잔한 미소가 떠올랐다. 그녀도 아기를 낳지 못해 우울한 날을 보내고 있었다.

"여중군자라…… 나는 그저 평범한 아녀자로 살고 싶구나."

자영은 때때로 어린 시절로 돌아가고 싶었다. 여주에서 보낸 어린 시절은 비록 가난했으나 아버지는 자영을 지극히 사랑했다. 어머니는 이른 봄이면 쑥을 뜯어 향긋한 쑥국을 끓였고 비녀를 팔아 아버지가 좋아하는 술을 받아 왔다. 아버지는 취흥이 도도하면 자영을 무릎에 앉히고 수염이 난 뺨을 비비면서 즐거워했다.

'아버지는 아낌없이 사랑을 주셨어.'

이제는 다시는 받을 수 없는 사랑이었다.

'언제 아버님의 무덤에 다녀오자.'

자영은 세자와 세자빈을 보면서 미소를 지었다. 세자와 세자빈이 행복하게 살 수 있는 나라를 만들어주고 싶었다.

"어마마마께서 시를 읊어주시니 저도 읊어드리겠어요."

세자빈이 웃으면서 시를 읊기 시작했다.

따뜻한 바람, 기나긴 봄날이라

경치 매우 아름다워라.

갑자기 몰아치는 빗발에

홍도화 땅에 가득 떨어지누나.

주렴을 높이 걷고

방 안에 홀로 앉았다가

봄에 시달려 노곤한 몸으로

섬돌에 내려섰네.

우리 낭군 과거 보러 간 지도

벌써 몇 달이 되었던가.

마침 서울에서 답장이 왔는데

현량과에 우등으로, 급제하였다네.

님의 편지 펼쳐 보니

어제의 이별이 오늘의 기쁨일세.

오늘같이 좋은 밤에

님과 함께 원앙금침에 누웠으면

세자빈이 시를 외자 세자가 유쾌하게 웃음을 터트렸다. 시의 마지막 구절이 우스웠던 것이다. 시가 남녀의 사랑을 노래하고 있어서 자영도 웃었다.

***

여름이 되면서 청나라와 일본의 각축은 더욱 치열해졌다. 농민 군과 화해가 이루어지자 청나라군은 철수할 움직임을 보였으나 일본군은 철수하지 않았다. 조선은 외무독판 조병직을 일본 공사 관에 보내 강력하게 일본군의 철수를 요구했으나 공사관을 보호 한다는 구실로 오히려 육전대를 입경시켰다.

1894년 5월 9일에는 일본 육군 8백 명이 입경하고, 5월 13일에는 혼성여단 3300명이 인천에 상륙, 5월 22일 입경하여 만리창과 아현리 일대에 주둔했다.

'하늘이 조선을 버리시려는 것인가?'

자영은 암담한 기분을 떨쳐버릴 수 없었다. 일본군의 출동을 방지하기 위해 동학농민군들과 강화조약까지 맺었던 것이다.

일본군은 그동안 기함 미즈시마호까지 조선 연해에 파견, 조선 연해는 여섯 척의 일본 군함으로 뒤덮여 살벌한 기운이 감돌았다.

"일본이 청일전쟁을 획책하고 있는 것이 분명하오! 독판은 서둘러 일본군을 철병하게 하시오."

자영은 조병직을 다그쳤다. 조병직은 병 때문에 고통스러워하면서 오도리 공사와 스기무라 서기관에게 엄중하게 항의했다.

일본은 내각과 국민이 모두 전쟁을 향해 치달리고 있었다. 그러나 조선의 정세가 미묘하게 바뀌었다. 농민군과 관군이 전주화약을 체결하여 청나라군이 철수할 움직임을 보이고 있었다.

'왕비가 우리의 책략을 깨트렸다.'

일본은 조선에 출병을 할 때 이미 자국이 출병하면 청군이 일본군을 공격해 올 것이고, 이때 청군이 남하하면 일본군은 북상하여 평양 근처에서 청군을 격파한다는 전략을 세우고 있었다. 그러나 아산의 청군은 교전할 움직임을 전혀 보이지 않았다.

일본은 초조해지기 시작했다. 오히려 원세개는 열국 공사들을 동원하여 일본에 압박을 가하고 있었다. 일본은 이에 대해 청과 일본이 조선의 내정을 공동으로 개혁하자는 제안을 했다. 그러나 청나라는 이를 거부했고, 일본은 조선에 엉뚱하게 내정 개혁을 요구하기 시작했다.

"일본은 어떠한 일이 있더라도 청나라와 개전한다. 청나라와 개전하기 전에 조선으로부터 청나라를 돕지 않고 일본에 협조한다는 조약을 체결해야 한다. 조선은 이 조약을 체결하려고 하지 않을 것이다. 그러니 조선의 왕궁을 강제로 점령하여 국왕을 볼모로 조약을 체결한다. 이에 대한 세부 작전은 오도리 공사에게 일임한다."

일본 내각으로부터 긴급 훈령이 내려왔다. 일본 공사관은 긴박하게 움직이기 시작했다.

일본의 혼성여단은 남산 봉화대 밑에 포대를 설치했다. 그들은 성을 허물어 군사도로를 만들고 부대를 주둔시켰다. 또한 북악산 중턱에 포를 설치하여 경복궁을 사정거리 안에 두었다. 이에 대해 조선의 외부대신 조병직이 격렬하게 항의했으나 일본은 들은 체도 하지 않았다.

'일본이 총칼로 밀어붙이는구나.'

자영은 눈앞이 캄캄해지는 것 같았다. 대궐은 긴장감이 감돌고 조정 대신들은 어쩔 줄을 모르고 있었다. 일본군이 한양에 들어와 대궐을 향해 대포를 겨누자 자영의 신경이 날카로워졌다.

"일본은 청나라와 전쟁을 하려는 것뿐 조선에 해를 끼치려는 생각은 없습니다."

오도리 공사가 대궐에 와서 말했다. 자영은 재황과 함께 대책을 세우기 위해 사정전에서 골똘히 생각에 잠겨 있었다.

"공사, 조선에 해를 끼칠 생각이 없다면서 조선의 왕궁을 향해 대포를 겨누고 있소?"

자영은 오도리 공사를 차갑게 쏘아보았다.

"왕비 전하."

오도리 공사의 얼굴이 굳어졌다.

"청나라와 전쟁을 하고 싶다면 청나라에 가서 싸우지 왜 조선에 군대를 상륙시킵니까?"

"왕비 전하, 이것은 정사입니다. 왕비 전하께서 관여할 일이 아닙니다."

"공사, 공사는 참으로 무례하고 가증스럽소. 조선은 내 나라요. 외국인인 공사야말로 남의 나라 내정에 관여하지 말고 군대를 이끌고 돌아가야 할 것이오."

자영은 오도리 공사를 향해 신경질적으로 내뱉었다.

"왕비 전하, 조선에 그만한 힘이 있습니까?"

오도리 공사가 위압적인 표정으로 자영을 노려보았다. 오도리 공사와 자영의 눈빛이 허공에서 부딪쳐 불꽃을 일으켰다.

"지금은 없어요. 하나 왕조는 언제나 흥망성쇠를 거듭해왔어요. 왕조는 사라지고 없어도 사악한 자들은 역사에 이름이 남았지요. 많은 사람들이 일본의 악행과 악인들을 기록에 남길 거예요."

자영의 말에 오도리 공사의 얼굴이 사색이 되었다. 그녀는 이미 조선의 마지막을 예감하고 있는 것 같았다.

"공사는 빨리 일본군을 철수시키시오."

재황이 오도리 공사에게 말했다.

"전하, 지금은 철수할 수 없습니다."

오도리 공사가 화를 벌컥 내고 돌아갔다. 자영은 원세개를 경복궁으로 불렀다.

"원 대인, 일본이 우리 경복궁에 대포를 겨누고 있소. 대체 조선의 상국이라는 청나라는 어찌할 작정이오? 원 대인께서 대책을 말씀해보시오."

자영이 낮게 가라앉은 목소리로 원세개에게 물었다.

"송구하옵니다, 중전마마. 일본은 저희 청국과 개전을 할 요량인 듯하옵니다."

원세개는 잔뜩 풀이 죽어 있었다.

"일본과 청국이 개전을 하기 전에 우리 조선이 먼저 결딴이 나게 생겼소. 일본이 조선을 침략하면 청국에서 30만 대군을 보내 구원하겠다더니 모두 거짓이었소?"

"왕비마마, 우리 대청제국도 최선을 다하고 있습니다."

"최선을 다하고 있는데 이 꼴이란 말이오? 일본이 남산과 북악에 포를 설치하지 않았소? 일본군이 포를 한 방만 쏘아도 경복궁은 불바다가 될 것이라는 사실을 모르시오?"

"왕비마마! 조선은 개혁의 시기를 놓쳤습니다. 갑신정변 이후 10년이 지났는데도 무엇 하나 개혁한 것이 없지 않습니까? 조정은 썩어 문드러져 탁상공론이나 하고 있고 민씨 척당들은 매관매직이나 하고 있는 실정입니다. 이러한 때에 일본군을 맞이하였으니 어찌 감당할 수 있겠습니까? 그러나 청나라는 지금까지의 우의를 생각하여 조선의 사태를 결코 방관하지 않을 것입니다. 증원군을 요청하였으니 곧 당도할 것입니다."

원세개는 분연히 외치고 청국 막사로 돌아가버렸다.

'저, 저런 발칙한 놈!'

자영은 발을 동동 굴렸다. 그러나 마땅한 대책이 없었다.

일본군은 그동안에도 용산 부근에 병영을 설치하고 포병중대를 왕궁 부근의 넓은 땅에 배치했다. 이 포병중대의 배치는 왕궁의 점령과 한양 제압으로 아산에서 올라올지도 모를 청군을 격퇴하기 위한 요새로서의 비중도 크게 차지하고 있었다. 성안의 조선군을 위압하면서 한편으로는 성 밖의 청군의 공격에 대비한 양면작전이었다.

6월 17일부터 조선의 4대문을 일본군이 지키기 시작했고 6월 18일에는 일본군이 왕궁 앞에서 훈련을 하면서 총을 쏘아대는 바람에 조선인들이 놀라서 뿔뿔이 흩어져 달아났다.

일본의 동태가 긴박하게 돌아가자 자영은 왕궁시위대 대장 현흥택을 불렀다. 일본군이 들이닥칠 때를 대비해야 했다.

"현 부령, 시위대를 이끌고 왕궁을 철저하게 경비하시오."

자영은 현흥택이 부복하자 눈물을 글썽이며 당부했다. 자신이 남자라면 총을 들고 일본군과 싸우고 싶었다.

"황공하옵니다."

현흥택이 비감한 표정으로 고개를 들었다. 자영이 눈물을 흘리는 모습을 보자 가슴이 아팠다.

"일본군이 도성의 4대문을 장악하고 왕궁을 향해 대포를 겨누고 있소."

"중전마마, 신등이 불충한 탓입니다."

"일본이 종사를 위협하고 있는데도 조정 대신들이 하나같이 대책을 세우지 못하고 있소. 개혁 개혁 하면서도 개혁을 실행하지 않으면서 모든 책임을 우리 민문에게 전가하고 있으니 이런 무법한 일이 어디 있소? 내가 언제 개혁을 반대하기라도 하였소?"

"……."

"나도 평범한 궁중 아녀자로 지내고 싶소. 그러나 시국이 나를 그냥 두지 않는구려."

자영이 치맛자락으로 눈물을 찍어냈다.

"나라가 누란의 위기에 빠져 있소. 내 목숨이라도 바쳐서 백척간두에 선 우리 왕조가 반석 위에 설 수 있다면 얼마나 좋겠소?"

자영이 다시 눈물을 찍어내기 시작했다.

"중전마마."

현흥택이 고개를 번쩍 들었다.

"홍계훈은 아직도 올라오지 않았소?"

"예. 전라도에서 올라오고 있는 중입니다."

자영이 눈물에 젖은 얼굴로 현흥택을 똑바로 응시했다.

'아!'

현흥택은 가슴이 방망이질을 하듯이 뛰었다. 아름다운 얼굴이었다. 눈물이 촉촉이 젖은 두 눈이 한 쌍의 흑진주처럼 반짝거리고 있었다.

"현 부령!"

자영의 목소리는 전에 없이 처연했다.

"예, 중전마마."

현흥택의 목소리가 격정으로 떨렸다.

"일본군을 물리쳐주시오."

"중전마마, 신 현흥택 신명을 다 바쳐 일본군을 물리치겠나이다."

현흥택이 머리를 깊숙이 숙이고 대답했다.

"고맙소."

현흥택의 흉중을 짐작한 것일까. 자영이 애잔한 미소를 떠올렸다. 현흥택은 경복궁에서 나오자 즉시 시위대로 달려가 군사를 소집했다. 6월 20일 밤이었다. 한양은 칠흑같이 어두운 가운데 굵은 빗줄기가 장대질을 하고 있었다.

"시위대 군사들은 들거라! 일본군은 무엄하게도 우리의 국왕 전하와 영명하신 중전마마를 위협하고 있다!"

현흥택은 눈을 부릅뜨고 도열한 시위대 군사들에게 소리를 질렀다.

"바야흐로 국가의 명운이 우리의 두 손에 달려 있다! 우리가 비록 일본군에 비해 숫자는 적으나 죽기를 무릅쓴다면 무엇이 두렵겠는가?"

"……."

"제군들은 나와 함께 사생(死生)을 맹세하겠는가?"

"맹세합니다!"

군사들이 일제히 대답했다.

"우리가 비록 천류(賤流)에 지나지 않는다 하더라도 국은을 입었는데 어찌 결사의 각오로 보국충정을 맹세하지 않겠습니까? 우리는 죽기를 맹세합니다!"

"맹세합니다!"

"좋다! 지금부터 시위대 군사들은 왕궁 수비에 들어간다! 한 사람의 낙오자도 없이 각 영관의 지휘하에 왕궁을 철통같이 경호하라!"

"복명!"

군사들이 일제히 대답을 하고 무기고로 뛰어갔다.

'하늘이여, 무너져가는 이 왕조를 도우소서!'

현흥택은 캄캄하게 어두운 하늘을 쳐다보고 비감하게 외쳤다. 그의 얼굴에도 빗물이 줄지어 흘러내리고 있었다.

***

　6월 21일 새벽 0시 30분, 오도리 공사는 마침내 혼성여단에 경복궁 점령 계획을 실행하라고 지시했다. 경복궁 점령의 현지 지휘관은 보병 제21연대장 다케다 히데노부 중좌였다.

　일본군은 새벽 4시가 되자 두 방향으로 경복궁을 향해 진격했다. 보병 11연대는 서대문으로 진입하여 곧장 경복궁의 외곽을 둘러쌌다. 제21연대는 서소문에서 진입하여 일대를 백악에 매복시키고 다른 일대를 경복궁의 동쪽 고지에 포진시켰다. 제21연대 1대대의 대대장 모리 소좌는 영추문에 이르렀다. 그러나 영추문은 굳게 닫혀 있었다.

　오카모토는 어둠에 잠긴 경복궁의 담장을 노려보았다. 경복궁도 비가 내려 흠뻑 젖어 있었다. 오카모토는 경복궁을 공격하는 일본군을 인도하고 있었다. 대궐 안에는 궁녀로 위장한 하향이 기다리고 있었다. 날이 밝기 전에 조선 국왕을 인질로 잡아야 했다.

　"오잇! 대포를 끌고 와라!"

　모리 소좌의 명령에 억수같이 쏟아지는 빗줄기를 뚫고 병사들이 대포를 끌고 왔다.

　"쏴라!"

　모리 소좌는 군도를 휘두르며 살벌한 명령을 내렸다. 모리 소좌의 명령에 일본군이 대포를 발사했다.

쾅!

거대한 폭음과 함께 영추문이 부서져나가고 담장이 와르르 무너져 내렸다.

"돌격!"

성문이 부서져나가자 모리 소좌가 일본도를 들고 명령을 내렸다. 그러자 일본군이 와하는 함성을 지르며 영추문으로 달려 들어갔다.

보병 제21연대도 영추문에 도착하여 제3중대를 경복궁의 서쪽에, 제6중대를 동쪽에 배치했다. 그때 조선의 시위대 병사들이 치열한 사격을 가해왔다. 연대장 다케다 중좌는 1개 중대를 더 투입하여 조선군에게 맹렬한 사격을 해댔다.

경복궁 시위대는 조선의 최정예 병사들이었다. 그들은 주력이 평양에서 훈련받은 5백 명으로 편성되어 있었다. 일본군이 광화문과 영추문을 포탄으로 부수는 사이 최초의 습격 지점인 창화문에 주력이 배치되어 필사적으로 일본군을 격퇴하고 있었다. 이 틈에 일본군 제21연대는 경비가 소홀해진 영추문을 돌파하여 건청궁으로 달려갔다.

그들은 시위대와 최소의 전투를 치르고 경복궁을 장악하기 위해 작전을 실행하고 있었다.

곤령합 밖에는 약 50명 안팎의 시위대 병사들이 번을 서고 있었다. 오카모토와 하향은 일본군을 인도하여 신속하게 건청궁으로 진격했다. 건청궁의 시위대는 일본군이 달려 들어오자 뛰어나가 치열하게 전투를 벌이다가 전멸했다. 곤령합을 지키는 병사들이 일본군에게 순식간에 전멸하자 궁녀들과 환관들이 재황과 자영을 에워쌌다.

"이럴 수가, 이럴 수가 있는가?"

재황은 당황하여 얼굴이 사색이 되었다. 궁녀들과 환관들이 비명을 지르며 아우성을 쳐댔다. 일본군이 쏘는 탄환이 곤령합까지 빗발치듯 날아오고 있었다.

"멈춰라!"

이내 일본군이 곤령합을 빽빽하게 에워싸자 모리 소좌가 사격 중지 명령을 내렸다. 일본군은 궁녀들과 환관들을 밖으로 끌어내고 재황과 자영을 포로로 잡았다.

"전하!"

모리 소좌가 재황에게 부동자세로 거수경례를 했다. 그러나 일본군 병사들은 재황에게 총과 칼을 겨누어 위협적인 분위기였다.

'조선이 망하고 있는 게야.'

자영은 피가 나도록 입술을 깨물었다. 왕궁시위대가 이렇게 빨리 일본군에 제압당했다는 것을 믿을 수 없었다.

"전하, 조선군에게 전투를 중지하라는 어명을 내리십시오."

"전투 중지?"

"일본군이 이미 경복궁을 점거했습니다. 더 이상 전투를 하는 것은 무모합니다. 전투가 계속되면 국왕 전하와 왕비 전하, 세자 내외의 안전을 보장할 수 없습니다."

자영은 몸을 부르르 떨었다. 벌써 세자 내외까지 일본군에 포로가 되어 있었다. 재황이 자영을 쳐다보았다. 자영이 입술을 깨물며 고개를 끄덕거렸다.

"그렇게 하라!"

재황은 공포에 몸을 떨면서 어명을 내렸다. 재황의 전투 중지 명령은 즉시 조선군에게 하달되었다. 창화문 일대에서 치열하게 일본군을 격퇴하던 조선군 병사들에게는 청천벽력 같은 왕명이었다.

"전하!"

"전하! 어찌하여 이런 왕명을 내리십니까?"

조선군 시위대 병사들은 통곡을 하며 총통을 부수고 군복을 찢어버린 다음 경복궁을 탈출했다. 조선군의 일부 병사들은 신남영(新南營)에 주둔하고 있다가 건춘문(建春文, 경복궁 동문)으로 들어와 일본군과 싸우고 있었다. 조선군의 무기로는 독일의 연발총도 있었고 전투 의욕도 왕성했다. 이 때문에 일본군은 관문각(觀文閣, 동문 안)에서 시위대의 맹렬한 저항에 30분 동안이나 고전을 해야 했다.

조선군에 내린 재황의 전투 중지 명령은 병사들에게 피눈물을 흘리게 했다. 그러나 국왕인 재황의 왕명을 거역할 수는 없었다. 조선군 병사들은 백악 방향으로 철수하면서 일본군을 만나면 닥치는 대로 사살했다. 산발적인 전투가 계속되었으나 조선군 병사

들은 경복궁을 탈출하여 평양으로 돌아갔다. 이들은 청일전쟁이
발발하자 곧바로 청군에 가담하여 일본군과 맹렬하게 싸우게 된다.

일본군이 경복궁을 완전히 점령한 것은 6월 21일(양력 7월 23일)
오전 7시 30분이었다. 일본군의 경복궁 점령 소식은 한양의 조선
군 각 부대에 전달되었다.

"일본군이 경복궁을 침입했다! 일본군이 국왕 전하를 볼모로
잡고 있다."

비통한 소식은 비바람처럼 각 부대로 날아왔다.

"일본군이 조선군을 해산시키려고 한다."

조선군은 크게 술렁였다.

"우리가 비록 보잘것없는 군사에 지나지 않으나 왕궁이 유린당
했다는 소식을 듣고 어찌 이대로 물러설 수 있는가? 죽기를 맹세
하고 싸웁시다!"

"일본군과 싸웁시다!"

6월 21일 오후 1시, 일본군 11연대가 친군 통위영을 접수하러
왔으나 조선군은 맹렬하게 저항했다. 일본군은 통위영을 에워싸
고 포격하여 점령했다. 6월 21일 오후 3시 30분에는 창경궁 홍화
문 앞의 친군 총위영에서도 조선군이 맹렬하게 저항했다. 그러나
일본군은 총위영까지 포탄을 쏟아부어 점령했다.

일본군은 마침내 조선군의 무장해제에 착수했다. 경복궁과 한
양에 있던 각종 대포 30문, 기관포 8문, 소청 3천 정, 방대한 수량

의 탄약 등이었다.

***

　오카모토는 여기저기 시체가 나뒹굴고 있는 경복궁 뜰을 노려보았다. 일본군은 왕과 왕비를 위협하기 위해 내시와 궁녀들을 닥치는 대로 살해했다. 궁녀와 내시들이 죄도 없이 국왕과 왕비 앞에서 살해당했다.

　"오카모토님, 조선의 왕궁에는 보물이 많습니다."

　하향이 오카모토의 뒤에 와서 낮게 속삭였다.

　"보물을 약탈하자는 말인가?"

　"보물의 양이 어마어마합니다."

　"좋다. 내가 공사 각하에게 보고를 드리지."

　오카모토는 근정전에서 재황을 협박하는 오도리 공사에게 달려갔다.

　"공사 각하, 왕궁의 보물을 옮기게 해주십시오."

　"필요한 것은 가져가라. 나는 조약 문제로 바쁘다."

　오도리 공사가 말했다. 오카모토는 군사들에게 즉시 일본군 장교에게 지시하여 왕궁의 수많은 보물을 약탈하기 시작했다.

　"이 무기를 무엇 때문에 약탈해 가는가? 그대들은 군인인가 도적들인가?"

116

자영은 일본군이 무기를 약탈해 간다는 보고를 받자 손수 무기고까지 나와서 일본군 장교를 비난했다.

"우리는 상부의 명령에 따를 뿐입니다."

"닥쳐라! 지금 전하께서 일본 공사를 만나고 있으니 약탈하는 것을 멈추어라!"

자영은 피눈물을 흘리듯이 절규했다. 그러나 일본군은 아무 대꾸도 하지 않았다.

"왕비를 연금하라."

모리 소좌가 군사들에게 명령을 내렸다. 일본군이 울부짖는 자영의 팔을 끌고 곤령합으로 들어갔다.

'왕궁이 일본군에게 점령되다니 이게 무슨 꼴인가?'

자영은 비통하여 땅을 치면서 통곡했다. 일본군의 칼날에 살아남은 궁녀들도 오열했다. 재황은 일본군에 의해 어전으로 끌려가 있었다.

조선군의 무장해제로 한양과 경복궁에는 단 한 명의 조선군도 없는 비참한 상태에 몰려 있었다.

일본군이 경복궁에서 탈취한 각종 무기와 보물을 수송하는 데 일본군 수송병 240명이 동원되었으나 그것도 부족해서 병참부에서 50명의 인원과 야전병원의 인원까지 동원해서 운반했는데, 6월 21일과 22일 이틀에 걸쳐서 운반했을 정도로 방대한 양이었다.

일본은 조선군의 무장해제를 전국으로 확대해갔다.

32
청일전쟁

재황은 탈진하여 경복궁 근정전의 어좌에 앉아 있었다. 근정전을 빽빽하게 에워싼 일본군은 자영까지 밖으로 내몰고 살기등등한 눈빛으로 재황을 위협하고 있었다.

1894년 6월 21일 새벽의 일이었다. 재황은 일본군의 위협에 어찌할 바를 몰랐다. 일본군에게는 미처 통역이 붙어 있지 않은 상태였다. 곤령합까지 에워싼 일본군은 전투 중지 명령만을 내리게 한 뒤 통역까지 내보낸 것이다. 빗발은 여전히 쏴아 소리를 내며 세차게 쏟아지고 있었다. 하늘은 아직도 암울한 잿빛이었다.

경복궁을 점령한 일본군은 조선 왕실의 귀중한 보물을 약탈하기에 바빴다. 재황의 지시로 전투를 중지한 조선군 병사들이 경복궁을 탈출한 뒤라 대궐에는 조선군 병사들이 하나도 없었다. 일본군은 조선군이 없는 경복궁을 종횡으로 누비고 다니면서 왕비의 침실인 곤령합까지 군홧발로 마구 짓밟았다.

일본군의 다케다 중좌는 칼을 뽑아 들고 재황을 윽박지르고 있었다. 그러나 재황은 일본군 중좌가 무엇이라고 떠들어대는지 알 수 없어서 불안한 눈으로 번뜩이는 일본도만 쳐다보고 있었다. 그때 우포도대장인 안경수가 어전으로 달려 들어왔다.

"전하!"

안경수가 재황의 어전에 부복했다.

"오! 우포도대장!"

재황이 눈물을 주르르 흘렸다.

"전하! 신의 불충이 하늘에 이르고 있음입니다. 신에게 마땅한 처분을 내리소서."

"이제 와서 그런 말이 무슨 소용이 있는가? 경은 일본 말이 통하니 일본군 장교가 무엇이라고 하는지 알 수 있을 것이다."

"전하. 황공하온 말씀이오나 일본군은 국태공 저하를 들게 하시어 만기를 주재하라 하고 있습니다."

"아버님을?"

재황의 얼굴이 해쓱해졌다. 그때 유길준이 황급히 들어와 부복했다.

"아버님을 무엇 때문에 입궐하라는 것인가?"

"조선의 내정을 개혁하기 위해서라고 합니다."

"조선의 내정을 왜 일본에서 개혁을 해? 우리의 내정을 우리가 개혁한다고 하지 않았는가?"

"전하께서는 임시로 대정을 국태공 저하에게 맡기셨다가 다시 광정(匡正)하실 수 있습니다."

"전하, 오늘의 사변은 국태공 저하만이 수습할 수 있습니다. 서둘러 국태공 저하를 입궐하게 하십시오."

안경수와 유길준은 번갈아 재황에게 주청했다. 그들이 보기에도 이하응이 아니면 오늘의 일을 수습할 수 없을 듯했다.

"곤령합에서 중전을 들라고 하라."

재황의 목소리가 처량했다. 안경수와 유길준은 서로 얼굴을 마주 보았다. 왕이 이 다급한 순간에도 왕비를 찾는 것인가, 왕이 저토록 왕비를 사랑하는 것인가. 그들은 똑같이 그런 생각을 했다.

그때 소례복 차림인 자영이 궁녀들을 거느리고 어전에 나타났다. 일본 병사들이 재빨리 자영의 앞을 총검으로 가로막았다.

"비켜라!"

자영의 입에서 싸늘한 일갈이 터졌다. 일본 병사들은 주춤했다. 그러나 조선말을 알아듣지 못하는 일본 병사들은 여전히 자영을 가로막고 있었다. 일본 병사의 총에 꽂힌 대검이 자영의 가슴께를 겨누고 있었다.

'아!'

안경수는 몸을 부들부들 떨었다. 여차하면 일본군의 대검이 왕비의 가슴을 찔러버릴지도 모를 순간이었다.

"비키라고 하지 않느냐?"

자영이 다시 소리를 버럭 질렀다. 자영의 눈에서 무시무시한 안광이 터질 듯이 쏟아졌다.

"나는 이 나라의 왕비다!"

자영이 자신의 가슴을 겨누고 있는 대검을 맨손으로 움켜잡았다.

"중전마마!"

자영의 뒤에 서 있던 궁녀들의 입에서 뾰족한 비명이 터져나왔다. 자영의 손에서 피가 주르르 흘러내렸다.

"멈춰라!"

그때 다케다 중좌가 황급히 소리를 질렀다.

"조선의 왕비다. 앞을 가로막지 마라!"

"핫!"

다케다 중좌의 지시에 일본군이 자영에게서 총을 거두고 부동자세를 취했다.

"중전!"

재황이 어좌에서 몸을 일으켰다.

"중전마마!"

궁녀들이 자영을 향해 달려가며 오열을 터뜨렸다. 안경수와 유길준도 눈시울이 뜨거워져왔다.

"나 아직 죽지 않았느니라. 울고 싶으면 나 죽은 뒤에 울도록 하라!"

자영이 궁녀들에게 눈을 흘기고 재황의 옆에 가서 앉았다. 자영의 손에서는 아직도 선혈이 방울방울 떨어지고 있었다.

"중전!"

재황이 목이 멘 음성으로 자영을 불렀다.

"전하."

자영은 입술을 지그시 깨물었다. 밖에는 여전히 천둥 번개를 동반한 세찬 빗줄기가 몰아치고 있었다.

"시운이 여의치 않으니 국태공을 입궐하게 하여 대정을 맡기십시오."

"아버님께서…… 중전을……."

재황은 차마 입이 떨어지지 않았다. 이하응에게 정권을 맡기면 자영의 위치를 보장할 수 없는 것이다. 자영이 폐서인으로 축출될 수도 있고 죽임을 당할 수도 있었다.

"전하, 신첩의 일은 조금도 심려하지 마십시오. 왕실과 조선을 위해서라면 이 한 목숨 기꺼이 바치겠습니다."

자영의 눈에서 눈물이 주르르 흘러내렸다. 재황의 얼굴에서도 비통한 눈물이 흘러내렸다. 오도리 공사도 입궐하여 대원군에게 정권을 넘기라고 협박하기 시작했다.

"종사의 안위가 경각에 이르렀으니 국태공은 서둘러 입조하여 호국지책을 세우라."

재황은 마침내 이하응에게 입궐하라는 영을 내렸다. 오전 11시가 가까운 시간이었다. 자영은 비틀대는 걸음으로 곤령합으로 돌아왔다. 이하응은 왕명을 받고서야 근정전으로 입궐하여 재황을 만났다.

"아버님!"

"주상!"

재황이 이하응을 보다가 엎드려 절을 하면서 통곡했다. 이하응은 재황을 일으켜 세우며 같이 오열했다.

"아버님, 아버님께서 대정을 맡아주십시오. 불초한 소자가 아버님께 불효했습니다."

"주상, 울지 마십시오. 일국의 군주가 이렇게 나약해서 어떻게 나라를 다스리겠습니까?"

재황의 눈물을 보자 이하응도 가슴이 아팠다.

"아버님, 중전에게는 위해를 가하지 말아주십시오. 그것만 부탁드립니다."

"주상, 참으로 한심합니다. 이 지경이 되었는데도 왕비의 치마폭에서 벗어나지 못하는 것입니까?"

"부탁드립니다."

재황이 눈물을 비 오듯이 흘렸다.

"알겠습니다."

이하응이 보기 싫다는 듯이 고개를 돌렸다. 재황은 일본군의 요구대로 정권을 이하응에게 위임했다. 그러나 조선 조정은 일본의 손아귀에 들어 있었다. 경복궁을 점령한 일본군은 각 궁문마다 보초를 세우고 이름을 조사하여 대신들을 입궐시켰다. 김홍집, 김병시, 조병세, 정범조 같은 원로대신들이 일본군의 허락을 받아 입궐했다. 그러나 친청당이라는 낙인이 찍힌 심순택은 조방(朝房, 대신들이 조회를 기다리는 방)에 3일 동안이나 갇혀 있다가 간신히 입궐할 수 있었다. 대신들이 문안을 끝내자 각국 공사들이 들어와 재황에게 문안을 드렸다.

이하응은 대정을 위임받자 곧 조각에 착수했다. 군국기무처가 설치되고 영의정 겸 총재에 김홍집을 임명했다. 이른바 제1차 김홍집 내각이다. 군국기무처는 10인 평의회 성격을 띠고 있었다. 일본이 경복궁 점령 실행 과정으로 내세운 국왕의 연금, 이하응의 추대, 왕비 민씨를 축으로 한 민씨 일파의 추방, 친일 개화파의 등용이 군국기무처에도 그대로 적용되었다. 민영준, 민영규, 심상훈, 민응식, 민영익 등이 모조리 파직되어 유배되고 그 후임으로 김학진, 신정희, 조의연, 안경수, 어윤중, 김가진, 유길준 등이 임명되었다.

오도리 일본 공사는 군국기무처가 설치되자 무쓰 외무대신에게 긴급 보고를 했다.

"외무대신 각하, 조선은 이제야말로 우리 대일본제국의 수중지물(手中之物)이 되었습니다. 조선에서의 일은 안심하고 각하의 일을 추진하십시오."

각하의 일이라는 것은 청일전쟁을 뜻했다. 일본이 군국기무처를 설치한 것은 철저한 배일주의자인 이하응을 견제하기 위해서였다.

일본은 경복궁 점령이 마무리되자 청일전쟁의 개전에 나섰다. 이미 청일전쟁을 염두에 두고 대본영을 설치한 일본은 아산으로 혼성여단을 급파하는 동시에 조선 조정에 구축의뢰(驅逐依賴)를 요구했다. 구축의뢰는 일본군이 청군을 공격할 때 조선에서 모든 전쟁 물자를 공급하고 조선이 청나라에 선전포고를 하라는 내용으로 되어 있었다. 재황은 몸이 아프다는 핑계로 일본의 요구를 거절했다.

청일전쟁은 서서히 불이 붙고 있었다. 일본 대본영은 경복궁 점령 사건이 터지기 전인 6월 18일 혼성여단장인 오오시마 소장에게 청국군이 증가하면 눈앞의 적을 섬멸하라는 명령을 보냈고 사세보항을 출발하는 연합함대에게 23일 이후 청국 수송선을 만나면 무조건 격침하라는 지시를 내렸다.

6월 22일 일본 선발 함대는 아산만 앞바다에 있는 풍도 근해에서 청국 군함을 발견했다. 청국 순양함 제원호와 포함 광을호였다. 이들은 천진에서 증원병을 싣고 오는 수송선을 호위하기 위해 나와 있었으나 전투 명령은 받지 않은 상태였다.

6월 23일 아침이 되자 일본 군함은 갑자기 청국 군함에 접근하여 함포사격을 하기 시작했다. 당황한 청국 군함이 그제야 허겁지겁 응전할 준비를 했으나 포탄은 이미 뱃전으로 날아와 터지고 있었다. 제원호와 광을호는 일본 함대의 기습 공격에 변변하게 항전조차 하지 못하고 침몰했다. 그때 950명의 청국 증원군을 태우고 청국 수송선 고승호가 들어왔다. 일본 선발 함대는 고승호에도 맹렬한 함포사격을 해대서 고승호를 침몰시키고 8백 명의 청국 수군을 수장시켰다.

일본 육군인 혼성여단도 남하를 계속해 아산만 바로 위에 있는 성환에서 청군과 맞닥뜨렸다. 6월 26일 밤 일본군은 해전에서와 같이 기습공격을 감행했다. 일본군은 공격 개시 한 시간 반 만에 청군을 괴멸시켜 풍도 앞바다에 이어 청일전쟁의 서전을 승리로 장식하였다.

성환에서 패배한 청군은 뿔뿔이 흩어져 평양으로 후퇴의 길에 올랐고 일본은 승전보가 전해지자 흥분으로 들끓었다. 일본인들은 거리로 뛰어나와 만세를 부르고 상점이 철시를 하는 등 축제 분위기에 휩싸였다.

***

서전을 승리로 장식한 일본은 조선 조정의 개혁을 서둘렀다.

이른바 갑오경장을 실시하고 대대적으로 관제 개혁을 단행했다. 5백 년 동안 조선을 다스려온 육조도 폐지되고 내무, 외무, 탁지, 법부, 학무, 공무, 군무, 농상의 8개 아문을 설치했다. 영의정은 총리대신, 각 아문의 장은 대신으로 부르게 되었다. 아울러 일본의 주도로 변법도 제정되었다.

김병시는 김홍집과 함께 신내각 개혁안을 재황과 자영에게 상주하면서 눈물을 흘렸다. 강직한 인물인 김병시는 5백 년 동안이나 이어온 육조를 폐지하고 국권이 상실될 위기에 처한 사실에 통분하고 있었다.

음력 7월 1일, 청일 양국은 마침내 선전포고를 했다. 그러나 일본은 이와 같은 사실을 7월 9일이 되어서야 조선에 통고했다.

'흥, 일본이 아산전에서 승리를 했다고 기고만장해 있군!'

자영은 입술을 잘근잘근 깨물었다.

자영은 요즈음 왕궁 깊숙한 곳에서 두문불출하고 있었다. 불볕 더위의 7월이었다. 뇌성을 동반한 6월 장마가 대궐을 물걸레처럼 질펀하게 적시고 지나가자 풀잎 하나 까딱하지 않는 염천이 계속되었다. 더위로 부풀어 오른 공기는 밤이 되어도 식지를 않고 사람들의 겨드랑이로 땀을 흥건하게 흘러내리게 하고 있었다.

"무슨 놈의 날씨가 밤이 되어도 서늘해지지를 않느냐?"

자영은 걸핏하면 궁녀들에게 짜증을 부렸다. 일본군들이 아직도 대궐에서 물러가지 않아 신경이 바짝 곤두서 있었다.

'흥, 조선을 멸망시키려면 나를 먼저 죽여야 할 것이다!'

자영은 일본군을 생각할 때마다 입술을 깨물며 모질게 결심했다. 일본군의 검은 군복, 각반, 군화를 볼 때마다 어떻게 하든지 국면을 전환해야겠다고 다짐했다. 일본군 장교는 긴 칼을 허리에 차고 단총까지 꼽고 거들먹거리고 있었다. 사병들은 대검을 꽂은 장총을 등에다 대각선으로 메고 대오를 갖추어 삼엄하게 행군했다.

'저것이 어디 군대야? 살인 백정들이지.'

자영은 속으로 일본군을 비웃었다. 일본군은 이따금 건청궁 앞뜰에서 실탄을 쏘아대며 사격연습을 했다. 조용하기만 하던 대궐이 일본군의 사격연습으로 어수선했다.

"천하에 악독한 놈들이 아니냐? 대궐이 제 놈들 훈련장이라도 된다는 말이냐?"

자영은 탕탕대는 총소리가 날 때마다 악을 쓰고 소리를 질렀다. 그러나 일본군의 사격 훈련은 이틀이 멀다 하고 계속될 뿐 아니라 탄환이 이따금 건청궁의 곤령합 대들보까지 날아와 궁녀들이 일제히 비명을 지르곤 했다.

"중전마마."

그때 대전상궁 김 상궁의 다급한 목소리가 밖에서 들렸다.

"어찌 되었느냐?

"조일맹약(朝日盟約)이 체결되었다고 합니다."

"맹약이 체결되었다고? 그래 조정 대신들은 간도 쓸개도 없는 작자들이란 말이냐? 어찌하여 그따위 맹약을 체결한단 말이냐?"

자영이 몸을 부들부들 떨었다. 조일맹약은 일본이 청일전쟁을 벌이면서 조선에서 군수물자를 강제로 동원하기 위한 음모에서 비롯된 것이었다. 일본은 조선에 군사동맹을 맺어 조선과 일본이 공동으로 청나라와 싸울 것을 요구했으나 조선은 강하게 거부했다.

일본군은 벌써 평양을 향해 북상하고 있었다. 청나라도 압록강을 통하여 평양으로 대군을 집결시켜 30개 영 약 1만 5천의 대병력이 평양에 진을 쳤다. 일본은 조선에 파견한 5사단의 후속 부대를 원산에 상륙시킨 다음 제3사단을 인천으로 상륙시켰다. 5사단의 또 다른 부대는 부산에서 상륙하여 경부로를 통해 평양으로 북상하고 있었다.

'어찌 조선인들이 일본군의 인부 노릇을 해야 한단 말이냐.'

자영은 각 지방에 밀사를 보내어 일본군의 군사물자 징발에 협조하지 말라고 지시했다. 그러나 자영의 밀사는 곳곳에서 일본군에게 체포되어 오도리 일본 공사에게 보고되었다.

'조선의 왕비가 기어이 말썽이군.'

오도리 공사는 입맛이 씁쓸했다. 한낱 여자에 지나지 않는 조선의 왕비가 일본의 대조선 정책에 사사건건 제동을 걸고 있었다.

'조선의 왕비를 제거해야 해.'

왕비의 정치적인 수완은 오히려 이하응을 능가하는 실정이었다. 김홍집 내각이 성립되었으나 왕비는 교묘하게 국왕인 재황을 이용하여 조정 대신들을 조정하고 있었다.

'이번 밀사 건은 반드시 짚고 넘어가야 해!'

오도리 공사는 주먹을 움켜쥐었다.

"전하, 우리 일본군은 지금 조선을 위하여 싸우고 있습니다. 그런데 전하께서 밀사를 보내시어 일본군에 협조하지 말라고 지시하는 것은 무엇 때문입니까? 전하께서는 이 일을 반드시 해명하셔야 합니다!"

오도리 공사는 입궐하여 눈을 부릅뜨고 재황을 위협했다. 재황의 옆에는 왕비가 새침한 표정으로 앉아 있었으나 오도리 공사는 거들떠보지도 않았다.

"과인은 금시초문이오."

재황은 시침을 뚝 떼고 모른 체했다. 재황도 자영이 청군과 지방 관리들에게 밀사를 보내 일본군에게 협조하지 말라고 지시한 것을 상세히 알고 있었다.

"전하, 전하께서는 우리 일본군이 청군과 전쟁을 하는 틈을 타서 등을 치시려는 것이 아닙니까?"

"공사! 어찌 그럴 리가 있소?"

"전하께서 이와 같은 일을 반복하시면 외신은 뒷일을 감당할 수가 없습니다."

"뒷일이야 당연히 과인이 감당을 할 일이오!"

"전하! 이는 명백한 배신행위입니다! 조선의 종사가 일본을 배

신하고서도 명맥을 유지하리라고 보십니까? 전하께서는 국제정세를 잘 살피셔야 안위를 도모할 수 있을 것입니다!"

오도리 공사의 노골적인 위협에 재황의 얼굴이 붉어졌다. 그때 자영이 갑자기 깔깔대고 웃음을 터뜨렸다. 오도리 공사는 자영의 돌연한 웃음소리에 소름이 끼치는 듯한 전율을 느꼈다.

"공사!"

자영이 정색을 하고 오도리 공사를 쏘아보았다.

"예, 왕비 전하."

오도리 공사는 자신도 모르게 머리를 숙였다.

"공사의 태도가 참으로 방자하지 않소? 명색이 공사라는 위인이 그토록 무도한 말을 입에 담을 수 있소? 공사 같은 위인을 일본 황제가 조선에 파견한 것은 일본 황제의 큰 실책인 것 같소."

"왕비 전하!"

오도리 공사의 얼굴이 하얗게 변했다.

"공사는 들으시오!"

자영이 자리에서 벌떡 일어났다.

"일본인들은 청일전쟁이 조선의 자주독립을 공고히 하기 위해 일으킨 전쟁이라고 하면서 오히려 일본군을 동원하여 조선을 핍박하고 있으니 이것이 이치에 맞기나 하오?"

자영의 추궁은 폐부를 찌르는 비수처럼 날카로웠다.

"또 일본이 청나라와 전쟁을 하려면 청나라에 가서 할 일이지 무엇 때문에 조선에서 전쟁을 하여 이 나라 청구 삼천리를 전쟁터로 만드는 거요?"

"왕비 전하! 청군은 조선 땅에 주둔하여 조선 내정을 간섭하고 있습니다."

"닥치시오! 내정간섭이라면 오히려 일본이 더 극렬하지 않소?"

"왕비 전하! 일본은 조선의 내정을 개혁하고자 할 뿐입니다."

"조선의 내정을 개혁하기 위해 지엄한 궁궐에 일본군이 들어와서 총질을 한단 말이오? 또 조선군 시위대의 총기와 탄약을 모조리 압수하여 일본군 진영으로 끌고 간 것은 무슨 까닭이오?"

"내정이 개혁되면 무기는 반납할 것입니다."

"흥! 그것뿐이라면 내가 말도 하지 않겠소. 일본군은 명색이 한 나라의 군대면서도 조선 왕실의 보물을 모조리 노략질해 갔으니 도적의 무리가 아니고 무엇이오?"

오도리 공사는 등줄기로 식은땀이 흘렀다.

"공사는 들으시오!"

"예."

"일본군이 도적의 무리가 아니라면 조선 왕실에서 훔쳐 간 보물을 한 점도 빼놓지 말고 반환하시오! 내가 일본군이 도적의 무리인지 일본 왕실의 군대인지 두 눈 똑바로 뜨고 지켜볼 것이오!"

"왕비 전하!"

"조속한 시일 내에 일병이 대궐에서 철수하지 않으면 이 사실을 만천하에 폭로하겠소. 공사가 귀가 있어 내 말을 알아듣겠거든 그만 물러가시오!"

자영이 만천하에 폭로하겠다는 것은 열국 공사들에게 일본군의 비행을 알리겠다는 뜻이었다. 일본이 청나라와 전쟁을 하는 것은 국제사회에서 그다지 문제될 것이 없었으나 일본군이 보물을 훔친 것은 국제적인 망신을 살 수 있는 일이었다.

'혹을 떼려다가 혹을 붙였군.'

오도리 공사는 일본 공사관으로 돌아오자 벌레 씹은 표정을 했다. 그러나 서두르지 않을 수 없었다. 오도리 공사는 스기무라 서기관과 상의하여 일본군을 일단 경복궁 밖으로 철수시켰다.

8월 15일 마침내 일본군의 본대가 대군을 이끌고 대동강에 이르렀다. 그러나 일본군은 대본영의 지시에 따라 8월 16일까지 공격을 하지 않고 후속 부대가 모두 도착할 때를 기다려 세 방향에서 동시에 입체적인 공격을 하기 시작했다.

일본군은 포탄을 쏟아붓듯이 청군 진영에 포격을 가했다. 청군 총사령관인 총통각군(總統各軍) 섭지초가 지휘하는 평양성 현무문이 무너지기 시작했다. 섭지초는 아산에서도 일본군 혼성여단에 격파되어 평양까지 후퇴해 온 패장이었다. 전투를 하기 전부터 일본군에게 주눅이 든 섭지초에게는 작전을 수행할 능력도 없었고 청군의 사기를 북돋워 일본군과 필사적인 전투를 벌일 의욕도 없었다.

8월 17일 청군은 평양성을 버리고 패주하기 시작했다. 일본군은 평양에서 청군을 대파하자 즉시 한양에 승전을 알리는 벽보를 붙였다. 일본군이 벽보를 붙인 종로통에는 조선인들이 구름같이 모여들었다.

"금월 16일에 아일본황군(我日本皇軍)이 평양성을 극복하여 청군 2만 명을 오살(鏖殺)하니 무일인득면자(無一人得免者)라. 아일본 황병은 사상(死傷)이 극히 경미하니라. 아일본 황병 만세."

일본군이 붙인 벽보는 사람들이 흩어지면 모조리 찢겨졌다. 조선인들은 일본인들을 뼛속 깊이 증오하고 있었다.

전쟁은 바다에서도 치열했다. 일본의 연합함대는 일본 육군이 평양성에서 대격전을 치르고 승전고를 울릴 때 압록강 하구인 발해만의 대동구에 도착해 있었다.

청국 군함은 평양성의 대회전을 위해 육군 증원병을 상륙시키고 8월 18일 여순항으로 돌아갈 준비를 하고 있었다. 청군 함정은 수송선까지 모두 14척이나 되었다. 전함 8척, 보조함 2척, 수뢰정 4척의 막강한 함대였다.

8월 18일 낮 12시 50분, 일본 해군이 먼저 발포를 했다. 청국 해군도 즉각 대응 발포를 시작해 평화롭던 황해 바다는 삽시간에 포성으로 뒤덮였다. 물기둥이 하얗게 치솟고 포연이 자욱하게 황해 바다를 뒤덮었다.

해전도 평양에서 벌어진 육전 못지않게 치열했다. 그러나 시간이 흐를수록 청군의 패색이 짙어지기 시작했다. 육전에서도 마찬가지였으나 청군은 일본군보다 화력이 열세에 있었고 현대적인 훈련을 받지도 못한 군사들로 이루어져 있었다.

청국 함대는 해전이 시작된 지 다섯 시간 만에 완전히 괴멸되고 말았다. 청국 함대는 전함 4척이 완파되어 침몰되고 7척이 대파되었다. 일본의 연합함대는 2척이 대파되고 2척이 뱃전이 부서지는 손상을 입었을 뿐이다. 인명 피해에서도 청군 해군은 1천여 명의 사상자를 낸 데 비해 일본군은 270명의 사상자를 냈을 뿐이다.

이로 인해 일본은 조선의 전 국토를 수중에 넣은 데 이어 제해권까지 장악하게 되었다.

***

관군과 전주화약을 맺고 해산했던 동학농민군의 움직임도 심상치 않았다. 그들은 경복궁이 일본군에 점령되었다는 소식을 듣고는 분노로 몸을 떨고 다시 궐기해야 한다고 통문을 돌리고 있었다. 호남의 농민들은 다시 관아의 무기를 탈취하여 무장하기 시작했고 대구에서는 폭동이 일어나 일본인들과 조선인들이 집단 패싸움을 하여 조선인 여섯 명이 죽고 일본인 다수가 부상을 당했다.

조선인들의 반일 감정이 격해지자 오도리 일본 공사는 일본군을 동원하여 경계에 나섰다. 그러나 조선은 이미 평양 남쪽이 일본군의 수중에 완전히 들어가 있었고 조선 조정은 일본의 지시대로 움직이는 형편이었다. 군국기무처에는 친일계 인물들이 대거 포진해 일본의 요구대로 개혁 정책을 수립해나갔다.

일본에 망명 중이던 박영효가 돌아온 것은 음력 7월 6일이었다. 김옥균이 암살된 것은 박영효가 귀국하기 불과 4개월 전의 일이고, 박영효 자신도 김옥균이 암살된 지 한 달 후에 조선에서 온 암살자에게 살해당할 뻔한 일이 있었다. 그러나 박영효는 일본인들의 철저한 보호를 받으면서 인천에 도착하여 일단 일본인 거류 지역에 몸을 숨겼다.

박영효가 귀국했다는 소문은 비밀스럽게 퍼져나가기 시작해 자영의 귀에까지 들어가게 되었다.

'박영효가 귀국을 하다니 기절초풍할 노릇이군.'

자영은 어처구니가 없어 쓴웃음이 나왔다. 갑신정변이 실패로 돌아간 지 어느덧 10년이 되었으나 자영에게 박영효는 아직도 철천지원수였다. 그런데 박영효가 일본을 등에 업고 귀국한 것이다.

'일본은 박영효를 무엇 때문에 귀국시킨 것일까?'

자영은 박영효를 귀국시킨 일본의 저의를 헤아리느라고 골똘히 생각에 잠겼다. 7월 하순이었다. 장마가 그치자 볕이 따가워지면서 하늘이 높고 맑아졌다. 대궐의 침전과 누각 사이에 서 있는 나무들이며 숲이 어느덧 누르스름한 빛을 띠고 있었다. 낮이면 여름 내내 귓전이 먹먹하도록 울어대던 매미 울음소리가 시들해지고 밤이면 가을의 전령인 풀벌레들이 섬돌 밑에서 처량하게 울었다. 길고 지루한 여름이 서서히 물러가고 있었다.

'일본은 예상외로 군대가 강하다. 충남 아산에서 청군이 대패하고 풍도 앞바다에서 청나라 수군까지 몰살을 당했다고 한다. 온갖 모욕을 당하면서까지 연로정책(聯露政策)을 추진해왔는데 러시아가 위급한 때에 꼼짝도 안 하고 있으니 분해도 이제는 일본과 손을 잡는 척할 수밖에 없어.'

자영은 박영효를 이용할 계획을 세우고 곧바로 실행에 옮겼다.

박영효는 인천에 도착하여 두문불출하고 있었다. 10년 만에 밟는 고국 땅이었으나 아무도 반기는 사람이 없었고 사람들 앞에 나설 수도 없었다. 박영효는 국적(國賊)으로 선포되어 있어서 누구든지 박영효를 죽이면 벼락출세를 할 수 있었다.

박영효가 인천에서 노심초사하고 있을 때 한양에서 밀사가 찾아왔다.

"중전마마께서 이것을 전달하라고 하셨습니다."

밀사는 어안이 벙벙한 박영효 앞에 보따리 하나 던져놓고 재빨리 사라졌다.

'중전마마가?'

박영효는 붉은 보따리를 앞에 놓고 여러 가지 생각에 잠겼다. 대궐에서 사용하는 것이라 보자기는 호화스러운 비단이었으나 그

안에는 무엇이 들었는지 전혀 예측할 수 없었다.

'설마 사약을 보내지는 않았겠지.'

박영효는 기분이 이상했다. 그가 김옥균과 함께 갑신정변을 주도했기에 아버지를 비롯한 일가족이 역적이 되어 죽임을 당했고, 형 박영교와 동지인 홍영식도 비참한 죽음을 당했다. 그들이 청당이라고 하여 모살한 민태호, 민영목, 조영하, 윤태준, 이조연, 한규직의 자손들 입장에서 보면 당연한 결과였으나 박영효는 비통하기만 했다.

박영효는 떨리는 손으로 보자기를 풀었다. 그러자 보자기 안에서 붉은빛이 영롱한 조복(朝服) 한 벌이 나왔다.

중궁전하사품(中宮殿下賜品)

조복에는 여섯 글자만 달랑 써진 서찰도 한 통 들어 있었다.

'중전이 나를 복권시키겠다는 뜻인가?'

박영효는 자영의 진의를 파악하기 위해 이틀 동안이나 생각에 잠겨 있다가 의금부를 통해 신소장(伸訴狀)을 올렸다.

"죽을죄를 지은 신 박영효는 원통하고 절박한 사유에 대해 성상께 아뢰옵니다. 신은 대대로 국록을 타먹는 가문의 후손으로서 신의 부자형제 때에 이르러서는 전하의 지극한 총애를 입어서 온갖 광영을 누리게 되었는데 신의 부자는 이러한 은총에 감격하였으나 보답할 바를 알지 못하였습니다. 신의 아비 원양은 신의 형제들을 늘 경계하기를 나라의 은덕에 보답하려면 위험과 어려움을 피하지 말아야 한다고 했습니다. 신은 나이 어리고 식견이 얕아서 그 말을 듣고도 그 뜻을 이해하지 못한 채 단지 임금의 은혜에 만분의 일이나마 보답할 생각을 하였으나 사리에 맞는지 맞지 않는지를 가리지 못하였습니다. 갑신년 겨울에 이르러 시국이 날로 간고해지고 나라가 위태로워지는 것을 보고는 걱정되고 통분한 심정을 금할 수 없어서 이를 바로잡으려고 하였으나 충성을 다하기도 전에 누명을 뒤집어써서 위로는 임금을 욕되게 하고 아래로는 가문에 앙화를 미치게 하였으며 부모형제는 거의 다 죽고 보잘것없는 몸이 되어 떠돌아다니다가 다른 나라에 도망치기에 이르렀습니다. 신이 지은 죄는 한 시각이라도 하늘과 땅 사이에 목숨을 부지할 수 없는 것이지만 신이 한평생 마음에 다짐한 것은 유유한 푸른 하늘에 물을 수 있습니다. 일본에서 나그네살이 하는 11년 동안 잠을 자도 편안치 않았고 음식을 먹어도 달지 않았습니다. 처자를 두지 않고, 가무음곡을 즐기는 데 참가하지 않은 채 밤낮으로 근심함과 황송함에 싸여 오직 성상께서 이해하여주시기만을 바랄 뿐이었습니다. 아울러 신의 이번 걸음은 단지 전하의 용안을 우러러뵈옵고 구구한 심정을 하소하려는 것이 첫째이고 부모형제의 해골이나 수습하여 장사 지내는 것이 둘째입니다. 이 소원만 성취한다면 설사 구렁텅이에 물러가서 죽은들 여한이 없겠습니다. 이번에 벌써 여러 날이 지났으나 깊은 대궐에 신의 정성이 미치지 못하니 삼가 머리를 땅에 박고 엎드려 강음에서 처분을 기다리니 하늘 같은 부모의 심정으로 신의 곤고한 마음을 굽어보시고 신에게 결코 딴생각이 없다는 것을 살피시어 법 맡은 관청으로 하여금 도망하고 지시를 위반한 죄를 논하게 한다면 도끼로 찍고 끓는 가마에 집어넣는 형벌이라도 달게 받겠사옵니다. 당황망조하여 몸 둘 바를 모르겠나이다."

재황은 박영효의 신소장이 올라오자 쓰다 달다 말없이 잠자코 있다가 이틀이 지난 음력 8월 4일 승선원을 통해 박영효의 사면령을 내렸다.

"갑신년에 박영효가 지은 죄를 논한다면 누구인들 죽여야 한다고 말하지 않겠느냐마는 그의 마음을 살펴보면 사실 용서할 만한 점이 없는 것이 아니다. 이제 신소장을 보니 10년 동안 떠돌아다니면서도 나라를 그리워하는 마음을 잊지 않았다는 것을 알 수 있겠다. 그의 죄명을 특별히 지워버림으로써 조정의 관대한 뜻을 보일 것이다."

자영의 계책에 따라 재황이 사면령을 내렸지만 승선원에서부터 맹렬한 반대가 시작되어 시원임대신들인 심순택, 김홍집, 조병세, 정범조 등도 격렬하게 반대했다. 그러나 이들의 반대에도 불구하고 재황과 자영의 완강한 태도, 일본의 후원으로 박영효는 실로 10년 만에 한양 땅을 자유의 몸으로 밟는 감격을 누리게 되었다. 한양은 이미 일본의 수중에 들어가 있었다.

일본군은 경복궁에서 철수했으나 조선의 도읍 한양의 치안까지 일본군이 맡고 있었다.

군국기무처는 매일같이 법령을 만들어내다시피 하고 있었다. 그 법령들은 대부분은 동학농민군이 주장하던 개혁안과 흡사했으나 조선인들에게 커다란 반발을 샀다.

이하응은 군국기무처에서 의결한 안건을 일일이 심사하면서 수결을 놓지 않았다. 이하응이 철저한 쇄국주의자라는 점도 있었으나 이하응은 친일본당이 입안하는 정책을 오로지 감정적으로 무산시키려고 했다.

자영은 그 기회를 노려 왕권 회복 운동에 나섰다.

음력 8월이 이틀을 쉬지 않고 내린 가을비와 함께 물러가고 9월이 왔다. 음력 9월 3일 동학농민군은 각 지방에서 일본 상인을 살해하며 일본과 소규모 접전을 벌이기 시작했다.

전봉준은 조선을 병탄하려는 일본의 야욕을 간파하고 일본군을 쳐부수고 일본인들을 조선에서 축출하기 위해 다시 기병(起兵)한 것이다. 그러나 청일전쟁의 향방도 알 수가 없었고 농민군은 기병을 할 준비도 되어 있지 않았다. 전봉준은 일본군과의 결전이 피할 수 없는 운명이라는 사실을 깨닫고 군수물자와 군량미를 비축하기 시작했다.

8월이 되어 평양성에서 일본군이 승리하여 전선이 압록강 건너에 형성되자 조선은 완전히 일본군의 군화 아래 짓밟히게 되었다. 동학농민군 진압이라는 명분을 내세워 조선에 출병한 일본군이 느닷없이 궁궐을 침범한 사실에 전라 감사 김학진과 전봉준은 큰 충격을 받았다.

조선군을 무력화시킨 일본은 언제 화약고처럼 터질지 알 수 없는 농민군이 봉기하기만 하면 그 즉시 토벌할 계획이었다.

전봉준은 동학농민군 내부에서 점증하는 항일 봉기 요청을 뿌리칠 수 없었다. 일본군은 청일전쟁이 발발하자 경부로에만 21개소의 병참부를 설치하는 등 군수물자 수송에 혈안이 되어 있었다. 그러나 조선인들은 이에 조직적으로 저항했고 그 선봉에는 언제나 동학인들이 있었다.

음력 8월에는 동학농민군의 재봉기 요구가 더욱 격화되었다. 충청도에서는 1천 명의 동학농민군이 금강 부근에 모여 봉기할 움직임을 보이다가 흩어졌고 천안에서는 일본인 6명을 살해한 다음 일본인들을 몰아내자는 방(榜)까지 붙였다. 관군과 일본군은 동학농민군이 천안, 죽산, 공주 등에서 무기를 탈취할 움직임을 보이자 무기고를 봉쇄하고 엄중하게 지켜야 했다. 또 충청도 하담, 가흥 지방에서는 일본군 병참부대가 역부를 1백 명 모집하여 고용하려고 했으나 농민들이 들고일어나 일본군의 군수물자를 운반해주는 자는 매국노이므로 모두 죽이겠다고 하여 아무도 역부에 지원하지 않았다.

김개남은 음력 8월 25일 임실에서 봉기하여 남원으로 들어갔다. 이때 남원 부사는 이미 1개월 전에 달아나버리고 전라좌도 농민군 7만여 명이 남원 부중에 운집하여 재봉기를 요구하고 있었다.

전봉준은 김개남이 봉기하려 한다는 소식을 듣자 즉각 달려가 김개남을 만류했다

"큰 무리가 한번 흩어지면 다시 모으기 어렵소."

김개남은 전봉준의 제안을 한마디로 뿌리쳐버렸다. 이때는 이하응도 농민군의 재봉기 움직임에 우려를 표시하고 밀사를 전주 감영에 파견했다. 이하응의 밀지를 받은 전주의 농민군은 모두 성을 나와 해산하는 형식을 취했고 이하응의 밀사들은 남원을 향해 출발했다.

전봉준이 김개남 설득에 실패하자 곧이어 손화중이 남원으로 달려가 김개남을 설득하기 시작했다.

손화중은 김개남을 적극적으로 설득했으나 김개남은 듣지 않았다. 손화중과 전봉준은 김개남을 설득하는 데 실패하자 어쩔 수 없이 재봉기를 결심하지 않을 수 없었다. 김개남이 남원 일대 7만여 명을 집결시킨 것이 전봉준과 손화중에게는 무언의 압력이 되었다.

9월 1일부터 농민군의 산발적인 봉기가 일어나기 시작했다. 음력 9월 1일 금구 출신 대접주 김인배가 봉기하여 광양과 순천의 농민군과 함께 하동을 점령함으로써 농민군의 제2차 봉기는 들불

처럼 타오르기 시작했다.

전봉준은 고향 태인으로 돌아왔다가 9월 3일 금구 원평을 거쳐 전주 삼례에 도착 대도소를 설치하고 9월 13일 전라도 53개 군현에 동학농민군의 봉기를 호소하는 격문을 띄웠다.

"일본이 개화라고 일컬어 애초부터 일언반사도 없이 민간에 전포하고, 한편으로 격서도 없이 솔병하고 도성으로 들어와 야반에 왕궁을 격파하여 주상을 경동케 하였다고 하기에, 초야의 사민들이 충군애국하는 마음으로 강개하지 않을 수 없어 의려(의용군)를 규합하여 왜병과 접전을 하노라. 본년 6월 이래 일본군은 계속 조선에 상륙해 온바, 이것은 반드시 아국을 병탄하려는 것이니 어찌 이 나라의 신민 된 자로 좌시할 수 있겠는가? 조선의 신민 된 자 모두 동학으로 오라. 임금을 구하고 나라를 구하라. 왜적을 죽이고 충군애국하라!"

전봉준의 격문이 돌자 기다리고 있었다는 듯이 전라도 23개 군현의 농민군이 무기고를 열고 일제히 무장하는 한편, 삼례역으로 달려와 순식간에 삼례역 벌판은 농민군들의 흰옷으로 하얗게 뒤덮였다. 이때 전라도 각지에서 일제히 봉기한 농민군은 약 11만 4천여 명에 이르렀으나 각자 고을에서 대접주나 집강의 지휘를 받아 삼례는 불과 4천 명이 집결했다.

남원의 김개남 부대도 7만여 명에 이르렀으나 남원 일대의 전체 농민군을 말하는 것이고 김개남이 직접 지휘한 농민군은 1만

명 남짓 되었다. 그러나 이들은 모두 남접 소속이었고 북접은 농민군의 봉기에 소극적이었다. 교주 최시형을 비롯한 북접 지도부는 교조의 신원운동만 허락할 뿐 국왕에게 충성해야 한다는 이유로 농민군의 봉기를 불허했다.

전봉준은 9월 13일 격문을 돌린 뒤에도 1개월 정도 삼례에 주둔하여 농민군의 무장을 기다리고 남북연합이 성공하자 북접과 논산대회를 치르기로 했다.

일본은 9월 25일 조선 조정을 제대로 요리하지 못하는 오도리 공사를 이노우에 하오루로 교체했다. 9월 28일 조선에 부임한 이노우에는 동학농민군 토벌을 적극적으로 주도했다. 전임 오도리 공사에 의해 친일 내각으로 탄생한 김홍집 내각에 관군을 동원하여 농민군을 토벌하도록 압력을 가하는 한편 일본군을 대대적으로 동원하여 농민군 진압에 나섰다. 전봉준은 논산대회를 개최하기 위하여 10월 6일 선봉대를 파견하고 손화중과 최경선에게 농민군 7천 명을 지휘하게 하여 광주와 나주 부근에 배치했다. 일본군의 해안 침투를 저지하고 호남 일대의 집강소 체재를 유지하여 보급로를 안전하게 하기 위해서였다.

북접 농민군은 보국안민의 깃발 아래 보은으로 속속 집결했다. 이들은 10월 10일 통령 손병희의 지휘로 보은을 출발하여 돈론촌에서 보은 관군과 격돌하여 승리하고 농민군을 2대로 나누어 갑대는 영동과 옥천을 거쳐서 논산에 이르고, 을대는 회덕에서 청주 관군과 조우하여 청주 관군을 격파한 뒤 논산에 도착했다.

김개남의 농민군은 논산대회에 참가하지 않은 채 독자적인 활동에 들어갔다. 전봉준은 김개남에게 연달아 밀사를 보내어 후접(後接)이 되어줄 것을 요청했으나 묵살되자 10월 14일 남원을 출발하여 전주에 주둔하고 북상을 준비했다.

김개남은 전주에 주둔하면서 군수물자 징발에 비협조적인 고부 군수 양성환과 남원 부사 이용헌을 살해했다.

논산에서 조우한 전봉준과 손병희는 곧 의기투합하여 결의형제를 맺는 한편 전봉준을 총대장으로 추대하고 출진 준비를 갖추었다.

전봉준의 농민군과 손병희의 농민군은 일본군과의 대접전을 위해 10월 21일 마침내 공주를 향해 진군을 했다. 농민군은 11월 8일 공주를 향해 공격을 감행했다.

날씨는 눈발이 날릴 듯이 우중충했다. 음력 11월 8일이면 초겨울, 나뭇잎들이 모두 떨어진 공주 일대의 산과 들은 농민군과 토벌군으로 득실거렸다. 공주 봉황산에서 서쪽의 판치까지는 약 30리, 태백산맥에서 갈라져 나온 차령산맥이 마지막 가세를 떨치고 있어서 백운, 만례, 계룡 등의 연봉들이 빼어난 미태를 자랑하면서 우뚝우뚝 솟아 있었다.

농민군은 오후 2시부터 일제히 공격을 감행했다.

"왜놈들을 몰아내라!"

농민군은 노도처럼 사나운 기세로 구상조의 경군을 공격했다. 구상조가 지휘하는 경군은 농민군이 사나운 기세로 들이닥치자 사력을 다해 방어하려고 했으나 두 시간도 못 되어 공주읍으로 패퇴하고 말았다.

전봉준 부대는 구상조의 경군을 추격했다.

손병희 부대는 이인으로 진격하여 정면에서 총공격을 감행하는 한편 기습부대를 편성하여 오실(梧室)을 돌아 성하영의 경군을 포위했다.

성하영의 경군은 농민군에게 포위되어 수많은 군사가 피를 흘리며 죽어갔다. 그들은 악전고투를 하면서 필사적으로 포위망을 뚫으려고 했으나 좀처럼 포위망을 돌파할 수 없었다. 그러는 동안 날이 어두워지고 차가운 겨울비가 뿌리기 시작했다. 빗발은 사방이 캄캄해진 뒤에 더욱 굵어져 농민군과 경군을 후줄근하게 적셨다.

농민군의 총성이 뜸해지기 시작한 것은 빗발 때문에 화승총으로 사격을 할 수 없었기 때문이다. 성하영의 경군은 그 틈을 노려 필사적으로 농민군의 포위망을 뚫고 공주성으로 퇴각했다. 농민군은 승리의 여세를 몰아 공주성의 동남쪽인 향봉산까지 진출하여 공주성을 공격할 준비를 갖추었다.

일본과 관군도 서둘러 공주성 방어 태세를 갖추기 시작했다. 공주에 주둔한 토벌군의 총지휘자는 일본군 제19대대 대대장 미나미 소좌였고, 순무선봉진의 선봉장으로 파견되어 있던 이규태는 미나미 소좌에게 굴욕적인 질책을 받으면서 농민군을 토벌하지 않으며 안 되었다.

본군은 모리오 대위가 중대장인 일본군 1개 중대를 우금치에 주둔케 하고 통위영 영관 오창성이 지휘하는 조선군을 금학동에, 구상조의 조선군을 웅치에, 통위영 영관 장용진의 조선군을 봉수대에 배치했다. 이인에서 탈출한 성하영 부대는 일본군이 주둔하는 우금치의 능선에 총알받이로 내세우고 공주 감영 영장 이기동이 지휘하는 관군은 봉황산에 배치했다.

음력 11월 9일, 간밤에 내린 비가 그치자 날씨가 더욱 쌀쌀해졌다. 농민군은 주먹밥 한 덩어리로 배를 채우고 갑오농민전쟁사에 길이 남을 우금치 전투를 벌이기 위해 진을 출발했다. 아침 10시였다. 농민군은 병력을 3개 부대로 편성하여 효포, 웅치, 우금치로 압박해 들어갔다. 농민군의 주 공격 목표는 우금치였으나 토벌군의 세력을 분산시키기 위해 3면으로 공격을 시작한 것이다.

적병은 3면으로 둘러싸고 수미가 30리나 되어 마치 상산의 뱀과 같아서 격하면 바로 응했다.

조선의 관보 개국 503년 11월 29일자에 있는 기록이다.

그 이튿날 초 9일 낮이 되어 적의 세력을 상세히 탐문하니 각 진이 서로 바라보는 곳에 깃발이 가득히 꽂혀 있는데 동쪽으로는 판치 뒷산에서부터 서쪽으로는 봉황산 뒷기슭까지 연달아 30~40리에 걸쳐 산상에 진을 친 것이, 마치 사람으로 병풍을 두른 것 같아서 세력이 심히 창궐하여 고립무원의 염려가 없지 아니하였다.

《순무선봉진등록》에 있는 기록이다. 《순무사정보첩》에도 농민군의 맹렬한 공격에 두려움에 떨면서 남긴 기록이 있다.

아 저 수만의 비류들은 둘러친 것이 연하여 40~50리에 걸쳐서 길이 있으면 길을 싸워서 빼앗고 높은 봉우리가 있으면 그것을 싸워서 점거하려고 성동추서하고 섬좌홀우 하면서 깃발을 휘날리고 북을 두드리며 죽음을 무릅쓰고 앞을 다투어 기어오르는 것은 어떠한 의리이며 어떠한 담략인지 언념정적에 등골이 서늘하였다.

농민군은 우금치에서 치열한 전투를 전개했다. 공주의 우금치는 감영으로 들어서는 길목이어서 일본군과 관군도 필사적인 각오로 방어선을 펴고 대응을 했다.

일본군은 먼저 맹렬한 포격으로 농민군의 기선을 제압했고 곧

이어 일제히 사격을 했다. 이에 맞선 농민군은 대부분 화승총으로
무장하고 있어서 화력이 일본군에 미치지 못하였다.

그러나 농민군은 왜적을 몰아낸다는 신념으로 동료들의 시체
를 넘어서 계속 진격했다. 혈전이었다. 탄알이 빗발같이 쏟아지고
농민군들이 흘린 피가 우금치산을 피로 물들였다. 문자 그대로 시
체가 산을 이루고 피가 바다를 이루는 처절한 전투였다. 그러나
농민군은 조금도 동요하지 않고 진격을 계속했다. 농민군은 일본
군의 기관포 사격을 피하며 전투 개시 40분 만에 우금치 정상 5백
미터 앞까지 밀어닥쳤다. 일본군은 병력을 증원하여 농민군에 대
항했다.

농민군은 일본군이 증강되고 있음에도 약 2백 명이 우금치 정
상 150미터 앞까지 약진했고 선두의 5~6명은 백병전을 치를 수
있는 일본군 코앞까지 육박했다. 농민군의 주력부대도 선봉대를
따라 파도처럼 우금치로 밀려갔다. 일본군은 혼비백산했다. 농민
군은 쓰러지고 쓰러져도 꽹과리와 징을 치면서 공격을 감행했다.
일본군은 우금치 정상에서 산마루에 나란히 서서 농민군을 사격
하고 농민군의 탄환이 빗발치면 산 뒤에 은신했다가 다시 일어나
서 총을 쏘곤 하였다.

일본군이 산마루에 나란히 서서 일시에 총을 쏘고 다시 산 속으
로 은신했다가 적이 고개를 넘고자 하면 또 산마루에 올라가서

일제히 총을 발사했는데 이렇게 하기를 40~50차 하니 시체가 산에 가득 찼다.

관보 11월 29일자 부록 우금치사에 있는 기록이다.

농민군은 우금치를 넘기 위해 40~50회나 돌격을 감행했을 정도로 처절한 전투를 했다. 우금치를 공격한 전봉준 부대는 2시간 40분 동안 일본군의 바로 앞까지 전진했다가 일본군의 일제사격을 당해 쓰러지고, 전진했다가 쓰러지는 돌격전을 되풀이했다.

미나미 일본군 제19대대 대대장은 조선군 50명을 차출하여 150미터 전방에서 일본군을 공격하고 있는 농민군 왼쪽을 공격하게 했다. 농민군 선봉대는 정면과 좌측에서 치열한 사격을 받게 되자 전방 5백 미터 지점의 산으로 퇴각했다.

미나미 소좌는 일본군 1개 소대와 1개 분대를 차출하여 농민군 속으로 정면 돌격 명령을 내렸다. 특공대였다. 농민군은 일본군 특공대가 일본군의 엄호사격을 받으면서 돌격해 오자 이인 방면으로 퇴각하기 시작했다. 일본군은 퇴각하는 농민군의 추격을 조선군에게 맡기고 1개 중대를 급파 이인가도에서 농민군의 퇴로를 차단하려다가 전봉준 부대가 아직도 막강한 전투력을 보유한 것을 발견하고는 산허리에 불을 지른 다음 공주로 철수했다.

일본군은 공주 우금치 전투에서 농민군 전사 37명, 부상자 미상이라고 했으나 이는 우금치 전투의 실상을 은폐, 축소하기 위한 것이었다. 농민군은 우금치 전투에서 수천 명이 전사, 또는 부상을 당했다.

일본군의 무기는 자연발화 하는 장총으로 유효사격 거리가 5백 보나 되었으나 농민군의 화승총은 도화선에 불을 붙여 발사를 하면서도 유효사격 거리가 1백 보에도 미치지 못하였고 조준도 잘 되지 않았다. 농민군이 우금치 고개만 넘으면 공주로 진격할 수 있는데도 40~50회나 돌격전을 감행하고서도 끝내 패주할 수밖에 없었던 것은 이러한 무기의 격차 때문이었다.

손병희 부대가 웅치에서 관군에게 패한 것은 11월 11일의 일이었다. 경리영 영관 구상조는 경리영 영병들을 농민군으로 위장시켜 농민군에게 접근시킨 뒤 농민군이 방심한 틈을 타서 일제히 사격을 퍼부어 농민군을 패퇴시켰다.

손병희 부대는 오실에서 패퇴하여 전봉준 부대와 합류했다. 전봉준은 손병희와 상의하여 정전을 요구하는 고시문을 경군과 영병에게 보냈다.

경군과 영병에게 고시한다. 양차의 교전은 후회막급이라. 당초의 거의는 척사원왜 하는 것뿐이라. 경군이 사를 돕는 것은 실로 본심이 아니고 영병이 왜를 돕는 것도 자의에서 나온 것이겠는가. 필경은 천리(天理)에 동귀하리니 지금 이후로는 절대로 서로 쟁투하지 말고 부질없이 인명을 살해하지 말며 인가를 불태우지 말고 함께 대의를 도와 위로는 보국가(保國家) 하고 아래로는 안 민서(安民庶) 할 뿐이라. 우리가 만약 기만하면 반드시 천죄가 있 을 것이고 임금이 마음을 속이면 반드시 자멸할 것이니, 원컨대 하늘을 가리키고 해에 맹세하여 다시는 상해가 없기를 바란다. 며칠 전의 쟁진은 길을 빌리려 한 것뿐이다.

갑오 11월 12일 창의소

그러나 전봉준의 호소가 동학농민군을 뿌리째 뽑아버리려는 일본군에게는 휴지 조각에 지나지 않았고, 일본군에게 종속되어 있는 경군과 영병으로서도 받아들일 수 없는 것이었다.

농민군은 이때부터 북상하여 일본군을 몰아내려는 위치에서 비참한 패배자의 위치로 바뀌어 쫓기는 신세가 되었다.

김개남 부대는 1만 명의 병력으로 11월 13일 청주성으로 진격 했다. 일본군과 청주 영병은 남문 밖 6백 미터 지점에서 방어진을 구축하고 김개남 부대와 정면으로 돌격했다. 그러나 김개남 부대 는 5분도 버티지 못하고 퇴각하다가 신탄진 부근에서 대오를 정 비, 추격해 오는 일본군과 청주 영병을 맞아 한 시간 남짓 혈전을 치렀다. 그러나 김개남 부대는 이곳에서도 일본군과 청주 영병에 게 패해 후퇴의 길에 올랐다.

전봉준과 손병희가 지휘하는 농민군은 11월 14일 노성에서 전 열을 가다듬다가 일본군과 관군의 기습을 받아 전면적인 후퇴를 하기 시작했다.

전봉준 부대는 논산의 소토산에서 다시 대오를 정비하려고 했으나 일본군 1개 중대, 장위영병 1개 대대, 통위영병 1개 중대 등 약 1천여 명이 농민군 진영 안까지 맹렬하게 공격을 가해 와서 30분 동안 치열한 전투를 하다가 강경으로 후퇴했다.

전봉준 부대는 강경에서 김개남 부대를 만나 연합하여 추격군에 대항했으나 사기가 떨어진 농민군은 대패하여 다시 후퇴의 길에 올랐다. 퇴각하는 길은 비참했다. 날씨는 살을 엘 듯한 엄동설한이어서 농민군은 추위와 굶주림과도 싸워야 했다.

전봉준 부대는 김개남 부대와 헤어져 계속 남하하여 전주에 주둔했다가 금구의 원평으로 철수했다.

전봉준은 원평에서 병력을 보충하고 반격 준비에 들어갔다. 농민군은 원평의 산에 품(品) 자 모양의 진(陳)을 설치했다.

11월 27일 아침 일본군과 관군은 또다시 맹렬한 공격을 가해 왔다. 전봉준 부대의 농민군은 전에 없이 용감하게 반격을 개시하여 고지로 기어 올라오는 일본군과 관군에게 탄환을 비 오듯이 퍼부었다. 일본군과 관군은 하루 종일 성황산으로 돌격했으나 1차, 2차 돌격이 모두 실패하자 패전하여 하산하게 되었다. 그러나 일본군과 관군은 탄약과 병력을 보급받고 제3차 공격에 나섰다. 이때는 이미 밤 9시가 지난 시각으로 전봉준 부대는 탄약이 고갈되고 병사들이 하루 종일 아무것도 먹지 못해 극도로 지쳐 있었다.

전봉준은 그날 밤 농민군을 금구로 철수시키고 더 이상 승산 없는 싸움에 농민군을 몰아내서 희생시킬 수 없다고 판단하여 눈물을 머금고 농민군을 해산시켰다. 전봉준이 제2차 농민전쟁에 봉기하여 참여한 지 두 달 반 만의 일이었다.

전봉준은 부대를 해산한 뒤 부하 3명을 데리고 음력 12월 2일 순창의 피고리(避考里)로 갔다가 배신자의 밀고로 김경천과 한신현 일파에게 붙잡혀서 교도대에게 넘겨졌다.

전봉준은 부하 2명과 함께 순창 피고리에서 한신현, 김영철, 정창욱 등과 민정들에게 기습당하여 체포될 때 도망하지 못하도록 총 개머리판으로 발과 다리를 심하게 타격당하여 보행이 불가능하게 되어버렸다. 전봉준은 순창에 유진하고 있던 경군 교도대에게 인도된 후 나주를 거쳐 전주로 이송되었다. 전라 감사 이도재는 동학농민군이 전봉준 구출 작전을 감행하면 전봉준을 뺏길 염려가 있다고 판단, 일본군에게 넘겨 경성으로 압송하게 하였다. 경성에서도 동학농민군 세력의 구출 작전이 있을 것을 염려하여 전봉준을 내내 일본 공사관 감방에 투옥해두었다. 이 때문에 재판 이전의 모든 비공식적 심문이 일본에 의해 독점되어 진전되었다.

공식 재판과 심문은 5회 있었는데 초조는 1895년 음력 2월 9일, 재초는 2월 11일, 3초는 2월 19일, 4초는 3월 7일, 5초는 3월

10일에 있었다. 재판정에 출두할 때도 전봉준은 보행 불능 상태였기 때문에 가마를 타고 출정하였다. 부당하게 일본 영사 우치다가 재판석에 임석하여 심문했음에도 불구하고 전봉준은 일세의 영웅답게 당당히 응수하였다. 일본 영사의 외심하에 갑오경장 정권의 법무아문 권설(임시특설) 재판소에서 1895년 3월 29일(양력 4월 23일) 전봉준은 대전회통 형전 중의 '군복기마 작변관문자 불득시참(군복으로 말을 타고 관문에 변란을 일으킨 자는 때를 기다리지 않고 참한다)' 한다는 조항의 적용을 받아 사형선고를 받고, 그날로 그의 동지들인 손화중, 최경선, 김덕명, 성두한 등과 함께 교수형이 집행되었다. 전봉준은 교수대에 오르기 직전에 '위국단심수유지(爲國丹心誰有知, 나라 위한 붉은 정성 그 누가 알리오)'라는 시구를 남겼다. 이때가 전봉준의 나이 41세의 장년이었을 때였다.

동학농민군의 지휘자 전봉준, 손화중, 최영창 판결 선고서 원본에 있는 기록이다.

전봉준이 죽자 동학농민군이 활동을 하던 지역에서 〈파랑새〉라는 동요가 널리 불렸다. 농민들은 〈파랑새〉를 부르면서 녹두장군 전봉준의 죽음을 슬퍼했다.

새야 새야 파랑새야

녹두밭에 앉지 마라

녹두꽃이 떨어지면

청포장수 울고 간다.

　김개남은 태인에서 부대를 해산하고 태인군 산내면 종송리에서 강화 영병에게 체포되었다.

　손병희 부대는 전봉준 부대와 후퇴를 거듭하여 금구의 원평 전투, 태인의 성황산 전투까지 함께 격렬한 전투를 했으나 전봉준 부대가 해산하자 단독으로 남하하기 시작했다.

　날씨는 점점 추워지고 일본군과 관군의 추격이 계속되었으나 손병희 부대는 굴복하지 않고 남하하다가 장성의 갈현(칡고개)에서 일본군과 관군을 만나 혈전을 치렀다. 그러나 손병희 부대는 일본군과 관군의 추격을 따돌리기 위해 북상하다가 임실의 조항리에서 동학 교주 최시형과 해후했다.

　손병희 부대는 교주 최시형을 모시고 북상하기 시작해 무주에서 민보군을 크게 격파하고 충청도 땅으로 들어섰다. 음력 12월 12일, 손병희 부대는 영동의 용산 장터에서 경리영 경군 70명과 청주 영병 180명을 만나 격렬한 전투를 벌여 관군을 패퇴시켰다. 그러나 일본군은 동학농민군의 씨를 말리기 위해 살을 에는 혹한에도 불구하고 손병희 부대를 계속 추격하였다. 손병희 부대는 일본군의 추격을 피해 보은의 종곡까지 후퇴하여 야영을 했다. 음력

12월 18일 한겨울 산악 지방의 날씨는 농민군들 대부분이 동상에 걸릴 정도로 혹독하게 추웠다. 손병희 부대는 군데군데 모닥불을 피워놓고 잠을 잤다. 그러나 모닥불을 발견한 일본군이 불의에 야습을 감행, 농민군을 당황하게 했다. 농민군은 일본군의 기습으로 처음엔 고전했으나 곧바로 역습을 감행하여 전투를 벌였고, 시간이 흐르자 오히려 일본군의 패색이 짙어갔다.

일본군이 농민군을 기습한 것은 새벽 3시였으나 날이 밝으면서 일본군은 죽음을 각오하고 용감하게 싸우는 농민군에게 쫓기기 시작했다. 농민군은 아침 9시경 패주하는 일본군을 80미터 전방까지 접근해서 혈전을 전개했다. 그러나 농민군은 탄약이 고갈되기 시작해 1선이 무너져갔고, 일본군은 그 기회를 역이용 반격에 나섰다.

손병희 부대는 더 이상 전투를 계속할 화력이 없어 청주 방면으로 후퇴하지 않으면 안 되었다. 일본군은 종곡 전투에서 농민군 피해자를 전사자 3백여 명, 부상자 미상이라고 보고했다. 그러나 종곡 전투는 손병희 부대가 화력을 마지막으로 쏟아붓고 일곱 시간이나 치열한 혈전을 치른 전투여서 사상자는 훨씬 더 많았다.

손병희 부대는 화양동을 거쳐 충주로 들어가려다가 일본군이 기다리고 있는 것을 발견하고 음력 12월 24일 충주 못 미쳐 외서촌에서 농민군을 해산하고 최시형과 손병희는 잠적했다.

손화중 부대는 12월 1일 광주에서 해산했고 최경선 부대는 나주 부근에서 해산하였다. 최경선 부대에 잔류한 동학농민군은 일본의 지시를 받은 관군에게 157명이 총살되었고 63명이 투옥되었다가 모조리 학살당했다. 이 시기부터 일본군은 동학농민군을 학살하는 데 병력을 동원하였다. 일본군은 전투가 끝난 뒤에도 샅샅이 수색을 하여 농민군을 색출 학살했고, 포로가 된 농민군과 부상자들까지 짐승처럼 야만스럽게 학살했다.

보성에서는 경군과 일본군이 주둔하여 농민군 수십 명을 체포하여 처단하고 경군은 장흥 방면으로 떠났으나 일본군은 보성읍에 남아서 30여 명을 더 체포하여 학살했다. 일본군은 이제 농민군 사냥꾼으로 변모해 있었다.

농민군은 일본군이 도처에서 학살을 자행하자 산 속으로 숨기도 하고 끝까지 저항을 하기도 했다.

장성에서는 약 1천 명의 농민군이 일본군의 학살에 분개하여 해산하지 않고 장흥성 밖의 벽사역을 점령해버렸다. 이에 인근의 농민군이 호응해 와 장흥 부사를 난타하여 죽이고 학살에 가담한 관리들을 총살했다.

이때 농민군 중에 22세의 이소사라는 젊은 여인이 크게 용맹을 떨쳤다. 이소사는 마상에서 농민군을 지휘하며 장흥부를 공격하는 데 공을 세워 '동학 여장부'라는 이름으로 불리었다.

이소사가 지휘하는 농민군은 12월 7일 1만 명으로 불어나 강진읍을 점령하고 12월 13일 장흥성을 제2차로 점령하려다가 긴급 출동한 일본군과 경군 교도대의 대병력과 혈전을 치르다가 승리하지 못하고 후퇴하여 해산했다. 농민군 전사자의 수는 약 2백 명이었다.

농민군은 산발적인 저항을 계속했다. 일본군은 나주에 대대본부를 설치하고 농민군 학살 작전에 들어갔다.

호남 지방에서는 일본군이 농민군을 이 잡듯이 뒤져 학살했고 바다에서는 일본의 군함들이 농민군의 해상 탈출을 저지하며 육전대를 상륙시켜 해안 지방까지 후퇴해 온 농민군을 학살했다.

일본이 남해안에서 초계 활동을 하게 한 군함 츠쿠바호는 육전대를 전라도 좌수영에 상륙시켜 농민군을 무차별 학살하고 광양까지 진출하여 또다시 농민군을 대대적으로 학살했다.

일본군은 농민군이 완전히 해산을 한 뒤에도 계속해서 학살을 자행했다. 이로 인해 전라도 일대는 아비규환으로 변하고 농민들의 곡성이 그칠 날이 없었다.

농민군은 음력 12월 말경에는 대부분 해산했다. 나주에 주둔하던 제19대대는 음력 1895년 1월 16일까지 토벌본부(학살본부)를 설치하고 학살을 자행하다가 용산으로 철수했다.

농민군의 마지막 항전이 이루어진 곳은 대둔산이다. 농민군 중에서 끝까지 해산이나 항복을 거부하고 죽음으로써 절개를 지킨 사람들은 소년 1명과 임신부 1명을 포함한 동학 간부 26명이었다. 이들은 북풍한설이 몰아치는 음력 1월 대둔산의 한덕산으로

160

들어가 철벽같은 요새를 구축했다.

대둔산은 충청남도와 전라북도의 경계에서 충청남도 쪽으로 약간 치우쳐 있는데 산세가 험준하고 기암괴석이 많아 천연의 요새를 이루고 있었다. 주봉은 해발 878미터의 마천대였다.

농민군은 한덕산 산정에 세 채의 집을 지어 임신부와 어린 소년을 거처하게 하면서 추위도 피했다. 그러고는 일본군의 습격을 대비해 돌을 쌓고, 총구멍을 내고 큰 돌과 거목을 쌓았다.

음력 1월 8일 공주 감영에서 영병이 대둔산으로 농민군을 공격해 왔다. 공주 영병은 3일 동안이나 농민군을 공격했으나 농민군이 구축한 요새가 깎아지른 듯한 절벽 위에 있는 데다 농민군이 바위와 거목을 굴리면서 사격을 했기에 접근조차 하지 못하고 패주했다.

농민군이 열세에 놓인 뒤로 급격하게 조직되기 시작한 민보군도 농민군을 토벌하려고 시도했으나 막대한 희생자만 내고 철수하였다.

음력 1월 21일 공주의 영병들이 다시 공격했으나 농민군의 필사적인 저항에 부딪혀 철수했다.

음력 1월 23일엔 전주 감영에서도 관군들이 대포를 끌고 와서 한덕산의 농민군을 포격하였다. 그러나 대포는 한덕산 산정까지 끌고 올라갈 수 없었고 밑에서 아무리 포격을 해도 농민군의 요새에 미치지 못하였다.

일본군은 농민군이 난공불락의 요새에서 방어선을 구축하고 치열하게 항전하자 일본군과 조선군 60명으로 특공대를 편성하여 농민군 토벌에 나섰다. 특공대는 1월 24일 새벽 5시 등산용 사다리와 장비를 갖추고 3로로 나누어 한덕산을 올라가며 맹렬하게 전투를 재개했다. 그러나 농민군의 저항이 더욱 치열해 우수한 장비를 갖춘 일본군 특공대도 전혀 손을 쓸 수가 없었다.

일본군 특공대는 정면 돌파를 포기하고 조선군에게 전면에서 맹렬한 사격을 하게 한 뒤 한덕산의 뒤로 돌아가서 깎아지른 듯한 암벽을 타고 올라가기 시작했다.

농민군은 전면의 적과 치열한 전투를 하다가 절벽을 타고 올라온 일본군이 불시에 후면을 공격하자 용감하게 싸우다 전원이 장렬하게 전사하였다. 농민군은 새벽 5시부터 오후 2시까지 아홉 시간 동안 처절한 혈투를 벌였으나 어린 소년 1명만 남고 27~28세의 임신부까지 합해 25명이 전사하였다. 접주 김석순은 한 살쯤 되는 어린 여아를 안고 암벽의 계곡으로 뛰어내려 자살함으로써 일본군에게 굽히지 않는 절개를 보여주어 토벌에 나선 일본군까지 숙연하게 하였다.

제2차 농민전쟁에서 일본군과 관군에 희생된 농민은 전사자와 학살자를 포함해서 약 30만 명에 이른다는 주장이 있다.

***

문을 열자 눈이 자욱하게 내리고 있었다. 대궐의 전각과 뜰에 눈이 하얗게 쌓였다. 눈 때문인지 뜰을 오가는 궁녀들과 내시들의 얼굴도 모처럼 밝아 보였다. 자영은 전봉준의 공초를 읽다가 말고 우두커니 허공을 응시했다. 이제 며칠이 지나면 새해가 밝아올 것이다.

'내년이 벌써 을미년인가?'

자영은 눈 오는 뜰을 내다보면서 곰곰이 생각에 잠겼다. 남도를 휩쓸던 동학의 괴수 전봉준이 체포되고 한양으로 압송되어 공초를 받던 일이 자꾸만 머릿속에 떠올랐다. 시골의 평범한 선비에 지나지 않던 그가 농민군을 이끌고 관군과 대적한 이유는 무엇일까. 그는 전주화약을 맺고 휴전에 들어가기까지 했다. 국왕을 반대한 것이 아니라 조정의 간신들과 지방의 탐관오리를 쓸어내려고 했다. 전봉준을 역적이라고 보기에는 생각할 점이 많았다. 그는 일본을 몰아내고 서양인들을 배척하려고 했다.

'척양척왜는 시대를 거스르는 것이다.'

자영은 전봉준이 개화에 대해서 전혀 모르고 있다고 생각했다.

'내가 동학의 우두머리였다면 새 나라를 세우려고 했을 것이다.'

자영은 전봉준이 나라를 세우기에는 역부족이라고 생각했다.

그는 조사를 받으면서 이하응과 이준용에게 의지하려고 했다.

'김옥균은 조정만 장악했고 전봉준은 농민들만 이끌었다. 둘이 손을 잡았으면 새 나라를 세울 수 있었을 거야.'

자영은 김옥균의 죽음에 대해서도 생각해보았다. 김옥균을 죽이라는 밀명을 내린 것은 재황이고, 홍종우를 찾아서 밀명을 전한 것은 민영익의 집사 고영근이다. 고영근은 몇 번밖에 얼굴을 보지 못했으나 민씨 가문의 인재들보다 영민했다. 장단 부사로 나갔다가 돌아와 있었다.

'김옥균은 일본인으로 개명까지 한 자다.'

자영은 김옥균을 죽이는 것이 당연하다고 생각했다. 언젠가 김옥균을 따라 유대치의 한약방을 찾아갔던 일이 떠올랐고 별입시를 하여 능란한 언변으로 개화를 주장하던 모습도 떠올랐다. 그는 일본으로 달아난 뒤에도 일본군을 동원하여 조선을 침략하려고 했기에 매국노라는 비난을 받았다. 그는 일본에서도 끝없이 정변을 일으킬 음모만 꾸며 조정에서도 그를 압송해달라고 일본에 압력을 넣고는 했었다. 그때 내시의 안내를 받아 고영근과 낯선 사내가 중궁전을 향해 눈을 맞고 걸어오는 것이 보였다. 자영은 자세를 바로 하고 앉았다. 고영근이 박 상궁에게 귓속말을 하는 것이 보였다. 박 상궁이 총총걸음으로 언년에게 다가왔다.

"마마, 전 장단 부사 고영근과 홍종우가 입시했습니다."

박 상궁의 말에 자영은 깜짝 놀랐다. 낯선 사내가 홍종우라는

164

말에 자신도 모르게 긴장했다.

"들라 하라."

자영이 홍종우를 살피면서 명을 내렸다. 홍종우는 장년의 사내로 눈빛이 강렬했다. 대청 앞 섬돌에서 눈을 털고 고영근을 따라 들어와 절을 올렸다.

"중전마마, 문후드립니다."

고영근이 먼저 입을 열었다.

"앉으라. 눈이 오는데 반가운 손님들이 왔으니 박 상궁은 차를 내와라."

자영이 함박 미소를 지으면서 고영근과 홍종우를 살폈다.

"예."

박 상궁이 뒷걸음으로 물러갔다.

"그대가 홍종우인가?"

자영이 홍종우를 향해 물었다.

"예."

홍종우는 얼굴을 들지 않고 있었다. 박 상궁이 고영근과 홍종우 앞에 차를 내놓았다.

"참으로 어려운 일을 하였다. 김옥균을 죽인 연유가 무엇인가?"

"황공하옵니다. 신은 한 개인의 원수를 갚은 것이 아니라 김옥균이 국적이기 때문에 처단한 것입니다."

홍종우는 눈썹이 짙고 목소리가 굵었다.

"그대의 말이 옳다. 매국을 하면 반드시 죽는다는 것을 알리기 위해 나 역시 대군주 폐하께 권한 것이다. 차를 마시라."

자영이 두 사람에게 권했다. 문을 열어놓아 밖에서 냉기가 스며 들어왔다.

"망극하옵니다."

고영근과 홍종우가 차를 한 모금씩 마시고 내려놓았다.

"불란서 유학을 했다고 들었다. 어찌하여 불란서까지 가게 되었는가?"

"신은 집안이 가난했으나 신문명이 대세라고 생각하여 일본으로 건너가 아사히신문에서 일을 하여 돈을 모은 뒤 불란서로 갔습니다."

홍종우는 몰락한 양반이었다. 조선에 개화의 물결이 도도하게 밀려오고 갑신정변이 일어나자 자신의 돈으로 일본으로 건너갔다. 그는 일본에서 아사히신문의 식자공으로 일하면서 돈을 벌었다. 그는 철저하게 고학으로 유학을 했고 신문명을 배워 조선을 개화시킬 것이라고 결심했다. 그는 뼛속 깊이 충성이 몸에 밴 인물이었다. 일본에서도 조선인의 옷을 입고 조선인으로 당당하게 행동했다. 김옥균은 일본 옷을 입고 일본 이름으로 개명까지 했으나 홍종우는 자신이 조선인이라는 사실을 잊지 않았다.

"불란서 말은 언제 배웠는가?"

"일본에서 일본 말을 배우면서 불란서 말도 함께 배웠습니다."

"불란서에서는 무엇을 하였는가?"

"불란서에 대해 공부를 하면서 《춘향전》과 《심청전》을 불란서 말로 번역하여 책을 만들었습니다."

"어찌하여 불란서까지 간 것인가? 내가 듣기에 불란서는 참으로 먼 나라라고 하였다."

"일본의 문명이라는 것이 모두 미국이나 구라파에서 온 것입니다. 하여 불란서에 가서 배우고자 했습니다."

"불란서가 일본보다 부강하던가?"

"불란서는 부유하고 강대한 나라입니다."

"불란서 사람들은 어떻던가?"

"사람들은 모두 백인이었습니다. 공장이 많고 학교에서 많은 사람들이 공부하고 있었습니다."

"전기와 기차가 있던가?"

"전기도 있고 기차도 있었습니다."

자영은 홍종우와 오랫동안 불란서에 대해서 이야기를 나누었다. 불란서의 정치, 역사, 그리고 여자들의 삶에 대해서도 이야기를 나누었다. 홍종우가 잔 다르크에 대해서 이야기를 하자 무릎을 치면서 관심을 기울였다. 이야기는 어둠이 내릴 때까지 계속되었다.

"날이 이미 저물었구나. 눈이 많이 오고 있으니 해월각에서 어사주를 들고 가라."

해월각은 손님들에게 식사를 대접하는 곳이고 어사주는 임금
이 하사한 술이다.

"망극하옵니다."

"조선을 부강하게 하는 데 일조하라."

"신 목숨을 다하여 충성을 바치겠습니다."

홍종우가 깊숙이 머리를 조아렸다.

"장단 부사는 보았는가? 홍종우와 같은 의열(義烈)을 배워야 할
것이다."

"신 또한 목숨을 다하여 충성을 바치겠습니다."

"나에게 변이 생겨도 그리할 것인가?"

"중전마마께 변이 생기면 세상 끝까지 쫓아가서 처단하겠습니
다."

"내가 두 충신을 믿는다."

자영은 유쾌하게 웃은 뒤에 고영근과 홍종우를 물러가게 했다.
그들은 눈을 맞고 와서 눈을 맞고 돌아갔다.

33
불멸의 여인

일본과 청나라의 전쟁은 치열하게 전개되었다. 일본군의 전투부대가 여순 일대를 공격하고 있을 때 또 다른 일본군은 조선에서 동학농민군을 대대적으로 토벌하고 학살했다.

'결국 조선을 돕는 나라는 없는 것인가?'

자영은 일본과 청나라가 전쟁을 벌이고 있는데도 러시아, 미국 등이 군대를 파견하여 돕지 않자 실망했다. 미국과 러시아 등은 자국 공사관을 보호하기 위해 인천에 함대를 파견하고 공사관에 수병을 진주시키면서도 조선을 돕지 않고 있었다.

"국왕 전하와 왕비 전하께서 안전한 모습을 뵈니 참으로 다행입니다."

일본군이 경복궁을 점령한 다음 날 각국 공사들이 대궐에 들어와 안전을 확인했다.

"공사들의 염려 덕분에 왕실은 안전하오."

재황은 슬픔에 잠겨서 공사들을 응시했다.

"왕비 전하, 얼마나 놀라셨습니까?"

미국 공사가 자영을 살피면서 물었다.

"미국은 대국이라고 들었는데 어찌 불법적인 일을 방관하시오?"

자영이 미국 공사를 쏘아보았다. 미국은 갑신정변이 일어날 무렵에도 청나라와 일본이 전쟁을 벌이면 왕실을 보호하겠다고 굳게 약속했었다. 그러나 일본군이 대궐을 에워싸고 청나라 군사가 일본군을 공격해도 꼼짝을 하지 않았다.

"본국의 명령이 없으면 공사가 군대를 움직일 수 없습니다."

"왕비 전하. 미국, 영국, 불란서 등은 조선에서 수행하는 일본의 군사행동을 양해한다는 조약을 체결했습니다."

오도리 공사가 자영을 비웃듯이 말했다.

"베베르 공사. 러시아도 일본과 조약을 체결했소?"

"러시아는 그런 사실이 없습니다."

베베르 공사가 단호하게 말했다.

"그런데 어찌하여 군사를 파견하지 않소?"

"일본이 청나라와의 전투에서 승리한다고 해도 국지전에 지나지 않습니다. 러시아는 일본에 적절한 조치를 취할 것입니다."

"미국도 불란서와 연계하여 조치를 취할 것입니다."

러시아 공사와 미국 공사의 말에 오도리 공사가 분개하여 몸을 떨었다.

"오도리 공사. 공사는 즉시 대궐에서 일본군을 철수시키시오."

"본국의 훈령이 있어야 합니다."

오도리 공사는 눈에서 살기를 뿜었다. 조선의 왕비가 노골적으로 일본을 적대시하고 있었다. 일본군이 경복궁을 점령하고 있는데도 도발을 하는 것은 죽여달라는 것이나 다름없었다.

'왕비는 죽음을 각오하고 있다.'

오도리 공사는 왕비를 자극하지 말아야 한다고 생각했다.

'이 치욕을 반드시 갚아야 해.'

자영은 공사들이 돌아가자 입술을 깨물었다. 일본군이 대궐을 점령한 것은 치욕적인 일이었다. 자영은 그 생각을 할 때마다 잠을 이루지 못했다.

'조선은 망해가고 있어.'

자영은 일본군의 승전 소식이 들려올 때마다 고통스러워했다.

***

동학농민군이 제2차로 봉기를 했을 때 일본군은 청나라의 여순까지 진출하여 치열한 격전 끝에 점령하고 대학살에 들어갔다. 일본군은 중국인 부녀자들까지 마구 학살하는 만행을 저질러 '문명의 피부에 야만의 근골(筋骨)을 가진 민족'이라는 비난을 유럽으로부터 받았다. 이때 일본군에게 학살당한 중국의 비전투원은 6만 명이나 되어 그 피가 강을 이루면서 여순 앞바다로 흘러들었다.

조선 왕궁 점령 사건은 열국 공사들에 의해 여러 나라에 알려졌다. 러시아와 미국이 조선 왕궁을 점거한 것은 불법이라고 일본을 압박했다.

"조선 왕궁을 점거한 것은 공사의 과잉충성이다."

일본은 오도리 공사를 귀국시키고 내무대신을 역임한 거물 정치인 이노우에를 조선의 공사로 파견했다.

이노우에 공사는 9월 28일 조선에 부임하자 곧바로 신임장을 바치고 단독 알현을 청했다. 이때 이노우에 공사는 자신이 재황에게 상주하는 내용이 모두 중대한 국사라는 이유를 들어 왕비가 동석할 것을 요구했다. 조선왕조의 정책을 좌지우지하는 사람은 국왕인 재황이 아니라 왕비라는 것은 이미 일본의 내각에까지 알려질 정도로 공공연한 비밀이었고, 일본의 1급 정객인 이노우에 공사가 왕비의 동석을 요구한 것은 그 사실을 공식적으로 인정하는 것이나 마찬가지였다.

'그래, 내가 너희가 만나자면 못 만날 것 같은가?'

자영은 오연하게 입술을 깨물었다. 일본 대신을 만나는 것은 처음이 아니었다.

일본은 6월에 경복궁을 무력으로 점령하여 조선의 민심이 흉흉하자 왕실 위문사로 일본의 추밀원 고문관 사이온지 긴모치를 특사로 파견했었다.

"일본군의 경성 입성 이래 주민의 다수가 성외로 도망가고 일반인의 생활은 심히 곤란하다. 이때 일본이 조선 왕가를 위문하고 빈민을 구휼하기 위한 특사를 파견하는 것이 양국의 친선에 도움이 되리라고 본다."

오도리 공사가 보고했다. 이에 일본 내각이 위문사를 파견한 것이다.

사이온지 위문사 일행은 재황을 알현하고 의례적인 인사를 나눈 후에 왕비와의 회견을 강청했다. 이때 이미 자영의 명성은 일본 조야에까지 파다하게 퍼져 있어서 사이온지 일행은 자영의 미모와 총명이 어떤지 직접 보고 싶었던 것이다.

외부대신 김윤식은 조선에서는 왕비가 외국 사신을 접견하는 관례가 없다고 하면서 단호하게 거절했다. 그러나 사이온지 일행의 요구가 워낙 강경해 자영은 발을 반쯤 걷어 올리고 궁녀들이 다시 그 앞에 앉아서 자영의 몸을 가린 뒤에야 접견을 허락했다.

"왕비 전하, 6월의 일로 심려를 끼쳐드려 죄송합니다. 일본 황실은 조선 왕실에 심심한 사의를 표하고 조선과 일본이 더욱 친밀하게 지내기를 희망합니다."

사이온지는 의례적인 인사를 했다.

"일본군이 대궐에서 철수하기를 바라오."

자영은 싸늘하게 한마디를 말했다. 자영과 많은 이야기를 나눌 것으로 생각한 사이온지는 자영이 어떠한 말에도 반응을 보이지 않자 실망했다. 그런데 이노우에가 또다시 자영의 알현을 청한 것이다.

음력 10월 7일 이노우에 공사는 알현을 허락받고 경복궁의 집경당으로 들어갔다.

"폐하, 신이 지난번 신임장을 제정하면서 알현을 청했을 때 왕후 폐하께서도 임어하시기로 약조하셨습니다. 황공한 말씀이오나 왕후 폐하께서도 임어하셨는지요?"

이노우에는 자영이 보이지 않자 단도직입적으로 재황에게 물었다.

"중전도 함께 있소."

재황이 얼굴을 찌푸리며 대답했다. 이노우에는 그때서야 집경당 안을 살피다가 어좌 왼쪽 방에 왕비가 장지문을 열어놓고 발을 드리운 채 앉아 있는 것을 발견했다.

"황공하옵니다. 외신이 미처 왕후 폐하를 뵙지 못하였습니다."

이노우에는 자영을 향해 정중히 허리를 숙여 인사를 했다.

"공사께서 알현을 청한 까닭을 전하께 주청하시오."

자영의 대꾸는 냉랭했다. 이노우에는 자영의 대꾸가 비수처럼 차갑다는 것을 의식하면서 옷깃을 여미고 입을 열었다.

"국태공 저하께서는 이제 물러나셔야 합니다. 폐하, 일본은 지금 청나라와 교병 중에 있는데도 내무대신의 요직에 있는 신을 조선 공사로 파견하였습니다."

"……."

"신은 조선과 강화조약을 체결한 이후 조선에 대해 상세히 알게 되어 내각으로부터 대소사를 위임받고 조선에 부임하였습니다. 조선은 지금까지의 공사와 신을 동일시하지 말고 무슨 일이든지 상담해주셨으면 합니다. 신은 곧바로 제2차 조선의 내정 개혁안을 폐하께 상주하겠습니다."

"군국기무처에 의논하시오."

재황의 대답은 냉랭했다. 자영은 발 뒤에서 얕게 헛기침을 했다.

"폐하, 이는 국왕이신 폐하께서 전결해야 할 중대한 사안입니다."

"공사!"

그때 발 뒤에서 자영의 날카로운 목소리가 들려왔다. 이노우에가 흠칫하여 고개를 돌리자 자영이 발을 걷고 이노우에를 차가운 눈빛으로 쏘아보고 있었다. 이노우에는 왕비를 처음 보았기 때문에 바짝 긴장했다.

"예, 왕후 폐하."

이노우에는 왕비의 얼굴을 살피면서 대답했다. 왕비는 얼굴이 갸름하고 눈매가 날카로웠다. 얼굴은 천연 진주 가루분을 발라 창백해 보였다. 그러나 눈매가 날카로워 그녀가 뛰어난 지식의 소유자라는 것을 알 수 있었다.

"국태공을 옹립한 것은 일본이 한 일이오. 이제 와서 국태공을 퇴진시키겠다고 우리 전하께 상주하고 있으니 그처럼 무도한 일이 어디 있소?"

"왕후 폐하, 그것은 오로지 일본이 조선을 돕기 위한 고육책이었습니다. 이제는 전하께서 국정을 담당하셔야 합니다."

"당치 않은 소리! 이제 와서 국태공을 퇴진시키는 것은 전하와 국태공의 부자지간을 이간질하는 것에 지나지 않소. 자세한 사정을 알 리 없는 사람들은 내가 또 시아버지인 국태공을 내몰았다고 할 것이 아니요?"

"왕후 폐하, 국왕 폐하와 왕후 폐하는 이 나라의 지존이십니다. 당연히 두 분 폐하께서 권한을 행사해야 할 것으로 아옵니다."

"공사!"

자영은 어이없다는 듯이 소리를 내어 웃었다.

"지금 조선 왕실의 형편이 어떤지 몰라서 하는 소리요? 밖으로는 일본군에게 포위되어 있고 안으로는 군국기무처니 내각이니 하여 모든 정사가 거기서 처결되고 있소. 전하와 나는 국사에서 소외되어 구중궁궐 깊은 곳에서 유유자적하고 있소."

"일본군이 조선에 들어와 있는 것은 청군을 내치고 동학도를 토벌하기 위해서입니다."

"그래 동학도를 얼마나 토벌했소?"

자영의 얼굴에는 다분히 이노우에 공사를 멸시하는 듯한 표정이 나타나 있었다.

"아직 정확한 보고를 받지 못하여 말씀을 올릴 수가 없습니다."

"공사, 내가 듣건대 일본군이 우리 농민들까지 마구 학살하고 있다고 합니다."

"왕후 폐하."

이노우에의 얼굴이 싸늘하게 돌변했다.

"공사, 내가 일본이 우리 양민들을 학살하고 있는 것을 모를 것이라고 생각하오?"

"왕후 폐하! 그것은 헛소문입니다. 일본군은 군기가 엄격하여 추호도 그런 일을 저지르지 않습니다."

"이노우에 공사는 일본에서도 신임이 두터운 대신이고 서양에까지 학식이 알려진 대신이라는 얘기를 들었습니다. 그러나 작금의 일을 생각해보면 이노우에 공사는 부끄러워해야 할 것입니다."

"왕후 폐하!"

이노우에 공사의 얼굴에 불쾌한 표정이 떠오르기 시작했다.

"공사, 이제 일본이 조선을 침략하려고 한다는 것은 누구나 알고 있습니다. 이미 일본 군대 수만 명이 조선 강토를 짓밟았으니 누구라서 그 사실을 짐작하지 못하겠습니까? 우리 전하와 나는 조선을 지키기 위해 몸부림을 쳤습니다만 부질없는 일이 되어 열성

조에 부끄러울 뿐입니다."

자영의 목소리는 어느덧 처연하게 가라앉아 있었다.

"왕후 폐하, 일본은 조선을 도울 것입니다."

"흥! 여전히 거짓말을 하는군요."

"왕후 폐하, 일본은 조선을 도와서 반드시 자립자강하게 할 것입니다."

"공사, 누가 그런 말을 믿겠소?"

"외신이 목숨을 걸고 맹세합니다."

"달콤한 속삭임이 독이 된다는 것을 내가 왜 모르리…… 그만 물러가오."

"예, 외신은 국왕 폐하께 한마디만 아뢰고 물러가겠습니다."

"무슨 말이오?"

재황이 고개를 외로 꼬고 있다가 비로소 이노우에 공사를 쳐다보았다.

"영명하신 왕후 폐하의 말씀을 잘 들었습니다. 왕후 폐하께서 언제나 일본을 원수로 여기고 일본을 경계하는 것도 분명히 알게 되었습니다. 왕후 폐하께서는 일본이 국태공을 옹립하였으니 퇴진시키는 것도 일본이 하라고 하셨습니다. 외신이 어찌 왕후 폐하의 명을 받들어 모시지 않겠습니까? 왕후 폐하의 명으로 국태공을 퇴진시키겠습니다."

이노우에 공사가 단호하게 말했다.

"나의 명으로 국태공을 퇴진시키겠다고?"

자영은 이노우에 공사의 역습에 얼굴이 창백하게 변했다. 그렇잖아도 시아버지와 반목을 하고 민씨 집안이 세도를 부린다는 소문에 골머리를 앓고 있는데 일본까지 그 소문을 이용하려고 하는 것이다.

"공사!"

자영은 자리에서 벌떡 일어나 이노우에 공사를 쏘아보았다.

"외신, 물러가겠습니다."

이노우에 공사는 재빨리 머리를 숙여 보이고 어전에서 물러 나갔다.

'괘씸한 놈!'

자영은 몸을 부들부들 떨었다. 그러나 총칼을 앞세우고 있는 일본을 어찌할 수가 없었다. 요즈음 이상하게 아버지 민치록의 얼굴이 자주 떠올랐다. 자영은 아버지가 귀여워해주던 어린 시절로 돌아가고 싶었다.

***

이하응은 명치끝을 가만히 움켜쥐었다. 얼마 전부터 명치끝이 칼로 찌르듯이 아프곤 했다. 앞에는 일본인 오카모토가 무릎을 꿇고 앉아 있었다. 지난밤에 폭설이 내려 한양 장안이 눈 속에 파묻히고 여기저기서 눈을 치우는 소리가 들렸다.

일본군이 경복궁을 점령한 뒤에 이하응은 다시 정권을 잡았다. 일본은 김홍집을 총리대신으로 내세웠고 그는 일본인들을 고문관으로 두고 대대적인 개혁에 나섰다. 갑오년에 일어난 개혁이라고 하여 사람들은 갑오경장이라고 불렀다.

이하응은 7월 27일에 갑오개혁이 실시되자 다시 권좌에서 물러났다. 그가 일본인들이 주도하는 갑오경장을 반대하자 일본인들은 가차 없이 그를 권좌에서 밀어냈다.

'일본인들이 고비 때마다 나를 이용하고 있어.'

이하응은 집사 김응원이 장죽에 불을 붙여 오자 뻐끔뻐끔 빨아댔다. 일본인들의 표리부동한 행태를 떠올리자 눈에 핏발이 서는 것 같았다.

"그대는 설이 되었는데도 고향에 돌아가지 않는 것인가?"

이하응이 오카모토를 쏘아보면서 물었다. 일본인들에 대한 불만이 오카모토에게 쏟아지고 있었다.

"저하, 저는 조선을 고향이라고 생각합니다."

"오늘은 무슨 소식을 가지고 찾아온 것인가?"

오카모토는 때때로 중요한 소식을 가지고 왔다.

"저하, 동학비도는 모두 소탕되었다고 합니다."

오카모토의 말에 이하응은 얼굴근육을 푸르르 떨었다. 녹두장군 전봉준이 체포되면서 농민군은 완전히 붕괴되었다. 이하응은 동학을 이용하여 정권을 잡으려고 했으나 청나라와 일본의 전쟁터로 만들고 말았다.

"전쟁은 일본이 승리하고 있는 것인가?"

일본군은 평양에서 승리를 거둔 후에 요동반도로 진격했다.

"일본군은 곳곳에서 대승을 거두고 있습니다."

"북경까지 진출할 생각인가?"

"내각의 일은 소인이 알지 못합니다."

오카모토는 일본의 군사기밀에 대해서는 절대로 말하지 않았다.

"이준용은 어찌 처결한다고 하던가?"

이하응은 오카모토를 노려보면서 물었다.

"지금 재판을 하고 있지 않습니까? 재판은 공정하게 이루어질 것입니다."

오카모토가 단호하게 말했다. 이준용 옹립 사건이 발생한 것은 지난여름의 일이다. 경복궁 점령 사건이 일어나 온 나라가 분노하고 있을 때 이준용을 국왕으로 옹립하려는 사건이 일어났다. 그러나 그 사건이 일어나기 전에 오카모토가 찾아와 경고를 한 일이 있었다.

"일본군은 이제 대궐에서 철수해야 하지 않는가?"

오카모토가 찾아오자 이하응이 차갑게 말했다.

"저는 내각이 하는 일을 모릅니다."

"그럼 그대가 아는 것은 무엇인가?"

"저하, 한양 장안에 기이한 소문이 나돌고 있습니다."

"소문?"

"국태공 저하께서 손자 이준용을 옹립하려고 한다는 소문이 있습니다."

오카모토의 말에 이하응의 얼굴이 딱딱하게 굳어졌다.

"일본은 조선의 왕위가 바뀌는 것을 원하지 않습니다."

오카모토의 말은 경고를 하는 것처럼 들렸다. 이하응은 눈앞이 캄캄해져 오는 듯한 기분이 들었다. 결국 이준용을 옹립하려던 박준양과 이태용 등이 구속되었으나 이준용은 이하응의 친손자라서 구속되지 않았다. 그런데 10월 31일 법부대신 서리 김학우가 암살되는 사건이 발생했다.

김학우는 함경도 경흥 출신이었으나 어릴 때 블라디보스토크로 이민을 가서 그곳에서 자랐다. 1876년 일본에 건너가서 2년 정도 지냈고 북경과 연길, 길림도 자주 오갔다. 블라디보스토크의 한인들이 대부분 장사를 했기에 김학우도 장사를 했고 그 덕분에 4개 국어에 능통하게 되었다.

1880년 경흥 출신 장박의 천거로 전신을 담당하게 되었고 선박 및 무기 구입, 기술자 양성 등에 두각을 나타낸 개화적인 인물이었다. 1886년 한러조약을 체결할 때는 배후에서 활약했다.

1895년 갑오경장이 실시되자 법부대신으로 입각했다. 이때 이하응이 인사 청탁을 해왔다.

"국태공이 어찌 이런 짓을 하는가? 이제는 노망이 들었다."

김학우는 이하응을 노골적으로 비난했다. 이하응은 그 말을 전해 듣고 분개하여 자객 전동석과 최형식 등을 파견하여 암살한 것이다.

"국태공 전하께서는 더 이상 권력에 미련을 두시면 안 됩니다."

오카모토는 이하응에게 경고를 하고 돌아갔다.

일본군은 민병석의 집무처인 평양 감영 선화당에서 고종과 민비, 그리고 이하응의 서신을 노획하여 일본 공사관으로 보내 정략적으로 이용하게 했다. 이노우에 공사는 그 서찰을 이용해 이하응에게 퇴진하라고 요구한 것이다.

"기림순상(箕林巡相)."

김홍집은 첫머리의 낯익은 필체를 보고 가슴이 뛰고 손이 떨렸다. 선이 굵고 활달한 필체는 이하응의 필적이라는 것을 누구나 간파할 수 있었다. 기림순상은 평안도 관찰사를 일컫는 말이다.

현금의 정세가 암담하여 종사의 안위가 위태로우니 어찌 필설로 논할 수 있겠는가. 이렇게 참담한 형세를 눈으로 보고 있자니 하루인들 편할 날이 없다. 도신(道臣, 감사)은 각골명심하여 누란의 위기에 빠진 종사를 구할 계책을 세우라. 듣자니 천사(天使, 청군)가 기치창검을 갖추고 평양에 유곡했다 하니 하루바삐 왜군을 격파하고 입경하여 종사를 보위하기를 갈망하노라. 금일 일

본의 강요에 의해 김만식을 기림 도백으로 보내기는 하나 그것
이 어찌 금상(今上, 고종)의 진심이겠는가. 공은 이러한 사정을
촉지하여 평양에서 왜국을 격파하고 개선하기를 고대하노라.

이하응의 서찰을 두 번이나 되풀이해서 읽은 김홍집은 말없이
김윤식에게 건네주었다.

"왕후 폐하께서도 이하응을 퇴진시키라는 명을 내리셨소."

"왕후 폐하께서요?"

"그렇소. 이하응은 조선의 내정 개혁에 방해물이 될 뿐이오!"

이노우에 공사의 말은 전에 없이 단호했다. 김홍집은 얼굴을
찌푸렸다. 이하응이 개혁에 걸림돌이 되는 것은 김홍집도 절실하
게 느끼고 있었다. 그러나 일본의 강압에 의해 이하응을 퇴진시켜
야 한다고 생각하자 가슴이 타는 것 같았다.

'이놈들이 결국 나를 내치는군!'

이하응은 김홍집으로부터 이노우에 공사의 말을 전해 듣고 주
먹을 불끈 쥐었다.

'뭐? 왕후 폐하의 명이라고?'

이노우에 공사의 말에 따르면 명성황후가 자신을 퇴진시키라
고 했다는 것이다. 처음 그 말을 들었을 때 이하응은 머리끝이 곤
추서는 듯한 분노를 느꼈으나 곧바로 이노우에 공사의 계책이라
는 것을 깨닫고는 허탈했다.

'어쩌면 우리 사이의 은원은 모두 다른 사람들이 조작한 것인 지도 몰라.'

이하응은 비감했다. 그러나 한성 장안이 일본군의 총칼 아래 들어가 있는 이상 이노우에 공사의 퇴진 압력에 굴복할 수밖에 없 었다. 이하응은 뜬눈으로 밤을 새우고 운현궁의 아재당으로 대소 신료들을 불렀다.

"국운이 쇠진하여 마침내 일본이 조선을 좌지우지하는 비참한 지경까지 이르고 말았소. 이제 와서 내가 무슨 말을 하여 이 참담 한 실정을 모면할까마는 마지막 당부가 있소."

이하응은 열려 있는 장지문을 통해 아재당 뜰에 운집한 대소 신 료들을 착잡한 시선으로 훑어보았다. 아재당의 넓은 뜰은 기침 소 리 하나 들리지 않을 정도로 조용했다.

10월 21일, 어느 해보다 일찍 닥친 초겨울 추위가 제법 맵고 찼 다. 충청도 목천 세성산에서는 동학농민군과 조일 합동 토벌군이 치열한 전투를 벌이고 있었으나 이하응은 의미심장한 하야 성명 을 발표하고 있었다.

"나는 어느덧 70을 넘겼소. 부귀영화를 한 몸에 누리며 풍운의 한 시대를 살았소. 한때는 내가 아니면 이 나라 억조창생을 도탄 에서 구하지 못하리라는 결기도 있었으나 모두가 부질없는 짓이 라는 것을 깨달았소. 하늘이 이 나라를 버리고 있는 듯하오."

이하응의 목소리는 어느덧 비탄에 잠겨 있었다.

"대신들이 알고 있듯이 우리 성상께서는 심성이 어질어 난세를 이끌 군왕의 재목은 못 되오. 나는 시세가 여의치 못해 국정에서 손을 떼고 야로로 돌아가게 되었소. 왕법은 원래 한곳에서 나와야 하는데 지난 몇십 년 조선의 국운이 혼돈하여 갈피를 잡지 못하고 있는 실정이라 성상의 지친인 내가 만난을 무릅쓰고 기울어져가는 종사를 바로잡으려고 했으나 그 또한 뜻한 대로 이루어지지 않았음은 여러 대신들이 더 잘 알고 있을 것이오. 대세는 이제 크고 작은 정무를 모두 일본 공사의 의향대로 처리할 수밖에 없소."

이하응은 눈을 지그시 감았다.

"국권이 일본의 수중에 있소."

"……."

"하나 그대들이 지조 있는 신하들이라면 반드시 국권을 튼튼히 할 수 있으리라 믿소."

"……."

"와신상담하여 외로우신 금상 전하께 충성을 바치고 청구 삼천리 조선 강토를 왜적의 손에서 구하는 일에 신명을 바치기를 바라오. 나는 눈을 부릅뜨고 그대들을 지켜보겠소."

이하응이 입을 다물었다. 아재당 뜰에 운집한 대소 신료들은 아무 대꾸도 할 수 없었다. 일본 공사의 강압에 의해 조선의 대소 정무가 좌우되는 것을 그들이라고 모를 리 없었다.

총리대신 김홍집은 의정부로 돌아오자 착잡한 심정을 떨쳐버릴 수 없었다. 조선의 개화는 지지부진했다. 이하응 집정 시절 10년, 꽁꽁 닫혀 있던 쇄국의 문이 열렸으나 조선은 개화된 문명을 받아들이지 못하고 임오군란을 맞이했고, 성급한 개화당인 김옥균 등에 의해 갑신정변까지 겪었으나 자립자강을 하지 못하고 끝내 오늘의 치욕을 당하게 된 것이다.

"도대체 어디서부터 잘못된 것일까?"

김홍집은 조선이 누란의 위기에 처한 까닭을 이해할 수 없었다.

"국태공 저하께서 하야하시고 다시 국왕 폐하께서 대정을 친재하시게 되었소. 여러분들도 알다시피 이는 일본의 강압에 의한 것이오."

김홍집은 대신들을 모아놓고 자신의 착잡한 심정을 피력했다.

"우리가 이러한 치욕을 당하고 있는 것은 개명한 정치를 하고 있지 못하기 때문이오. 비록 일본의 요구로 내정을 개혁하게 되었으나 시설한 것은 반드시 힘을 써서 실효를 거두어야 할 것이오."

김홍집의 목소리도 비감했다.

"우리는 이미 변법(갑오경장)을 실시한 것으로 인해 청나라와 옛것을 숭상하는 사대부들에게 비난을 받고 있소. 그러나 그들의 비난이 두려워 개혁을 등한시하여 나라를 그르치는 죄인이 된다면 후세까지 역사의 죄인으로 남게 될 것이요. 한때의 부귀와 권세를 위해 나라를 파는 죄인이 되지 말고 이 나라를 개혁하는 일에 온갖 열성을 다해야 할 것이오."

김홍집의 어투는 마치 안간힘을 쓰고 있는 것 같았다.

***

쏴아, 바람이 불 때마다 대궐의 후원으로 나뭇잎이 쓸려 다니는 소리가 음산하게 들렸다. 철에 걸맞지 않게 빗발까지 뿌려서 날씨가 더욱 스산했다.

'비가 그치고 나면 한결 추워질 테지.'

자영은 우울한 생각에 잠기며 몸을 한 차례 부르르 떨었다. 한겨울이었다. 저 아래 남쪽에서는 동학농민군이 탐관오리를 몰아내고 일본을 쫓아버리겠다고 창의문을 돌리고 거병을 하여 토벌군과 치열한 접전을 벌이고 있었다.

'때가 아니야, 동학도 척양척왜도 때가 아니야.'

자영은 고개를 절레절레 흔들었다. 임오군란이 청나라와 일본을 끌어들였듯이 동학농민군의 봉기는 조선을 청일 양국의 전쟁터로 만들고 있었다. 그러나 조선으로서는 속수무책이었다. 왕실은 힘이 없고 대소 신료들은 나라를 부강하게 하려는 의지도 신념도 없었다. 나라가 누란의 위기에 빠져 있는데도 대소 신료들이 기껏 하는 일이라고는 권력 쟁탈뿐이었다.

변법을 반포한 후 정무는 사실상 군국기무처의 총재인 김홍집이 다스리고 있었다. 그러나 군국기무처는 국회의 역할을 하고 있어서 모든 안건이 군국기무처에서 토의되고 심의되었다. 김홍집이 재황 다음가는 권력자요, 행정 수반이라고 해도 실질적인 권한은 별로 없었다.

김홍집의 뒤에는 언제나 일본이 감시의 눈초리를 번뜩이고 있었다.

급진 개혁주의자들은 때를 만난 듯이 작당을 하고 몰려다니며 개혁을 부르짖었다. 물론 깊은 어둠 속에서 헤어나지 못하는 조선은 한시바삐 개혁을 해서 자강의 길을 찾아야 할 처지였다. 그러나 급진 개혁주의자들은 일본의 위세를 등에 업고 국정을 혼란스럽게 만들 뿐이었다.

정국이 너무나 어지러웠다. 조선은 사실상 일본의 지배하에 놓여 있는데도 국론이 분열된 채 끈질긴 모함과 파쟁으로 일본에 대항하는 것은 꿈조차 꾸지 못하고 있었다.

그러한 시기에 경무사 이윤용이 처조카인 이준용을 왕위 찬탈 음모 사건에 엮어 넣어 정국을 회오리치게 하고 있었다.

'계절이 바뀌듯, 욱일승천하는 일본의 기세도 꺾일 날이 있을 것이다!'

자영은 침전에서 두문불출했다. 일본의 방자한 침략 행위에 잠자코 있는 것은 치욕스러운 일이었으나 지금은 침묵을 지키는 것이 상책이었다.

'입헌군주제라고?'

서양 여러 나라들이 채택하고 있는 정치체제라고 했다. 러시아 공사 베베르 부인과 선교사 언더우드 부인에게 들은 이야기였다. 일본도 입헌군주제를 실시하여 내각의 총리대신이 나라를 다스리고 있다고 했다.

'어쩌면 그것이 왕을 위해서도 더 좋은 체제인지 모른다.'

자영은 많은 생각을 했다. 그러나 정치체제를 바꾸는 것이 중요한 일이 아니었다.

'중요한 것은 조선에서 일본을 몰아내는 일이다.'

이노우에 공사를 비롯하여 일본인들은 조선의 국정을 좌우하고 있었다. 1천 명이 넘는 일본군이 한양에 주둔하면서 조선인을 위협하고 있었다.

'개혁을 너무 서두르고 있어.'

군국기무처에 대한 조선인들의 반발도 심했다. 이하응을 추종하는 사람들은 김학우를 암살하고 김홍집 내각의 대신들을 모두 제거하려고 했다. 경리사인 이윤용은 김학우의 암살범을 체포하는 등 개혁 세력의 전면에 나서고 있었다. 이윤용은 판서를 지낸 이호준의 서자로 이하응의 서녀와 혼인을 하여 발탁된 인물이었다. 그는 자신의 장인인 이하응과 맞서고 있었다.

자영은 건청궁에서 나와 향원정을 향해 걸었다. 박 상궁이 재빨리 자영의 머리 위에 우산을 씌웠다.

"치워라."

자영이 짧게 명을 내렸다.

"마마, 비가 차갑습니다."

"괜찮다."

자영의 말에 박 상궁이 난처한 표정으로 우산을 치웠다. 살갗으로 차가운 빗발이 들이쳤다. 하늘은 어두운 잿빛이고 나뭇가지들은 비를 맞아 번들거리고 있었다.

'어떻게 해야 이 난국을 극복하지?'

자영은 향원정을 돌아 경회루로 향했다. 경회루에서 일단의 병사들이 물을 퍼내는 것이 보였다.

"무엇을 하는 것이냐?"

자영이 눈살을 찌푸리며 박 상궁을 향해 물었다. 박 상궁이 총총걸음으로 병사들에게 달려가고 이내 현흥택이 달려왔다. 현흥택은 일본군이 경복궁을 점령했을 때 평양으로 떠났다가 돌아와 있었다.

"중전마마."

현흥택이 머리를 조아렸다.

"현 부령, 무엇을 하고 있는가?"

"지난 6월에 일본군이 경회루 연못에 버린 총을 꺼내고 있습니다."

현흥택의 말을 들은 자영은 가슴속에서 뜨거운 것이 치밀고 올라오는 듯한 기분이 들었다. 현흥택은 평양에서 일본군과 싸웠으나 청나라군이 패하여 도성으로 돌아온 것이다.

"총을 꺼내면 쓸 만한가?"

미국에서 총을 구입하기 위해 많은 비용을 들였다.

"녹을 닦고 손질하면 쓸 수 있을 것으로 생각합니다."

"우리 시위대 병사들이 고생을 하는구나."

"신들은 오로지 조선에 충성을 다할 것입니다."

"그대들의 충심을 잊지 않을 것이다."

자영은 무겁게 한숨을 내쉬고 박 상궁에게 일러 병사들에게 따뜻한 음식을 내주게 했다.

"망극하옵니다."

현흥택이 머리를 조아리고 물러갔다. 자영은 경복궁을 걸으면서 계속 생각에 잠겼다.

***

왕비의 얼굴은 어두워 보였다. 비가 내리고 있기 때문일까. 작고 야무져 보이던 왕비의 얼굴에 언뜻언뜻 어두운 그림자가 스치고 지나가는 것을 볼 수 있었다. 일본군이 왕궁을 점거하고 조선을 짓밟고 있으니 당연한 일일지도 모른다고 생각했다.

"베베르 부인, 일본이 벌써 여순을 점령하고 북쪽으로 진격하고 있어요. 러시아는 왜 방치하고 있는 건가요?"

왕비가 조용하면서도 기품 있는 목소리로 물었다.

"왕비 전하, 러시아는 본국에서 어떤 명령도 내리지 않고 있습니다."

청일전쟁이 시작되자 러시아 공사관은 전황을 보고하는 일밖에 할 일이 없었다.

"베베르 부인, 일본은 청나라를 꼼짝 못하게 한 뒤에 러시아와 대적할 거예요."

"본국도 그 점을 걱정하고 있어요."

"그런데 왜 대책을 세우지 않죠?"

"일본과 청나라가 전쟁을 하는데 러시아가 무슨 할 일이 있겠어요?"

"일본이 강성해지는 것은 러시아에 위협이 돼요. 일본에 압력을 넣어 전쟁을 중지시키세요."

조선의 왕비는 일본을 몰아내기 위해 발버둥을 치고 있었다. 가냘픈 여자의 몸으로 밤낮을 가리지 않고 고심하는 것을 보자 안타까웠다.

"우리가 전쟁을 중지하라고 일본이 전쟁을 중지하겠어요?"

"러시아만으로는 어렵겠지요. 그러나 독일, 불란서 등이 나서면 일본도 어쩔 수 없을 거예요."

베베르 부인은 왕비의 말에 깜짝 놀랐다. 왕비는 며칠째 각국 공사 부인들을 불러 일본에 압력을 가하라고 요구하고 있었다. 일본 공사는 조선의 왕비가 부인들과 파티라도 벌이는 것으로 생각하고 있었다.

'조선의 왕비가 우리보다 뛰어나다.'

지난밤 러시아 공사관에는 미국 영사, 독일 영사가 참석하여 중대한 회합을 가졌었다. 조선의 왕비가 며칠 동안 외국의 공사나 영사 부인들을 불러 일본의 야만적인 전쟁 행위를 외교적으로 중단시켜달라고 요구하고 있었기 때문이다. 그리고 그녀의 요구는 공사와 영사들이 그동안 은밀하게 논의하던 일이기도 했다.

"왕비 전하, 우리의 제안을 본국이 받아들이지 않으면 어떻게 하지요?"

"여러 나라가 공동으로 요구하면 일본이 굴복하지 않을 수 없어요."

"잘 알겠습니다. 공사님께 왕비 전하의 말씀을 전하겠어요."

베베르 부인은 조선의 왕비에게 인사를 올리고 경회루에서 내려왔다. 경회루 앞에서 기다리던 수병이 베베르 부인에게 우산을 씌워주면서 호위하기 시작했다.

***

날이 어두워지기 시작했다. 비는 아직도 그치지 않고 대궐의 잿빛 기와지붕 위에 추적대는 빗발을 뿌리고 있었다. 점점 저물어

194

가는 서쪽 하늘을 시린 눈빛으로 쳐다보면서 자영은 어금니를 물었다. 가슴이 베어져 나가듯 이 참담한 정국, 일본의 침략에 도대체 어떻게 대처해야 하는가.

찬바람이 냉기를 풍기며 불어왔다. 자영은 향원정 옆에 서서 비바람에 나부끼는 버드나무를 초점 없는 시선으로 응시했다. 초겨울이라 그런지, 버드나무도 잎사귀를 모두 떨어뜨린 채 앙상하게 나부끼고 있었다.

이하응은 결국 정계에서 은퇴했다. 이제는 재황이 다시 친정을 하는 형태였으나 모든 정무가 군국기무처에서 논의되었고 국왕인 재황은 형식적인 재가만 하고 있었다. 입헌군주제니 내각제니 하는 말이 무성했으나 군국기무처는 사실상 급진 개혁주의자들과 일본에 의해 조종되고 있었다.

군사적으로 조선을 지배하기 시작한 일본은 경제적인 수탈에 혈안이 되어 있었다. 일본은 청일전쟁 발발로 막대한 전비가 필요했을 뿐 아니라 조선을 식민지화하려는 계책에 골몰하고 있었다.

자영은 청일전쟁이 하루빨리 끝나고 동학농민군도 신속히 토벌되기를 바랐다. 그 두 가지 일이 모두 마무리되어야 조선에 주둔할 명분이 사라진 일본군이 철수하리라는 생각 때문이었다. 그러나 한반도를 둘러싼 정세는 자영의 기대대로 움직이지 않았다.

일본 공사 이노우에는 이하응을 퇴진시킨 지 이틀 만인 10월 23일 어전회의를 열 것을 요청하고 제2차 내정 개혁안 20조(條)를 제안했다. 경복궁 근정전에서였다.

총리대신 김홍집을 비롯하여 외부대신 김윤식, 탁지부대신 어윤중, 궁내부대신 이재면, 학부대신 박정양, 농상공부대신 엄세영이 금관조복 차림으로 시립하고 군국기무처의 의원들인 김가진, 안경수, 조희연 등도 품계에 따라 시립했다.

"주상 전하 납시오!"

대전내시가 카랑카랑한 목소리로 외치자 대신들이 일제히 허리를 숙였다. 쾌청한 날씨였다. 비가 그치고 나자 추워지리라는 예상과 달리 초겨울 볕이 한결 따뜻했다.

이내 국왕인 재황이 궁녀들의 전도를 받으며 사정전으로 들어왔다. 자그맣고 단단한 체구였다. 그러나 총기가 없어 보이는 용안은 순하다 못해 어눌해 보이기까지 했다. 거친 세파를 헤쳐 나가기에는 의지도 신념도 없어 보이는 나약한 얼굴이었다.

재황이 어좌에 앉았다. 대신들 중에 누군가 잔기침을 하여 어전의 무거움 침묵을 깨뜨렸다.

"모두 입궐하였는가?"

재황이 대신들을 굽어보며 풀기 없는 옥음으로 물었다.

"그러하옵니다."

총리대신 김홍집의 대답이었다.

"일본 공사가 또 내정 개혁안을 제안한다고 한다. 경들은 이 문제를 충분히 토의하였는가?"

196

"그러하옵니다."

"그렇다면 일본 공사를 들라고 하라."

재황의 어음은 냉랭했다. 온화한 목소리가 아니었다.

이내 이노우에 일본 공사와 스기무라 서기관이 들어왔다. 그러자 통역을 맡을 윤치호가 재황의 앞에 와 시립했다. 이노우에 일본 공사는 예복인 까만 양복에 훈장을 주렁주렁 달고 있었고 스기무라 서기관은 훈장을 달고 있지 않았다.

"국왕 폐하, 초겨울 날씨가 참으로 화창합니다. 이는 조선의 내정 개혁에 밝은 징조인 듯싶습니다. 외신은 폐하의 왕실과 조선이 하루빨리 내정 개혁을 완수하여 번영된 나라가 되기를 바랍니다."

이노우에 공사는 의례적인 인사말에서도 내정 개혁의 의지를 강력하게 내비쳤다. 재황은 윤치호의 통역이 끝나기를 기다렸다가 시큰둥하게 내뱉었다.

"지난번에도 개혁을 했는데 또 개혁을 하자는 것이오?"

"폐하, 지난번의 개혁은 의안만 무성했지 실지 성과는 없었습니다."

"이번의 계획은 어떤 것이오?"

"명실상부하게 조선을 개혁하는 내용입니다."

"그럼 어디 들어봅시다."

재황은 짧고 간략하게 내뱉었다. 불쾌한 음성이며 얼굴 표정이었다. 대신들은 숨을 죽이고 이노우에와 재황의 대화를 듣고 있었다.

"그럼……."

이노우에 공사가 품속에서 서찰 한 장을 꺼내어 펴들었다.

"제2차 내정 개혁안입니다."

이노우에 공사가 약간 허리를 굽혔다가 폈다. 재황은 아무 대
꾸도 하지 않고 늘어선 대신들을 물끄러미 응시했다.

"제1조, 정권은 한 원류(原流)로부터 나와야 한다."

이노우에 공사의 목소리가 가볍게 떨렸다. 내정 개혁안의 제1
조는 당연한 것이므로 아무도 이의를 제기하지 않았다.

재황은 무겁게 침묵을 지켰다.

이노우에 공사가 낮게 헛기침을 하고 다시 입을 열었다

"제2조, 국왕은 정무를 친재할 권리를 보유하고 아울러 법령을
지킬 의무를 가진다."

이노우에 공사의 일본 말을 알아들은 대신들도 있었고 알아듣
지 못한 대신들도 있었다. 그러나 이노우에 공사의 일본 말을 알
아들은 대신들이 술렁거리기 시작하자 재황이 얼굴을 찌푸렸다.
그리고 윤치호의 통역이 끝나자 재황은 얼굴을 붉혔고 대신들은
일제히 웅성거리기 시작했다.

"이노우에 공사, 제2조는 부당한 것 같소."

총리대신 김홍집이 먼저 반론을 제기했다. 국왕이 정무를 친재
하는 것도 당연한 일이었으나 법령을 지켜야 한다는 것은 왕도를

펼친 이래 들어본 일조차 없는 것이었다. 국왕은 절대 권력자였다. 국왕의 말이 곧 법인데 그것을 지키라고 하는 것은 국왕의 권위를 부정하는 것이나 다름없는 일이었다.

"그렇습니다. 이노우에 공사는 제2조를 거론하지 않는 것이 좋겠소."

외부대신 김윤식도 김홍집을 거들었다.

"외부대신 각하. 제2조에서 국왕도 법령을 지켜야 한다는 것은 세계 여러 나라가 취하고 있는 대목입니다. 조선은 암둔한 과거에 얽매여 선진 문명제국이 어떤 법률을 취하고 있는지 모르고 있습니다. 일본도 이와 같은 조항을 헌법에 삽입하여 일본국의 황제께서도 법령을 지키고 있다는 사실을 명심하십시오!"

이노우에 공사의 마지막 말은 쇠라도 자를 것처럼 단호했다.

"우리 백성들은 결코 이 조항을 받아들이지 않을 것이오."

"외부대신 각하, 인민들은 세계정세를 제대로 알지 못하고 있습니다."

"폐하께서도 이 조항은 승인하시지 않을 것이오."

"제2조가 반포된다고 해도 국왕 폐하께서는 결코 어려움이 없을 것입니다. 이는 조선의 국왕도 법을 지킨다는 상징일 뿐입니다!"

이노우에 공사가 언성을 높이자 김윤식은 더 반박하지 않았다.

이노우에 공사는 계속해서 내정 개혁안 20조를 커다란 목소리로 읽었다. 제3조부터 17조까지는 그런 대로 받아들일 수 있었으나 18조는 일본인 고문관을 각 부처에 채용할 것을 명시하고 있었다.

'제18조는 고문관이라는 작자들을 내세워 조선 조정까지 감시하자는 수작이 아닌가?'

자영은 이노우에 일본 공사가 제안한 제2차 내정 개혁안 20개조를 살피며 몸을 떨었다. 조선의 내정 개혁은 형식에 지나지 않는 것이고 가장 중요한 것은 제2조와 제18조였다.

'그러니까 제18조에 명시된 조항에 의거하여 채용한 일본인 고문관들을 앞세워 조선을 식민지화하는 정책을 추진한 뒤 제2조를 내세워 국왕이 반대하지 못하게 하려는 수작이야!'

자영은 이노우에 공사의 흉계를 간파하고 있었다. 자영으로서는 제2조와 제18조가 가장 눈에 거슬리는 조항이었다.

이노우에 공사의 제안은 10월 29일 시행되었다. 재황의 윤허가 내리자 제2차 내정 개혁안 20개조를 곧바로 조보에 실어 반포했다.

"전하, 이러다가는 조선이 일본이 꼭두각시가 될까 두렵습니다."

자영은 곤령합의 부속 건물인 옥호루에서 재황에게 근심스럽게 말했다. 10월의 그믐밤이었다. 재황은 고개를 잔뜩 떨어뜨린 채 짜증스러운 표정을 짓고 있었다. 자영의 나이 어느덧 44세, 재황의 나이 43세였다. 재황이 12세에 소년 왕으로 등극했으므로 벌써 즉위 31년이었다. 소년 왕에 등극한 뒤부터 30년이 지난 지금까지 하루도 편한 날이 없는 파란의 연속이었다. 재황은 심신이 지쳐 있었다.

자영은 아무 대꾸가 없는 재황의 용안을 물끄러미 응시하다가 다시 입을 열었다.

"다행히 전하께서 손수 정무를 친재하시게 되었습니다."

"……."

"어떻게 하든지 일본 공사의 손에서 좌지우지되는 정사를 전하께서 다스리셔야 합니다. 그러기 위해서 친일당 일색인 조정을 혁신해야 합니다."

"조정 대신들을 우리 사람으로 바꾸면 무엇을 하겠소? 이 나라 전 강토가 일본의 지배하에 있는데……."

재황이 비로소 우울한 눈빛으로 자영을 쳐다보며 대꾸했다.

"그렇다고 이대로 주저앉아 있을 수는 없지 않습니까?"

자영이 재황 앞에 무릎을 바짝 당겨 앉으며 말했다.

"부질없는 일이오."

재황이 자영의 얼굴을 외면하며 심드렁하게 대꾸했다. 자영의 눈이 또다시 투지에 불타고 있었다. 재황은 자영의 그 강렬한 눈빛에 두려움마저 느끼고 있었다.

"중전, 나는 이제 조용히 살고 싶소."

"조용히 살고 싶으시다니요?"

"나라 안이 너무 혼란하오. 동학농민군, 일본군······ 조정 대신들조차 파당을 지어 개혁을 해야 한다고 일본에 붙어서 군주를 핍박하는 중이오. 말이 좋아 개혁이고 개명한 정치를 하자는 것이지 저들이 어찌 임금을 생각이나 한단 말이오? 두고 보면 알겠지만 옥균보다 더 흉악한 역적들이 저들 중에서 나올 것이오."

"그렇기에 조정 대신들을 충성스러운 신하들로 바꾸자는 것이 아닙니까?"

"지금 조정 대신들을 임명하는 것은 내가 아니라 일본이오. 총리대신이 대신들과 협의하여 나에게 형식적인 재가를 받지만 사실은 일본 공사가 임명하는 것이나 다를 바 없소."

"전하, 제2차 내정 개혁한 제1조는 정권은 한 원류에서 나와야 한다고 되어 있고 제2조는 전하께서 정무를 친재하신다고 되어 있습니다."

"그것은 눈속임을 하기 위한 조문에 지나지 않소."

"전하, 과연 그 조문이 사문화된 조문인지 신첩이 시험해보겠습니다."

"중전이?"

"그러하옵니다. 우선 5부 대신을 바꿔서 일본 공사가 어떻게 나오는지 보겠습니다."

"중전, 그것은 무모한 일이오. 군대를 동원하여 대궐을 침범한 일본인들인데 대신들을 중전이 마음대로 임명하면 분명 중전을 해치려고 할 것이요. 중전은 자중하시오."

"전하, 욕되게 살아서 무엇을 하겠습니까?"

"중전!"

"전하. 모든 일은 신첩이 처리하겠습니다."

재황은 자영의 태도가 단호해 보이자 더는 만류하지 않았다. 이튿날은 음력 11월 초하루였다. 재황은 영의정이자 군국기무처 총재인 김홍집에게도 알리지 않고 5부 협판을 임명해 승정원을 통해 발표했다. 그러나 자영이 이노우에 공사의 반응을 떠보기 위해 임명한 5부 협판은 관보에 그 내용이 실리자 곧바로 거센 공격을 받아야 했다. 김홍집을 비롯한 김윤식, 어윤중 등이 얼굴이 벌겋게 상기되어 분노를 터뜨렸고 김가진, 안경수 같은 소장 개혁파들은 펄쩍 뛰었다.

'조선의 왕비가 나를 떠보려는 수작이 아닌가?'

이노우에 일본 공사는 회심의 미소를 지었다. 조선의 왕비가 여걸이라는 소문이 파다했고 조선의 정책이나 대신들에 대한 인사권을 왕비가 쥐고 흔든다는 소문이 거짓이 아니라는 사실을 실감할 수 있었다.

'이 기회에 왕비를 꼼짝 못하게 만들어버려야겠어. 왕비가 정사에 관여하는 한 일본의 정책이 도무지 조선에 먹혀들지 않아.'

이노우에 공사는 곧바로 경복궁으로 입궐하여 재황의 알현을 요구했다. 재황은 사정전에서 이노우에의 알현을 허락했다. 총리대신 김홍집을 비롯한 대신들이 좌우에 시립하고 자영은 재황의 뒤에 발을 치고 앉아 있었다.

"폐하, 외신은 어제 나온 관보를 보고 놀랍기 그지없었습니다. 폐하께서 윤허하신 내정 개혁 20개조에는 분명히 관리의 임명에 대한 것은 법률로 만들어 그에 따라 임명한다고 되어 있습니다. 한데 폐하께서는 그 법률이 만들어지기도 전에 다섯 대신을 임명하셨습니다. 폐하께서는 외신이 제안하여 윤허하신 내정 개혁안을 스스로 파기하시는 것입니까?"

이노우에 공사는 첫 마디부터 재황을 강경하게 몰아붙였다.

"공사는 말이 지나친 듯싶구려. 공사가 제안한 내정 개혁안 제1조에는 정권은 한 원류로부터 나와야 한다고 되어 있고 제2조는 국왕은 정무를 친재한다고 되어 있소."

재황은 이노우에 공사의 말에 불쾌한 표정으로 반박했다.

"폐하, 그러나 제2조에 국왕도 법령을 준수해야 한다는 구절이 못 박혀 있지 않습니까?"

"그것이 대신들을 임명하는 것에 대한 조항이오?"

"그러하옵니다. 협판은 대신들이 협의하여 총리대신이 임명하고 폐하께서는 재가하는 것입니다."

"그렇다면 국왕은 대신들조차 임명하지 못한다는 말이오?"

"폐하, 세계 여러 나라가 그렇게 하고 있습니다! 폐하께서도 세계정세를 숙지하고 계셔야 합니다!"

이노우에 공사가 언성을 높였다. 재황이 얼굴근육을 푸르르 떨었다. 재황의 입에서 비통한 신음이 새어나왔다.

"나더러 허수아비 왕 노릇을 하라는 말이군."

"이 모든 것이 폐하와 조선을 위한 것입니다."

"그만두시오!"

"폐하께서 5대신의 임명을 취소하지 않으면 외신은 호남 지방에서 동학농민군을 토벌하고 있는 일본군을 철수시키겠습니다."

"공사! 그것은 우리 조선이 처음부터 요구해온 일이오."

"폐하!"

"일본군을 서둘러 철수시키면 고맙겠소."

"폐하! 호남에서 철수한 일본군은 오늘이라도 경성으로 들어올 수 있습니다! 폐하께서는 일본군이 경성에 들어와 주둔하는 것을 바라십니까? 설마 지난 6월의 일을 잊지는 않으셨겠지요?"

이노우에 공사의 말에 대신들이 먼저 웅성거리기 시작했다. 재황은 그때서야 얼굴이 흙빛이 되었다.

"공사!"

재황이 떨리는 목소리로 이노우에 공사를 불렀다.

'이제는 발 뒤에 앉아 있는 왕비를 꼼짝 못하게 해야 돼!'

이노우에 공사는 속으로 음흉한 미소를 지었다.

"폐하, 5대신의 임명을 취소하시겠습니까?"

"취소하겠소."

재황이 맥 빠진 목소리로 대꾸했다.

"여러 가지 상황을 유추해보면 5대신의 임명에는 간과하지 못할 부분이 있습니다. 국왕 폐하께서는 내정 개혁을 실천하려는 의지가 뚜렷한 데 반해 왕실은 그렇지가 못합니다! 아니 오히려 음험한 수단을 사용하여 개혁을 방해한 사례가 적지 않습니다. 일본 속담에 암탉이 울면 집안이 망한다는 말이 있습니다. 폐하께서는 이 속담을 어떻게 생각하십니까?"

이노우에 공사는 어른이 아이를 나무라듯 재황을 힐책하고 있었다.

"일본 속담은 아는 바 없소!"

재황은 이노우에 공사를 외면하고 대꾸했다. 재황의 손이 표나게 떨리고 있었다.

"우리는 조선의 내정을 개혁하기 위하여 많은 공을 들였습니다. 조선을 청나라의 속국에서 해방시키기 위해 청나라와 전쟁도 불사했고 조선을 안정시키기 위해 농민군까지 토벌하고 있습니다. 그러나 왕비 폐하께서 이면공작으로 정치에 참여하고 있어서 국정의 혼란이 가중되고 있습니다. 왕비 폐하의 국정 참여를 금지시켜야 합니다!"

이노우에 공사는 직접적으로 자영을 공격했다. 자영을 공격하기로 단단히 벼르고 어전회의에 나온 것이 분명했다.

"발을 거두어라!"

그때 자영이 차가운 목소리로 궁녀들에게 지시했다.

"예. 중전마마!"

궁녀들이 재빨리 자영 앞에 드리워진 발을 거두었다. 고개를 숙이고 있던 대신들의 시선이 일제히 자영에게 쏠렸다. 이노우에 공사도 고개를 들고 자영을 쳐다보았다.

자영은 소례복 차림이었다. 첩지머리에 봉황잠(비녀)을 꽂았고 옷차림은 다홍색 저고리와 대단홍 스란치마, 그리고 초록색 당의를 받쳐 입고 있었다. 옷차림이며 머리 모양이 간결하고 단출했으나 오연하게 앉아 있는 자영에게서 왕비의 위엄이 서리서리 뻗치고 있었다.

"공사."

자영의 어음은 낭랑했다.

"예, 왕후 폐하."

이노우에 공사는 허리를 깊숙이 숙였다.

"나는 오늘부터 정치에 간여하지 않겠소. 내가 한낱 부녀자의 몸으로 정치에 간여를 한 것은 왕실과 세자에 대한 우려 때문이었소. 암탉이 울어 민망하기 짝이 없구려. 하나 수탉이 울지 못하면 암탉이라도 울어야 하지 않겠소?"

자영의 목소리는 낮고 부드러웠으나 이노우에 공사는 허를 찔린 듯한 기분이었다. 자영의 말은 이노우에 공사가 말한 일본 속담을 교묘하게 이용해서 반박한 것이다. 차가운 독설이었다.

'조선의 왕비가 허를 찌르는 데 명수라더니 틀린 말이 아니었 군.'

이노우에 공사는 내심 감탄했다.

"이제 내정 개혁안을 살펴도 그렇고 세계 여러 나라의 실태를 보아도 그렇고 왕후 폐하께서는 정치에 간여해서는 안 됩니다. 왕후 폐하께서 또다시 정치에 간여하는 폐단이 생긴다면 외신은 결코 용납하지 않겠습니다!"

자영은 몸을 부르르 떨었다. 이노우에 공사의 말은 완전한 협박이었다.

"공사! 나는 분명히 정치에 간여하지 않겠다고 말하였소. 왕실과 국가가 융성해지고 국왕의 권위가 지켜진다면 궁중 부녀자인 내가 무엇 때문에 간여하겠소? 공사가 어떻게 조선의 왕실을 융성하게 할지 지켜보겠소."

"한마디 가벼운 말이 약조가 될 수는 없습니다. 후일의 증거를 삼기 위해 증표를 남겨야 합니다."

"증표?"

"그러하옵니다."

이노우에 공사는 한 발도 물러서지 않았다. 자영은 입술을 깨물었다. 눈에서는 파랗게 독기가 뿜어져 있었다.

"여기 다섯 대신들이 있소. 이들이 증인인데 무슨 증표가 필요하오?"

"외신은 증표가 있어야만 안심하겠습니다."

이노우에 공사의 완강한 요구에 따라 결국 〈5대신서언(五大臣誓言)〉이 작성되었다.

"우리 다섯 대신은 숙연히 맹세한다. 청국의 간섭을 배제하고 독립의 근기(根基)를 세우며 중흥의 홍업(泓業)을 익찬(翼贊)하고 왕실을 봉호(奉護)하여 국시를 정하되 불굴불요의 결심으로 만난을 극복하고 역행불기(力行不己)한다. 왕실 척리가 대정에 간섭을 하더라도 조정 각 대신은 이를 거절하고 정출다문(政出多門)하는 숙폐(宿弊)를 교정한다."

다섯 대신이 이노우에 일본 공사에게 맹세한 내용이었다.

그것뿐이 아니었다. 이노우에 공사의 요구에 따라 음력 11월 13일 재황은 금릉위 박영효의 직첩을 돌려주고 다시 서용(敍用)할 것을 반포했다. 아울러 갑신정변의 연루자들을 모두 사면하여 서광범, 이규완, 정난교 등이 거리를 활보하게 되었다. 갑신정변이 일어난 지 10년, 김옥균이 암살된 지 불과 9개월 뒤의 일이었다.

음력 11월 21일 제2차 김홍집 내각이 성립되어 내무에 박영효, 법부에 서광범이 임명됨으로써 친일본화가 가속화되었다. 이어서 음력 12월 12일이 되자 재황은 이하응과 종친, 그리고 대소 신료들을 거느리고 종묘에 나가 〈홍범 14조〉를 반포하고 독립을 선포했다.

"개국 503년 12월 12일에 밝히 황조열성의 신령에 고하오니 짐 소자(朕小子)가 종(宗)의 큰 위업을 이어 지킨 지 서른한 해에 오직 하늘을 공경하고 두려워하며, 오직 우리 조종을 의지하고 자주 큰 어려움을 당했으나, 그 위업을 버리지 아니하니 짐 소자가 감히 가로되 능히 하늘마음을 누림이라 하리오, 진실로 우리 조종이 돌아보시고 도우심으로 말미암아 오직 크오신 우리 태조께서 우리 왕가를 세우시고 후손을 도우시어 503년을 지내더니 짐의 대에 와서 시운이 크게 변하고 문화가 더욱 통창(通暢)한지라 우방이 진심으로 도와주고 조정의 이론이 일치하여 오직 자주하고 독립하여 국사를 굳게 하고자 함이라. 짐 소자가 어찌 감히 하늘의 시운을 받들어 우리 조종이 지키신 왕업을 보전하지 않으며, 어찌 감히 분발하고 가다듬어 우리 조종의 공렬에 빛을 더하지 아니하리오."

신하들 앞에서 고축문(告祝文)을 외는 재황의 어음은 비통했다. 이하응도 재황의 떨리는 목소리를 들으며 가슴이 미어지는 것 같았다. 말이 좋아 독립선포문이었다. 일본 공사 이노우에와 서기관 시마무라도 한쪽에 서서 조선왕조의 장엄한 행사를 지켜보고 있었다.

"이제부터는 다른 나라에게 의지하지 않고 국운을 융성하게 하며 생민의 복을 지어서 독립하는 대업을 굳게 할지라. 생각건대 혹시라도 옛것에 빠지지 말며 안일한 버릇에 파묻히지 말며 순전히 우리 조종의 넓으신 지혜를 좇으며 나라의 정사를 이정하여 능히 공을 이루게 하고 혹시라도 어김이 없게 할지니 신령은 굽어 살피소서."

이어서 재황은 〈홍범 14조〉를 큰 소리로 낭독하였다. 〈홍범 14조〉는 헌법에 가까운 혁신적인 내용이었으나 자력으로 이루어진 것이 아니라 일본의 강압적인 수단에 의해 이루어진 것이었다. 특히 절대적인 군주시대에 왕권이 터무니없이 약화됨으로써 일본의 침략 정책이 노골화되리라는 것을 시사하고 있었다.

'이것은 일본이 조선을 병합하려는 수작에 지나지 않아. 하나 내가 살아 있는 한, 내가 시퍼렇게 눈을 뜨고 있는 한 일본은 결코 조선을 병합하지 못할 것이다!'

자영은 〈독립서고문〉과 〈홍범 14조〉를 보고 어금니를 꽉 물었다. 〈홍범 14조〉의 3조에는 "왕비나 후궁, 종친이나 척신이 정사에 관여하는 일은 용납하지 않는다"라고 되어 있었다. 자영의 정치 행위를 노골적으로 금지시킨 것이다.

왕실에 대한 존칭도 바뀌었다.

1. 주상 전하는 대군주 폐하로 한다.

1. 왕비 전하는 왕후 폐하로 한다.

1. 왕세자 저하는 왕태자 전하로 한다.

1. 왕세자빈 저하는 왕태자비 전하로 한다.

조선 왕실의 지위를 격상시킨다는 조치였으나 일본이나 청나라가 황제, 황후, 황태자라는 존칭을 사용하는 점에 비추면 어정쩡한 것이었다. 마치 조선왕조가 국권을 갖고 있는 것도 아니고 빼앗긴 것도 아닌 현실과 흡사했다.

***

자영은 어둠 속에서 허공을 노려보았다. 마침내 갑오년이 눈보라 속에서 저물고 을미년 새해가 밝았다. 갑오년은 폭풍과 같은 해였다. 정초부터 동학의 바람이 불기 시작하더니 김옥균 암살, 제1차 동학농민봉기, 청일의 각축, 경복궁 점령 사건, 갑오경장, 청일전쟁, 제2차 동학농민전쟁, 제2차 김홍집 내각 성립…… 그리고 이하응의 등장과 퇴진…… 자영에게는 어느 것 하나 수월하지 않은 사건들뿐이었다. 그것은 자영 개인에게나 역사적으로나 커다란 족적으로 기록될 사건들이었다.

'이렇게 당하고만 있을 수는 없지 않는가? 우리 대에 와서 왕조가 무너지는 것을 보고만 있을 수는 없지 않는가?'

자영은 눈을 부릅뜨고 이를 갈았다. 왕조가 모래기둥처럼 무너지는 것을 두 눈을 뜨고 지켜볼 것이 아니라 몸부림이라도 치고 발버둥이라도 쳐야 하는 것이다.

자영은 무너져가는 왕조를 지탱하기 위한 계책을 찾기에 분주했다.

"게 누구 있느냐?"

자영은 문득 고개를 들고 밖을 향해 소리를 질렀다.

"김 상궁 대령해 있습니다."

문밖에서 시령상궁의 황급한 대답이 들렸다.

"날이 어두워지지 않았느냐? 방에 불을 켜라!"

"예, 중전마마."

시령상궁이 재빨리 방으로 들어와 촛불을 켰다. 자영은 그때서야 연상 위에 펼쳐놓은 서책으로 시선을 던졌다. 《춘추좌전》이었다. 이미 몇십 년을 읽은 책이라 표지가 너덜너덜했으나 자영은 아직도 애지중지하고 있었다. 이따금 책비상궁이 읽어주기도 했으나 자영은 거의 대부분 혼자서 읽었다.

《춘추좌전》은 언제나 자영에게 지혜를 빌려주었다.

'힘이 없으면 외교로라도 일본의 기세를 꺾어야 해. 세계열강들의 힘을 빌려 일본을 조선에서 내쫓는 거야.'

자영은 그날 밤 그런 결심을 했다. 바람은 그날 밤에도 살을 엘 듯이 차갑게 불었다. 자영은 뜬눈으로 밤을 새우며 계책을 세우느라고 골몰했다. 자영의 나이 어느덧 45세, 왕조의 운명이 자신의 연약한 몸에 달려 있다고 생각하자 잠을 이룰 수 없었다.

1895년이 되자 청일전쟁이 막바지를 향해 치닫기 시작했다.

일본의 연합함대는 1월 11일 위해위(威海衛)에서 청나라 정여창의 북양함대를 괴멸시켰다. 정여창은 일본 연합함대로부터 항복이라는 최후통첩을 받자 비통한 마음을 억누를 길이 없어서 아편을 먹고 자결했다. 총병 장문선, 양용림, 북양함대 참모장 유보섬이 그 뒤를 따랐다.

북양수사제독 정여창이 자결하자 청나라 해군은 마침내 일본에 항복문서를 썼다. 청나라가 요동반도를 내주고서라도 강화를 청하지 않으면 안 되게끔 궁지에 몰린 것이다.

일본이 청나라에서 계속 승리를 거두자 러시아를 비롯하여 유럽 여러 나라들은 긴장하고 청일 양쪽에 강화회담을 제안했다. 청나라는 일본에 맞설 여력이 없고 일본도 더 이상 전쟁을 계속할 전쟁 비용이 부족하여 강화회담을 하게 되었다.

음력 2월 5일 청의 서태후와 광서제는 이홍장을 강화회담 전권대신에 임명했다. 수행원은 마건충 등 38명이었다. 이들은 2월 18일 천진을 떠나 2월 23일 일본의 시모노세키에 도착했고 2월 24일 회담에 들어갔다.

일본은 전승 분위기에 들떠 있었다. 청일전쟁의 명분은 가증스럽게도 청나라로부터 이웃 나라인 조선의 독립을 쟁취해준다는 것이었으나 일본인들은 오로지 영토의 할양과 배상금을 받을 생각에 골몰해 있었다. 일본 군부의 육군은 피를 흘려 점령한 요동반도가 대러시아 전략에서 반드시 필요한 요충지이므로 이를 반드시 할양받으라고 요구했고, 해군은 대만을 영유해야 한다고 총리대신인 이토 히로부미와 외무대신인 무쓰 무네미쓰에게 강력하게 주장했다.

일본은 이때 이미 강력해진 군부가 내각의 부담이 되고 있었다. 일본 내각은 강력한 힘을 갖춘 군부의 눈치를 살피며 회담에 임했다. 그러나 회담은 지지부진하여 음력 3월 23일에야 겨우 체결되었다. 강화조약의 주요 내용은 다음과 같았다.

1. 청국은 조선국이 완전한 독립국임을 확인하고 조선국이 청국에 바치던 각종 전례를 폐지한다.
1. 청국은 일본국에 요동반도와 대만, 팽호도를 할양한다.
1. 청국은 일본에 은 2억 냥을 7년에 걸쳐 전쟁 배상금으로 지불한다.

청국으로서는 굴욕적인 강화조약이었다. 조선은 청나라가 항복이나 다름없는 조약을 체결하자 청나라 사신을 맞이하던 영은문을 헐어버렸다. 이 자리에는 후일 독립문이 세워져 조선인들의 독립 의식을 고취하게 된다.

청일 강화조약이 체결됨으로써 전쟁은 끝이 났다. 일본은 약 6개월간 이어진 전쟁에서 중국의 광활한 영토인 봉천성 남부의 요동반도와 대만, 팽호도를 할양받고 전쟁 배상비로 2억 냥의 은까지 챙김으로써 막대한 이익을 얻었다. 그러나 일본이 얻은 가장 큰 이익은 조선이라는 고깃덩어리였다. 강화조약 1조에서 조선이 독립국임을 확인한다는 조문은 청나라를 배제하고 일본이 조선을 독식하겠다는 의미가 내포된 것이었다. 그러나 국제정세가 일본의 의도대로 돌아가지만은 않았다. 청일전쟁을 예의주시하던 러시아, 독일, 프랑스가 요동반도가 일본에게 할양되자 일본에 강력한 항의문을 보내왔다.

> 일청 양 교전국이 체결한 시모노세키 강화조약에는 요동반도를 일본이 영유하게 되어 있다. 이는 청국의 수도인 북경을 위협할 뿐 아니라 조선의 독립을 위태롭게 할 것이 명백하다. 이에 우리 삼국은 극동의 평화를 항구하게 유지하기 위해 이 조약의 요동반도 할양 건을 철회할 것을 요구한다.

이른바 삼국간섭의 요지는 위와 같았다. 일본은 발칵 뒤집혔다. 일본 외무대신 무쓰는 강화조약이 체결되기 전부터 이것을 어느 정도 예상하고 있었다.

정세는 일본에게 유리하지 않았다. 러시아는 1894년부터 막강한 해군력을 일본과 청나라 근해에 주둔시키고 있었다. 러시아의 극동함대는 24시간 내내 출항하여 전투를 할 수 있다는 정보가 만주 일대에 파견된 첩보원들로부터 속속 들어오기도 했다.

이토와 무쓰는 고심했다. 일본이 삼국간섭에 강력하게 저항한다면 삼국과 전쟁의 위험을 감수해야 했다. 그러나 요동반도를 쉽사리 포기할 수도 없었다. 요동반도를 포기하면 6개월 남짓 일본 육해군이 피를 흘려 얻은 승리와 일청 강화조약으로 환희하고 있는 일본인들의 승전 자축 분위기에 찬물을 끼얹었을 게 뻔했다.

일본은 긴급하게 천황 앞에서 어전회의를 열었다. 어전회의에서 총리대신 이토는 세 가지 안을 내놓았다.

1. 전쟁도 불사하는 각오로 단호하게 러, 불, 독의 삼국간섭을 거부한다.
2. 열국회의를 열어 요동반도 문제를 그 회의에서 처리한다.
3. 삼국의 권고를 수용하여 요동반도를 포기한다.

이토와 육군대신 야마카타, 해군대신 사이고는 심각한 회의 끝에 제1안을 버렸다. 일본은 이미 8개월이나 전쟁을 치른 상태였다. 일본 육군의 정예부대는 대부분 요동반도에 있었고 해군은 팽호도에 정박하고 있어서 일본 국내는 군대가 없는 공백 상태였다. 청나라와의 전쟁에서 육군은 비록 승전을 거두었지만 막대한 손실을 입었고 해군도 장병과 군수물자가 모두 피폐한 상태였다.

일본 어전회의에서는 요동반도 때문에 3국 연합해군을 상대로 전쟁을 할 수는 없다고 결론을 내렸다. 지금으로서는 러시아와 단독으로 전쟁을 한다고 해도 승리를 자신할 수 없는 처지였다.

제3안도 일본으로서는 선뜻 받아들일 수 없었다. 조건 없이 요동반도를 포기하는 것은 승전 분위기에 들떠 있는 일본 국민의 감정을 무시하는 처사였다.

일본 어전회의는 결국 제2안으로 3국과 협상을 하기로 했다. 그러나 러시아는 더욱 격렬히 항의해왔다. 영국 대사도 러시아가 일본과 전쟁을 벌일 준비를 하고 있으니까 조심하라는 충고를 해왔다.

일본은 마침내 러시아에게 백기를 들고 말았다.

일본제국 정부는 귀국 정부의 우의 있는 충고에 의거하여 요동반도를 영구히 점령하는 것을 포기할 것을 약속한다.

일본인들은 분노했다. 일본인들의 전승 분위기에 찬물을 끼얹은 요동반도 포기 소식이 알려지자 일본인들은 격렬하게 항의했다.

"이토 내각은 할복하라!"

"전쟁에서는 이겼으나 외교에서는 졌다!"

"군인들의 피값을 배상하라!"

거리에는 일본 내각을 비난하는 시민들로 들끓었다. 곳곳에서 관청이 불에 타고 일본인들의 분노의 함성이 터져나왔다.

"우리는 지금 러시아와 전쟁을 벌일 만치 강력한 군대를 갖고 있지 못하다. 병력의 후원이 없는 외교는 정당한 명분이 있어도 종종 실패를 한다. 우리가 오늘 굴욕적인 외교를 하지 않을 수 없는 것은 이 때문이다. 우리는 힘을 길러 장차 러시아와 대적해야 한다."

일본의 외무대신 무쓰는 일본의 여론을 러시아에 대한 적개심으로 돌리려고 했다. 이에 따라 일본인들의 적개심은 러시아를 향해 불타올랐다. 일본인들은 한결같이 청나라와의 전쟁을 승리하고서도 요동반도를 할양받지 못하게 된 것에 분통을 터뜨렸다.

이때 일본인들이 느낀 굴욕감과 분노는 오랫동안 일본인들의 가슴에 강렬하게 남아 있었다.

"언젠가는 러시아에게 본때를 보여주어야 한다. 그러기 위해서는 러시아를 압도할 만한 군사력을 갖추어야 한다!"

일본의 언론기관들도 일제히 대러시아 적개심에 불을 질렀다. 일본인들은 이를 악물고 허리띠를 졸라맸다. 일본은 이때부터 군사력 확장에 박차를 가했다. 일본의 군사 예산은 해마다 갑절씩 늘어나 10년 후인 1905년에는 마침내 러일전쟁을 일으켜 승리하게 된다.

일본이 삼국간섭에 굴복을 하자 조선에서도 러시아의 입지가 강화되기 시작했다. 청나라까지 꼼짝 못하게 만든 일본을 은근히 두려워하던 조선인들은 이제 일본인들을 경멸하기 시작했다. 일본 공사 이노우에의 위세를 등에 업고 내정개혁을 한다며 안하무

인격으로 행동하던 친일파 대신들의 입지는 급격하게 흔들렸다. 특히 일본에서 10년 가까이 망명해 있다가 귀국하여 내무대신과 법부대신이 된 박영효와 서광범의 입장은 미묘하였다.

경복궁 옥호루에서 은둔 생활을 하듯 조용히 지내던 자영은 국제정세가 자신에게 유리하게 돌아가고 있다는 사실을 간파했다. 자영은 정치 감각이 뛰어난 여인이었다.

삼국간섭으로 러시아의 위력을 알게 된 자영은 조심스럽게 인아거일 정책을 추진하기 시작하였다. 자영은 러시아의 베베르 공사 부부를 자주 대궐로 불러 연회에 참석하게 하였고 연회 도중 비밀리에 회동하였다. 이로 인하여 친로파 대신들이 등장하게 되었으니 이윤용, 이범진, 이완용 등이다. 이범진은 포도대장을 지내면서 천주교인들을 탄압하여 낙동 염라대왕이라는 별명으로 불린 이경하의 아들이었고, 이윤용은 이하응의 사위면서 이완용과는 배다른 형제 사이였다.

자영은 이들을 앞세워 베베르 공사 부부와 접촉하여 이노우에 일본 공사를 궁지에 몰아넣기 시작했다.

"전하, 이이제이라고 합니다. 일본이 언제부터 동양의 패자가 되었는지 알 수 없으나 강하면 꺾어지게 마련입니다."

경복궁 곤령합의 부속 건물인 자영의 침전 옥호루에서는 모처럼 자영과 재황이 마주 앉아 화기애애한 대화를 나누고 있었다.

밤이었다. 음력 3월, 대궐의 후원과 숲에는 색색의 꽃들이 만개했고 바람은 여인네들의 지분처럼 상쾌하게 뺨을 간질였다.

"그렇소. 일본이 급전직하 벼랑에서 굴러떨어지리라고는 누가 생각인들 했겠소?"

재황도 기분이 좋아 파안대소했다.

"신첩은 일본이 이러한 일을 당하리라는 것을 오래전부터 예측하고 있었습니다."

"중전에게 선견지명이 있었다는 말이오?"

"외국 공사들과의 잦은 연회가 어찌 공연한 것이겠습니까?"

"하면 중전이 외국 공사들을 움직여 삼국간섭을 하게 했다는 말씀이오?"

"전하, 그럴 리가 있습니까? 신첩은 대궐 깊숙한 곳에 있는 일개 아녀자일 뿐입니다."

"외국 공사들과의 잦은 연회가 공연한 것이 아니었다고 하지 않았소?"

"그렇기는 합니다만 외국 공사들과 국제정세를 토론한 것에 지나지 않습니다."

"중전이라면 능히 외국 공사들에게 의뢰하여 일본을 꺾을 수 있을 거요. 나는 중전을 믿소."

"전하, 그렇지 않습니다."

"중전은 이성적이고 강한 여자요."

"전하, 강한 것은 꺾인다고 하지 않습니까?"

"중전의 이 나라의 국모요. 중전이 꺾이면 이 나라가 무너질 거요."

"전하."

자영의 눈에 이슬이 맺히기 시작했다. 조선의 왕비, 그 화려하고 영광스러운 자리에 있었으나 자영은 하루도 마음 편한 날이 없었다.

"전하, 내일은 각국 공사들이 이노우에 일본 공사를 궁지에 몰아넣을 것입니다."

"각국 공사들이?"

"이노우에 공사는 사면초가에 몰릴 것입니다."

"허허……."

재황은 자영의 손을 덥석 잡으며 기분 좋은 웃음을 날렸다. 아름다운 여인이 활기차게 이야기하는 것처럼 듣기 좋은 소리도 없다. 재황은 생기가 빛나는 자영의 얼굴을 바라보는 것만으로도 흡족했다.

이튿날 자영이 말한 대로 열국 공사들이 외부대신 김윤식을 찾아와 강력한 항의문을 전달했다.

열국 공사의 항의문을 받은 외부대신 김윤식은 항의문을 이노우에 공사에게 보여주었다. 이노우에 공사는 열국 공사들의 항의문을 보고 벌레 씹은 표정을 지었다. 열국 공사들의 항의문에 반박할 명분이 없었다.

"우리는 열국 공사들의 항의를 수용하지 않을 수 없습니다."

김윤식은 이노우에 공사의 눈치를 살피며 말했다. 청일전쟁 발발 이후 일본은 온갖 방법으로 조선을 위협하여 이권을 챙겼으나 삼국간섭이 시작되어 일본의 입장은 벼랑에서 굴러떨어지듯 약화되고 있었다. 그러나 조선에는 그래도 일본이 위협적인 존재가 아닐 수 없었다.

"외부대신 각하도 그렇게 생각하십니까?"

"사실이 그렇습니다. 철도 부설권, 금광 채굴권이 모조리 일본에 있으니까요."

"외부대신 각하, 일본은 조선을 위해 피를 흘렸습니다. 조선에서 그만한 대가는 양보해야 되리라고 생각합니다."

"열국 공사들은 그렇게 생각하지 않는 것 같습니다."

"그렇다면 좋을 대로 하시지요."

이노우에 공사는 화를 내고 돌아가버렸다. 외부대신 김윤식은 열국 공사들에게 선처하겠다는 요지의 회답을 보낸 뒤 일본에 넘어가 있던 각종 이권을 러시아를 비롯한 외국으로 분산했다. 평안도 운산의 광업권은 미국인 모르스에게 허가하고, 경인철도 부설권은 미국에, 함경북도 광산 채굴권은 러시아에, 경의철도 부설권은 프랑스에, 압록강과 울릉도 지역의 벌목권은 러시아에, 강원도 금성군 당현 금광 채굴권은 독일에 넘겼다.

일본은 조선의 이권을 쟁취할 수 없게 되자 이를 갈았다. 특히 특히 병력과 군수물자 수송로로서 아주 중요한 가치가 있는 경인 철도 부설권은 일본이 1894년에 반강제적으로 따낸 것이었으나 청일전쟁으로 군사비가 막대하게 소요되어 철도 부설에 착수할 수 없었다. 조선은 철도 부설의 지연을 이유로 일본에게 부설권을 주었던 것을 취소하고 미국에 넘겼다.

"이는 모두 조선의 왕비가 꾸민 음모입니다."

"남자도 아닌 여자가 이런 일을 꾸몄다면 놀라운 일이 아닌가?"

"첩보원들의 보고에 따르면 왕비에게서 모든 계책이 나온다고 합니다."

"왕비가 대일본제국의 방해물이란 말인가?"

"그렇습니다."

스기무라 서기관의 보고에 이노우에 공사는 말없이 고개를 끄덕거렸다. 스기무라 서기관은 조선에 온 지 10년이나 되는 전문 외교관으로 조선의 정세에 가장 정통한 인물이었다.

'조선이 훌륭한 왕비를 갖고 있는 것은 틀림없어.'

이노우에 공사는 왕비의 이지적인 얼굴을 머릿속에 떠올리며 그녀로 인해 대조선 정책이 차질을 빚고 있다는 사실에 고개를 절레절레 흔들었다. 조선의 왕비는 결코 만만한 여인이 아니었다. 미모와 위엄도 뛰어날 뿐 아니라 여자로서는 드물게 강인함까지 갖추고 있었다.

'동양의 여걸이라고 불러도 손색이 없는 여인이야.'

그러나 일본의 장래, 그가 추진하고 있는 대조선 정책에는 강력한 걸림돌이었다. 조선의 왕비를 제거하지 않으면 그의 정치 생명도 온전하지 못할 것이 분명했다. 창밖에는 조선의 민가에서 풍기는 꽃냄새가 진동을 하고 있었다.

34
남당과 북당

을미년인 1895년에도 정국은 급변하고 있었다. 제2차 김홍집
내각은 이노우에 공사의 내정 개혁안을 토대로 활발하게 개혁을
추진해나갔다. 거의 매일같이 직제와 관제가 개정되었고 서품령
(敍品令), 각령(閣令), 부령(部令), 훈령(訓令), 고시(告示)가 쏟아져 나
왔다. 이러한 개혁이 너무 빨리 추진되어 일반인은 물론 관리들까
지 갈피를 잡지 못하고 우왕좌왕했다.

그리하여 조정에서는 개혁을 실시하고 있었으나 지방에서는
개혁이 전혀 시행되지 않았다. 게다가 파당 싸움이 치열했다. 1월
하순 내부대신 박영효와 법부대신 서광범을 암살하려는 음모를
꾸민 혐의로 조용승, 고종주, 김국선 등이 검거되어 파란을 일으
키기 시작했다. 그러나 사건은 거기서 그치지 않고 꼬리를 물고

터졌다.

이준용 계열이 동학당과 결탁하여 왕실 및 조정을 전복하고 이준용을 국왕으로 옹립하려 했다는 역모 사건이 처음 터진 것은 청일전쟁이 한창이던 지난해 8월이었다. 경무사 이윤용이 이하응 계열을 제거하기 위해 허엽, 이병휘 등을 내세워 이준용 옹립 음모 사건을 꾸몄으나 오히려 이하응의 강한 반대에 부딪쳐 이윤용이 해임된 일이 있었다. 그러나 이윤용은 급진 개혁파의 지원으로 경무사에 재등장함으로써 그러잖아도 어수선한 조선의 정가에 파란을 일으켰다.

조선의 조정에는 이미 원로대신의 반열에 오른 김홍집, 김윤식, 어윤중 같은 온건 개화파, 박영효, 서광범 같은 망명파, 안경수, 김가진, 이윤용, 이완용, 조희연 등의 소장 개혁파가 있었다. 급진 개화주의자들이라고 불리는 소장 개혁파들은 다시 이윤용, 이범진, 이완용 등의 러시아파로 갈라져 각축을 벌이고 있었다.

이준용의 두 번째 음모는 김학우 암살 사건의 범인들이 체포됨으로써 구체적으로 거론되기 시작했다. 김학우 암살 혐의로 체포된 최형식, 이여익, 장덕현, 김한영, 최형순이 심문관들의 가혹한 고문을 견디다 못해 사건의 진상을 자백하기 시작한 것이다.

　1. 청일전쟁이 일어난 뒤의 내우외환을 수습하고, 국권을 수호하기 위해서 국왕을 폐위시키고 이준용을 국왕에, 대원군을

섭정에 추대한다.

2. 위의 음모에 필요한 병력은 동학군 및 통위영 영병들을 동원하여 국왕과 세자를 시해한다.

3. 김홍집, 조희연, 김가진, 김학우, 안경수, 유길준, 이윤용 등을 암살하고 이준용 계열의 내각을 구성한다.

4. 본군에 의해 동학군이 북상할 수 없게 되면 계획을 바꾸어 고종주, 전동석, 최형식 등의 행동대로 요인 암살부터 시작한다.

심문관들이 밝힌 이준용 옹립 음모 사건의 내막이었다.

"종정경(宗正卿) 이준용의 이름이 죄인들의 공술에서 나왔으니 조사하는 것이 합당한 만큼 법부아문으로 하여금 잡아오게 하는 동시에 특별재판소를 설치하여 신문을 해야 할 줄 아옵니다."

총리대신 김홍집과 법부대신 서광범은 3월 24일 재황을 찾아가 이준용 체포를 요구했다.

"주모자는 누구인가?"

"이 음모를 주도한 것은 박준양, 이태용 등이고 동조한 자들은 한기석, 김국선, 임진수, 허엽, 박동진, 전동석, 최형식 등입니다."

"그들이 어떻게 역모를 획책했다는 말인가?"

재황이 불쾌한 표정으로 서광범을 쏘아보았다.

"종정경 이준용은 지난해 6, 7월경에 동학당이 곳곳에서 들고 일어나 인심이 흉흉한 때를 타서 박준양과 이태용의 모의에 찬동하여 한기석, 김국선과 비밀 모의하고 즉시 동학당에 모의를 통고하여 경성을 습격하라고 하였습니다. 그리하여 성안의 백성들이 놀라서 소동을 피우고 대군주 폐하가 난을 피하여 다른 곳으로 피해 갈 것이니 그 틈을 타서 대군주 폐하와 세자 전하를 시해한 다음 왕위를 찬탈하여 이준용을 국왕으로 옹립해야 한다고 했다 하옵니다.”

서광범이 눈썹 하나 까딱하지 않고 대답했다.

“동학도적은 모두 토벌되지 않았는가?”

재황은 서광범의 보고를 미더워하지 않는 눈치였다. 왕위 찬탈을 운운하는 보고를 하는데도 얼굴빛 하나 변하지 않았다.

“그러하옵니다. 하여 죄인들은 요인 암살부터 하기로 음모를 바꾸어 전 법부협판 김학우를 암살한 것으로 아옵니다.”

“죄인들을 구금하라! 하나 이준용은 안 된다! 이준용은 국태공 저하의 친손자이자 짐의 조카이니라.”

“폐하, 역모에 이름이 거론되었습니다. 종정경을 구속하지 않으면 국법을 무시하는 일이 되옵니다.”

“국법?”

재황의 얼굴이 해쓱하게 변했다. 재황은 서광범의 국법이라는 말에 지난해에 5부 협판을 임명했다가 이노우에 일본 공사에게 수모를 당한 일을 머릿속에 떠올린 것이다.

“이준용이 정녕 역모에 가담했는가?”

"그러하옵니다."

"그렇다면 도리 없는 일이지……."

재황은 낙담한 표정으로 이준용의 체포를 윤허했다. 법부대신 서광범은 대궐에서 물러 나오자 경무사 이윤용에게 이준용의 체포를 명했다.

"대군주 폐하의 윤허를 받으셨습니까?"

이윤용은 통쾌한 표정으로 서광범을 쳐다보았다.

"이를 말인가? 이제는 그대의 원한이 풀리게 되었다."

"이준용을 체포하는 것이 어찌 소인의 원한을 푸는 일입니까? 이는 이하응을 견제하는 일입니다."

"그만하고 속히 이준용이나 잡아들이게."

"경무관 이규완을 보내겠습니다. 이준용은 이하응과 함께 있으니 대찬 인물이 아니면 이준용을 체포할 수가 없습니다."

"그런 일은 경무사가 알아서 해야지."

서광범은 냉랭하게 쏘아붙였다. 이준용의 체포를 주장하긴 했으나 유쾌한 기분은 아니었다.

이윤용은 서광범의 지시를 받자 곧바로 경무관인 이규완을 불러 이준용을 체포해 오라고 명령했다. 이규완은 갑신정변 때 김옥균 등에게 포섭되어 친청파 대신들을 살해한 인물이었다. 박영효를 뒤따라 귀국하여 경무관으로 활동하고 있었다.

"종정경을 체포하라는 말씀입니까?"

"법부대신의 지시일세."

"대군주 폐하의 윤허를 받았습니까?"

"받았네."

"알겠습니다."

이규완은 순검 30명을 데리고 운현궁으로 달려갔다. 이규완이 순검들을 거느리고 운현궁에 나타나자 운현궁이 발칵 뒤집혔다. 이규완은 예의를 갖추어 이하응에게 이준용을 체포하겠다고 말했다.

"뭣이?"

이하응은 이규완의 말을 듣고 온몸을 부들부들 떨며 진노했다.

"역모입니다."

이규완은 순검들에게 운현궁을 에워싸게 했다.

"역모라니? 네놈들은 걸핏하면 역모라는 명목으로 내 자식들을 죽이려 하는구나! 역모라는 것은 가당치도 않다! 준용이가 무엇이 아쉬워 역모를 꾸민다는 말이냐?"

"죄인들의 공술에서 이름이 나왔습니다."

"닥쳐라! 네놈들이 이노우에의 사주를 받은 것이 아니냐?"

"저하! 당치 않은 말씀이십니다."

"하면 네놈과 같이 온 저 가양이(假洋夷, 일본인)는 누구냐?"

이하응이 턱짓으로 순검들 틈에 섞여 있는 일본인을 가리키자 이규완이 흠칫했다. 일본인은 1894년 7월에 설치된 경무청의 고문관 호시 도루였다. 이때 조선 조정의 각 부처에는 일본인 고문 관들이 임명되어 있어서 그들에 의해 개혁 정책이 결정되고 있 었다.

"그는 법부 경무청의 고문관입니다."

"물러가라! 준용을 체포하는 것은 일본의 음모다!"

"저하! 우리는 왕명을 시행하고 있습니다!"

이규완은 이하응의 반대에도 불구하고 순검들에게 이준용을 체포하도록 지시했다. 순검들은 이규완의 지시가 떨어지자 끌려 가지 않으려고 발버둥을 치는 이준용을 마구 구타하면서 포박하 여 끌고 갔다.

"준용아, 준용아……."

이하응은 피눈물을 흘리면서 통곡을 했다. 이미 80을 바라보는 이하응이었다. 몸은 늙었으나 정신은 아직도 또렷했다. 국왕인 재 황에게 실망하여 장자 이재면의 아들인 이준용에게 모든 희망을 걸고 있었다.

이준용에 대한 선고 공판은 열국 공사들이 비장한 관심을 기울 이는 가운데 4월 19일에 열렸다. 재판장은 법부대신 서광범, 판사 이재정, 조신희, 장박, 임대준, 간여 검사 안영수, 김기룡이었다. 서광범은 판결문에서 적도율(賊盜律) 모반죄를 적용하여 박준양, 이태용에게 교수형을, 인명률(人命律) 모살죄를 적용하여 전동석, 최형식에게 교수형을 선고했다.

이준용, 한기석, 김국선은 교수형에 해당되었으나 1등을 감하여 종신유형을 선고했다. 나머지 관리자들도 모조리 종신유형에서 10년까지의 유형이 선고되었고 이준용은 다시 2등을 감하여 10년 유형으로 형을 확정했다. 배소는 강화도의 교동부로 지정했다.

"내가 준용이를 만나볼 것이다! 이놈들이 준용이를 죽이려는 음모가 아니고 무엇이냐?"

이하응은 이준용이 강화도의 교동부에 유배되기 위하여 서강에서 배를 탈 때 마포나루로 달려갔다. 마포나루래야 공덕리 별장에서 한달음인 것이다. 그러나 이하응이 마포나루에 이르렀을 때 순검들이 달려와 이하응을 강제로 연행하여 공덕리 별장에 연금해버렸다.

"이놈들아! 이 못된 놈들아!"

이하응은 가슴을 치고 땅을 치며 통곡했다. 동양의 호걸이라 불리는 이하응이었으나 사랑하는 손자가 절해고도로 끌려가게 되자 피눈물을 흘린 것이다.

***

조선의 정국이 어지럽고 혼란한 탓인지 1895년의 여름은 폭염으로 시작되었다. 봄철에 비 몇 방울 뿌린 것이 고작으로 극심한 가뭄이 몇 달째 계속되어 밭작물이 타 죽고 논바닥이 말라 들어갔다. 불볕더위가 계속되자 인심이 흉흉해지기 시작했다. 한양과 원산 일대에는 서양인들이 어린아이들을 잡아다가 삶아 먹는다는 괴이한 소문까지 퍼져 민심을 더욱 뒤숭숭하게 했다.

이준용 왕위 찬탈 음모 사건은 조선의 조정에서도 권력의 변화를 몰고 왔다. 박영효, 서광범 등이 이준용을 사형에 처해야 한다고 주장한 반면 김홍집, 김윤식 등은 이준용의 사형에 반대했다. 이들의 대립과 반목은 재판이 끝날 때까지도 계속되었다.

"이 종정경은 국태공 저하의 친손이오. 국태공 저하의 친손을 공술에서 이름이 나왔다고 하여 사형에 처할 수는 없소!"

"국법은 누구에게나 똑같이 적용해야 합니다. 종친이라고 해서 형을 사면받을 수는 없소."

"종정경은 역모에 가담하지 않은 것이 분명하오!"

"죄인의 공술에서 이름이 나오지 않았소?"

"죄인의 공술에서 이름이 나온 것은 경무청에서 고문을 했기 때문이오. 그 정도 고문이면 누구든지 거짓 자백을 하지 않을 수 없을 것이오."

김홍집과 박영효는 한 치의 양보도 없이 팽팽하게 대립했다. 이들의 대립은 국왕의 왕권을 인정하느냐, 인정하지 않느냐의 갈등이었다. 김홍집은 국왕을 내각의 위에 두고 있었고 박영효는 내각이 정치와 행정의 중심에 있어야 한다는 사상을 갖고 있었다.

게다가 갑신정변 때의 앙금도 정치계의 두 거물을 반목하게 했다.

김홍집과 박영효의 대립은 국왕의 재가 과정에서 이준용이 10년 유형으로 결정되어 싱겁게 끝나버렸다.

재황과 자영은 이준용을 사형시키고 싶지 않았던 것이다. 이준용의 왕위 찬탈 음모 사건은 파당 싸움의 일환으로 빚어진 조작극 냄새가 강했다. 게다가 운현궁에서 부대부인 민씨까지 대궐로 입궐하여 이준용의 누명을 벗겨달라고 울면서 애원했다.

"어머님, 준용에게 저는 작은어머니입니다. 비록 이 나라 조선의 왕비요, 국모라고 해도 어찌 장조카를 죽게 놔두겠습니까? 조금도 심려하지 마십시오."

자영은 부대부인 민씨를 위로한 뒤에 돌려보냈다. 그러나 이준용을 무죄로 방면할 수는 없었다. 이준용의 왕위 찬탈 음모 사건에는 일본 공사 이노우에까지 개입해 있었다.

자영은 특별재판소법을 개정하게 하여 이준용의 형을 감면하게 했다.

'일본은 왕실을 무력하게 만들고 있어.'

자영은 일본이 교묘하게 조선 왕실의 목을 조이고 있다고 생각했다.

재황은 왕권을 회복하기 시작했다.

음력 5월 8일 학부대신 박정양이 총리대신에 임명되었다. 학부대신에 이완용, 군부대신엔 신기선, 외부협판에 서재필, 주일 전권공사에 고영희가 임명되었다.

일본 공사 이노우에는 초조해지기 시작했다. 삼국간섭이 시작되기 전만 해도 조선은 그의 수중에 있는 것이나 마찬가지였다. 그러나 삼국간섭이 시작되면서 친일 개화당임을 자처하던 조선의 소장 개혁파들까지 등을 돌리고 있었다. 지난해 9월 28일 조선에 부임했을 때만 해도 그의 위세는 조선의 국왕을 능가했다.

이노우에는 조선 주재 공사로 부임하자 동양의 호걸인 이하응을 퇴진시켰고 제2차 내정 개혁안을 내세우면서 왕비까지 내정에 간섭하지 못하도록 했다. 이노우에가 사실상 조선의 국왕 노릇을 한 것이다. 그러나 삼국간섭은 그가 들인 모든 공을 허사로 만들어버렸다. 러시아 공사 베베르는 기회 있을 때마다 조선 국왕을 알현하여 정치적인 의견을 개진하였다. 베베르 공사의 부인도 자영과 자주 접촉했다. 그들이 무슨 음모를 꾸미는지 알 수 없어 이노우에는 초조하고 불안했다.

이노우에는 오랫동안 고심하다가 대조선 정책을 바꾸었다. 러시아가 이빨을 드러내놓고 발톱을 날카롭게 세우고 있는 현실에서 조선을 무력으로 핍박할 수는 없었다.

이노우에는 재황과 자영에게 새롭게 접근하기 시작했다. 군사적인 위협까지 서슴지 않으면서 자영을 정치에 참여하지 못하게 했으나 태도를 급변하여 자영의 정치 참여를 허가하고 극심한 재정난에 허덕이고 있는 조선에 3백만 원의 차관을 제공하겠다고 약속했다. 자영에게 고개를 숙이는 것은 굴욕적인 일이었으나 노련한 외교관인 그로서도 어쩔 수 없는 선택이었다.

일본인들은 자영을 격렬하게 증오했다. 조선에 고문관으로 파견되어 있던 니오 고레시케, 오카모토 유노스케, 호시 도루, 구스노세 유키히코 등은 내밀하게 협의하여 왕비를 제거해야 한다는 데 합의했다.

……동아(東亞)를 구하고 조선을 구하는 단 하나의 방법은 왕비를 매장하는 데 있다. 왕비를 죽여라……

당시 조선에 들어와 있던 일본인들의 일치된 부르짖음이었다. 이러한 일본인들의 노골적인 증오는 일본인들과 친밀하게 지내던 박영효에게도 전달되고 자영까지 알게 되었다. 그러나 결정적인 증거가 없어서 망설이고 있을 때 전 경기 감사 심상훈이 박영효가 자영을 죽이려 한다는 보고를 해왔다.

"뭣이? 금릉위가 또 불계를 도모했다는 말이냐?"

궁내부 특진관 심상훈의 보고를 받은 자영은 피가 역류하는 듯한 기분을 느끼며 벌떡 일어섰다.

"그러하옵니다."

심상훈은 몸을 떨며 대답했다. 자영은 애증이 분명한 여자였다. 그녀의 눈에서 쏟아지는 안광이 칼날처럼 싸늘한 냉기를 뿌리고 있었다.

"소상히 말하라! 금릉위가 어떻게 불계를 도모한다고 하더냐?"

"아뢰옵기 송구하오나 근간에 왕후불목(王后不睦)하여 일본인 장사들과 연합하여 왕후 폐하를 불일내에 시해한다고 하옵니다."

왕후불목이라는 것은 왕후와 사이가 좋지 않다는 뜻이다.

"증거가 있느냐?"

"통위영 군사를 지낸 일이 있는 한재익이란 자의 고변입니다. 한재익의 말에 따르면 사사키 유키치라는 자로부터 들었다고 하옵니다."

"하면 틀림없는 사실이 아니냐? 이, 이런 금수만도 못한 놈 같으니……!"

자영이 벌떡 일어나서 연상을 주먹으로 힘껏 내리쳤다. 연상 위에 있던 《춘추좌전》이 방바닥에 나뒹굴고 연상이 벽에 부딪쳐 부서졌다.

"게 누구 있느냐?"

자영이 밖을 향해 악을 쓰듯이 소리를 질렀다.

"김 상궁 대령해 있습니다."

"훈련대에 사람을 보내어 금릉위를 잡아들이라고 하라!"

김 상궁이 황망히 물러가는 기척이 들렸다. 음력 윤 5월 14일의 일이었다. 그러나 박영효는 훈련대의 장교 우범선으로부터 자영이 자신을 체포하라고 했다는 전갈을 받고 황급히 일본 공사관으로 도피했다.

재황은 그날 사정전에서 대신들을 소집하여 박영효가 반역을 꾀했음을 선언했다. 대신들은 묵묵부답 아무 대꾸가 없었다. 이때 이미 일본인들이 왕비를 시해하려 한다는 소문이 파다하게 퍼져 있었고, 일부 대신들은 일본인들의 주장에 동조하여 왕비를 제거해야 한다고 맞장구를 치기까지 했다.

이 무렵 대궐의 호위를 맡은 부대는 시위대였다. 내부대신 박영효는 궁궐 호위 임무를 시위대 대신 일본군이 교관으로 있는 훈련대로 교체하려고 했다. 훈련대에는 이두황, 우범선 등이 지휘관으로 있었다.

박영효는 왕궁시위대를 훈련대로 교체하여 조선의 왕실과 러시아 등 외국의 접촉을 감시하게 하려고 한 것이다. 시위대 교체안은 내각의 각의에서 통과되어 형식적으로 재황의 재가를 받아 놓고 있었다. 그러나 군부대신이 재황에게 시위대를 훈련대로 교체하겠다고 보고하자 재황은 진노한 얼굴로 이를 거부했다.

"대궐을 훈련대가 호위하는 것은 짐이 바라는 바가 아니다. 지금처럼 시위대에게 경호시키도록 하라!"

"폐하, 이는 이미 폐하께서 윤허하신 일입니다."

"군부대신은 똑똑히 들으라! 지난해 6월 이래 반포된 칙임과 칙령은 짐의 뜻이 아니다. 시위대 교체는 물론 지금까지의 내정 개혁안은 일본의 강압에 의한 것이었으니 짐은 취소할 것이다!"

상황은 급변했다. 일본 공사관은 발칵 뒤집혔다. 스기무라 서기관은 황급히 일본으로 급전을 보내 대책을 문의했으나 일본에 체류하고 있던 이노우에 공사는 박영효를 보호할 필요가 없다는 냉담한 전문을 보내왔다. 박영효, 신응희, 이규완, 정난교 등은 이로 인하여 또다시 눈물을 머금고 일본으로 2차 망명길에 올라야 했다.

"내부협판으로 있던 유길준을 지나치게 믿은 게 잘못이었어. 내가 왕비를 제거하려는 계획을 유길준에게 말했더니 그가 왕에게 밀고를 하여 조국에서 쫓겨나게 된 거야."

박영효는 유길준을 원망했다.

재황은 5월 17일 각의 석상에서 모든 정무는 짐이 당친재지(當親裁之, 손수 국정을 결재하는 것) 할 것이라는 어명을 내리고 5월 20일에는 일본의 강압에 의해 개혁된 신제도, 신법령에 모순이 있는 것은 재검토를 하겠다는 조칙을 관보에 발표하게 했다.

일본인들은 분노했다. 조선의 국왕이 허수아비 노릇을 하고 있다가 강하게 나온 이면에는 러시아가 도사리고 있다는 결론을 내렸다. 그리고 러시아를 끌어들인 것은 조선의 왕비라고 생각했다.

이노우에 일본 공사는 이러한 조선의 실정을 일본에서도 상세하게 보고받고 있었다.

'왕비를 제거하지 않으면 일본은 요동반도를 빼앗겼듯이 조선

을 뺏기고 말 것이다! 그렇게 되면 조선을 얻기 위해 일본군이 흘린 피는 무용지물이 될 것이다!'

이노우에는 마침내 조선의 왕비를 시해하기로 결심했다. 이노우에는 총리대신 이토, 외무대신 무쓰와 함께 일본에서 초헌법적 권리를 누리는 원로회의 7인 중 1인이었다. 이노우에는 자신도 이미 내무대신을 역임한 바 있는 일본 정계의 거물이었다.

"일본의 온건한 대조선 정책으로는 도저히 러시아에 대항할 수 없습니다. 이제는 비상수단을 사용하여 러시아와 조선의 관계를 끊어서 조선을 고립시키는 것이 유일의 방법입니다."

이노우에는 원로회의에서 비상수단을 제안했다. 비상수단이란 두말할 것도 없이 왕비를 암살하는 것을 의미했다.

"그 방법밖에 없는가?"

"궁중의 대표이자 조선에서 가장 극렬한 배일주의자인 왕비를 제거하는 것은 러시아와의 관계를 끊는 것에도 목적이 있지만 더 중요한 것은 조선의 국왕을 꼼짝 못하게 하기 위해서입니다. 왕비가 시해된다면 심약한 조선의 국왕은 조선을 일본에 바쳐서라도 목숨을 구걸하게 될 것입니다."

"백작은 조선 공사직을 사임했다고 했는데 누가 그 일의 적임자이겠는가?"

"미우라 고로 자작이 적임일 것입니다."

이노우에는 일본 육군 중장 출신의 미우라를 추천했다. 이토와 무쓰 등 일본 원로회의는 이에 대해 반박하지 않았고, 미우라는 무인 출신이라는 이유로 사양하다가 이노우에의 독촉을 받고서야 조선 공사직을 수락했다.

이노우에는 음력 6월 4일 조선에 귀임하였다. 조선에서는 박영효의 왕비 시해 음모 사건으로 박정양 내각이 붕괴되고 7월 5일 제3차 김홍집 내각이 성립되었다.

음력 7월 13일 미우라 일본 공사가 조선에 부임하여 7월 15일 이노우에와 함께 신임장을 제출하기 위해 장안당에서 재황을 알현했다. 조선 쪽에서는 총리대신 김홍집과 외부대신 김윤식이 시립했고 통역도 시립했다.

"폐하, 이번 조선 공사로 부임한 미우라 고로 자작입니다."

이노우에가 미우라 공사를 재황에게 소개했다.

"그렇소? 원로에 고생이 많았소."

고정은 덕담으로 미우라 공사의 인사를 받았다. 미우라는 키가 크고 얼굴이 길쭉한 말상이었다. 재황은 미우라 공사의 첫인상이 그다지 마음에 들지 않았다.

"폐하, 외신은 오랫동안 군인으로 있으면서도 뚜렷한 무공을 세우지 못한 무능한 군인입니다. 모쪼록 폐하의 훌륭한 지도편달을 바랍니다."

"공사는 겸손한 사람이구려."

"외신은 외교에 대해서는 문외한입니다. 앞으로 국왕 폐하의 부르심이 없으면 관저에서 불경이나 필사하면서 조선의 아름다운 풍광을 즐길까 하옵니다."

자영은 발 뒤에 앉아서 재황에게 낮은 목소리로 조언을 하고 있었다. 미우라는 발 뒤에 앉아 있는 자영을 조심스럽게 살폈다. 저 여인이었던가, 저 여인이 조선의 국정을 좌지우지하면서 당대의 재상이라고 일컬어지는 이노우에 백작을 꼼짝달싹 못하게 한 여인인가.

자영은 그때서야 어렴을 반쯤 걷고 통역을 통해 미우라에게 부드럽게 말했다.

"일본국의 국왕을 대리하는 막중한 공사의 임무를 띠고 조선에 왔으니 뜻을 이루기를 바랍니다. 이 나라의 관습으로 왕비가 외국 사신을 정식으로 접견할 수는 없지만 인국의 도리로써 조선을 도와주시기를 바랍니다."

자영은 일국의 왕비답게 위엄을 갖추고 미우라에게 당부했다.

***

청일전쟁의 승리는 일본을 기고만장하게 만들었다. 삼국간섭으로 요동반도를 되돌려주기는 했으나 여전히 군대가 한양 일대에 주둔하면서 조선을 위협하고 있었다. 자영은 미우라 공사에게도 일본군의 철수를 강력하게 요구했다.

"공사, 이제는 전쟁도 끝났고 동학란도 토벌되었소. 일본군은 마땅히 철수를 해야 하오."

"조선은 아직 치안이 안정되지 않았습니다. 우리 공사관과 조선에 있는 일본인들의 안전이 확보되면 철수할 것입니다."

"그렇게 안전이 우려된다면 무엇 때문에 조선에 남아 있소. 공사도 떠나고 일본인들도 모두 떠나시오."

자영의 냉량한 말에 미우라는 얼굴이 굳어졌다.

"내각에 왕후마마의 말씀을 전하겠습니다."

미우라 공사는 머리를 조아렸으나 진심이 아니었다.

'일본군은 철수하지 않을 것이다. 강도처럼 막무가내로 군대를 주둔시키고 위협을 하니 어떻게 물러가게 만들지?'

자영은 일본군 때문에 잠을 이루지 못했다. 김홍집 내각을 세우고 조정을 대대적으로 개혁했으나 일본의 허수아비에 지나지 않았다.

'미국이 도와주면 좋을 텐데…….'

자영은 미국이 일본을 견제해주기를 바랐으나 극동의 작은 나라인 조선에 관심이 없었다.

"청나라가 일본에 패하다니 조선의 앞날이 암담하구나. 이제 조선은 어찌하는 것이 좋겠느냐?"

자영이 민영익을 불러 의논했다.

"러시아가 조선을 도울 수 있을 것입니다."

민영익이 근심이 가득한 얼굴로 대답했다. 민영익은 미국을 다녀왔을 뿐 아니라 돌아오는 길에 유럽을 시찰하고 러시아 황제의 대관식에도 참석했다.

"청일전쟁에서 승리한 일본이 우리 조정을 위협하고 있다. 이러다가 나라가 망할 것 같구나."

자영이 아미산을 걸으면서 한숨을 내쉬었다. 아미산에는 어느덧 가을이 오고 있었다.

"중전마마, 자립부강이 최선의 길입니다."

"누구나 그 계책은 알고 있다. 그러나 실행이 되지 않는다. 일본의 조악한 물건들이 쏟아져 들어와 경제가 파탄에 이르고 있다. 서양 공사들은 백성들이 부귀해야 한다고 한다. 학생들을 가르치고 공장을 세워 물건을 생산하여 외국에 수출해야 한다고 한다. 그런데 도무지 실행이 되지 않는구나."

일본은 성냥이라든가 면직물을 공장에서 생산하여 조선에 팔았다. 조선의 면직물 가격이 폭락하고 쌀을 대대적으로 수입해 가는 통에 곡물 값이 폭등했다. 일본으로 인해 백성들의 삶이 더욱 피폐해지고 있었다.

"경제가 부흥하려면 인구가 많아야 합니다. 조선은 인구가 일본의 3할밖에 되지 않습니다."

"일본의 인구는 얼마나 되는가?"

"신이 자세히 알지 못하나 4천만이 넘는다고 합니다. 춘추전국

시대 월나라의 범려는 오나라에 복수하기 위해 인구 증산 정책을 세웠습니다. 제가 아는 가장 훌륭한 정책이었습니다."

"어떻게 했는가?"

"젊은 남자는 늙은 여자와 결혼하지 마라. 젊은 여자는 늙은 남자와 결혼하지 마라. 여자가 열일곱 살이 되어도 시집을 보내지 않거나 남자가 스무 살이 되어도 장가를 보내지 않으면 부모가 벌을 받게 하라. 임산부는 나라에서 극진히 돌봐주고 아들을 낳으면 개 한 마리와 술을 주고 딸을 낳으면 돼지 한 마리와 술을 줘라. 쌍둥이를 낳으면 하나를 나라에서 양육비를 부담하고 세 쌍둥이를 낳으면 둘의 양육비를 나라에서 부담하라. 월나라의 재상 범려가 내린 인구 증산 정책입니다."

"조선에도 인구 증산 정책이 필요한가?"

"태어난 아이들이 굶어 죽지 않게 나라에서 보호해주어야 합니다."

"일본은 당장 우리나라를 침략할 거야."

자영은 민영익을 물러가게 했다. 일본은 청일전쟁 이후 각 부(部)에 일본인 고문관을 두었다. 조선이 일본의 수중으로 들어가고 있었다.

***

　의화군 강이 머리를 조아렸다. 자영은 추적대는 빗소리에 귀를 기울이다가 의화군 이강을 응시했다. 이강은 귀인 장씨의 소생이다. 천하장안으로 불리는 시정잡배의 하나인 장순규의 누이동생 장순아가 낳았다. 1775년에 낳았으니 어느덧 스물한 살이고 훤훤 장부가 되어 있었다. 왕세자 척은 허약했으나 이강은 건장했다.

　"어찌 지내고 있느냐?"

　자영의 목소리에는 칼날이 서려 있는 것 같았다. 귀인 장씨는 10여 년 전에 죽었다. 자영이 투기를 하여 그녀의 허벅지를 도려냈다는 소문이 파다하게 나돌았다. 이강은 1891년이 되어서야 간신히 의화군이 되었다.

　"어마마마의 하해와 같은 은혜로 잘 지내고 있습니다."

　이강이 조심스럽게 대답했다. 후궁의 소생은 모두 왕비를 어머니로 불러야 했다.

　"그동안 내가 너에게 소원했다. 네가 대궐에 자주 출입하면 불측한 무리들이 흉계를 도모할 것 같아 그리했다."

　이강은 사동궁에서 지내고 있었다.

　"망극하옵니다."

　"일본에 공부하러 다녀오겠느냐?"

　이강은 1894년에도 청일전쟁의 승리를 축하한다는 명목으로 보빙대사가 되어 일본에 다녀왔다. 의화군에 봉해진 뒤에는 영국, 독일, 프랑스, 이탈리아, 오스트리아, 러시아를 방문하여 견문을 넓혔다.

"어마마마께서 보내주시면 기꺼이 공부를 하고 돌아오겠습니다."

"나라가 혼란할 때는 피해 있는 것이 상책이다. 소인배들에게 휘둘리면 역모에 걸려들어 목숨을 잃을 수도 있다. 준용이가 그러하지 않느냐?"

"망극하옵니다."

"일본에 게이오 의숙이라는 학교가 있다. 후쿠자와 유키치라는 인물이 설립했다는데 일본의 지식인들이 모두 그 학교에서 나온다고 한다."

빗줄기가 나뭇잎을 때리는 빗소리가 스산했다. 이강은 머리를 숙이고 자영의 다음 말을 기다렸다.

"강아."

"예."

"조선은 누란의 위기에 처해 있다."

"망극하옵니다."

"사직이 끊어지면 어떻게 하겠느냐?"

자영의 말은 조선이 망하면 어떻게 하겠느냐는 질문이었다.

"오직 목숨을 바칠 것이옵니다. 사직이 없는데 소자가 어떻게 존재하겠습니까?"

"장하다."

자영이 무릎을 쳤다. 이강은 가슴이 먹먹해지는 듯한 기분이
었다.

"나라를 잃으면 반드시 되찾아야 한다."

자영이 다짐을 하듯이 말했다.

"명심하겠습니다."

이강은 더욱 깊숙이 머리를 숙였다.

'중전마마께서는 조선이 멸망할 것을 걱정하고 계시는구나.'

이강은 경복궁을 나오면서 걸음이 무거웠다.

이강은 한일합방이 이루어진 뒤에 조선의 독립을 위해 평생 동
안 노력한다.

***

자영은 모처럼 관우 사당인 북묘를 찾았다. 북묘에는 충주에서
데리고 온 무당 박 소사가 있었다. 자영은 관우 초상에 참배하고
박 소사와 마주 앉았다. 중추절을 지난 지 이틀째 되는 날이었다.
짧은 가을 해가 대궐의 숲을 황금빛으로 물들이고 있었다. 북묘의
대청에서 서산으로 기울고 있는 해와 단풍이 물든 숲이 눈에 들어
왔다.

"마마, 수심이 가득하십니다."

박 소사가 자영의 얼굴을 가만히 살폈다.

"수심이라…… 중추절에 고향에는 다녀왔는가?"

자영은 쓸쓸하게 웃고 있었다.

"아닙니다. 중전마마께서 찾으실 것 같아 북묘를 떠나지 않았습니다."

"흥! 누가 무당이 아니랄까 봐 족집게처럼 맞추는군."

자영이 유쾌하게 웃음을 터트렸다. 박 소사는 자영에게 액운이 다가왔다는 것을 느낄 수 있었다. 신령한 기운으로 그녀에게 죽음이 가까이 이르고 있다는 사실을 알 수 있었다. 장안의 소문도 흉흉했다. 일본인들이 자영을 죽일 것이라는 소문이 은밀하게 나도는가 하면 국권을 빼앗길 것이라는 소문도 나돌았다. 어쩌면 자영도 자신에게 죽음이 다가오고 있다는 사실을 알고 있을지도 몰랐다.

"벌써 20년이 넘었네."

"예?"

"임오년에 충주에서 자네를 만났지 않았는가. 10년이면 강산이 변한다고 했는데 20년이니 강산이 두 번이나 변했겠어."

"예. 그렇습니다."

"난 관우를 좋아했어. 어릴 때 《삼국지연의》를 읽으면서 청룡언월도를 휘두르는 관우의 용맹에 감탄했지. 나도 관우와 같은 용맹한 장수가 되고 싶었어. 내가 여자라는 것도 잊고……."

자영이 잔잔하게 웃었다. 박 소사가 조용히 자영의 얼굴을 응시했다.

"내가 대궐에 북묘를 건설한 것은 관우의 용맹한 기상을 왕실 사람들이 가졌으면 해서였어. 약해지는 마음을 관우 장군의 초상을 보면서 달래곤 했어."

"관우 장군의 혼백이 위로가 되셨습니까?"

"위로가 되었네."

"다행입니다. 소인이 중전마마를 모실 수 있어서 기쁘기 한량없습니다."

"이보게."

"예. 중전마마."

"무당들은 모두 원통하게 죽은 사람들을 신으로 모시더군. 최영 장군을 모시는 무당도 있고 남이 장군을 모시는 무당도 있고 관우 장군을 모시는 무당도 있지. 모두가 원통하게 죽은 장군들이 아닌가?"

"말씀을 듣고 보니 과연 그렇습니다."

"나도 죽으면 무당들이 신으로 받들겠는가?"

"소인은 알 수 없습니다."

"우리 조선인들은 너무 유약해. 왕실도 그렇고 조정 대신들도 마찬가지야. 모두가 유약하지. 선비라는 자들이 공자를 성인으로 받들면서 나라를 유약하게 만들었어. 꿈에 공자의 고향을 보았다고 감격하여 글을 남긴 선비들도 적지 않더군. 공자가 그렇게 위대한가?"

자영은 조선을 강한 나라로 만들지 못한 것을 후회하고 있는 것 같았다.

"내일 충주로 돌아가게."

"중전마마……."

"그동안 고마웠네. 내 말동무가 되어주고 나를 위로해주고…… 자네에게 넋두리를 늘어놓다 보면 답답한 가슴이 시원하게 뚫리곤 했네."

"고맙습니다. 중전마마."

"내가 열여섯 살에 간택이 되었으니 벌써 30년이 되었네."

자영의 말에 짙은 회한이 묻어나고 있었다. 박 소사는 자신도 모르게 눈물이 흘러내렸다.

"내일 고향으로 떠나게."

자영이 명을 내렸다.

"예. 명을 받들겠습니다."

박 소사가 머리를 조아렸다. 자영이 대청에서 일어나 북묘를 걸어 나가기 시작했다. 어느덧 어둠이 내리기 시작하여 대궐이 어두워지고 있었다. 자영은 느리게 어둠 속으로 걸어 들어가고 있었다.

35
나는 조선의 국모다

청량한 가을 아침이었다. 일본 공사 미우라 육군 중장은 다다미 위에서 눈을 뜨자 유카다 한 겹을 몸에 걸친 채 창가로 다가갔다. 그는 아침에 일어나면 먼저 커튼을 젖히고 북악을 바라보는 것이 버릇이 되어 있었다. 북악은 준평원(準平原) 상에 솟아 있는 잔구(殘丘)로 인왕산, 북한산, 남산과 함께 한양을 둘러싸고 있는 병풍 같은 산이었다. 그 북악 아래 조선의 왕궁 경복궁이 웅자를 자랑하며 우뚝 솟아 있었고, 그 경복궁의 수십, 수백 채나 되는 전각 어느 곳에 미우라 일생일대의 사냥감인 여우가 살고 있었다.

'여우라, 정말 적절한 별명이군.'

미우라는 커튼을 젖히며 회심의 미소를 지었다. 여우는 일본인들이 조선의 왕비에게 붙인 별명이었다. 조선의 왕비는 확실히 여우라는 별명이 어울릴 정도로 화사하고 아름다운 여인이었다. 45세라고는 믿기지 않을 정도로 하얀 피부에 눈은 푸른빛이 느껴질 만큼 서늘하게 맑았다. 미우라는 조선 왕비를 처음 대면했을 때 왕비의 나이가 25~26세로밖에 생각되지 않았다. 첫 대면에서 왕비는 미우라 공사에게 의례적인 인사만 부드럽게 말하였다.

'내가 저 아름다운 여인을 제거해야 하는 책임자란 말인가?'

미우라 공사는 그때 처음으로 조선 공사로 부임해 온 자신의 위치가 후회스러웠다.

'이것은 내가 일본에 바치는 마지막 봉사가 되겠지.'

미우라는 이따금 그런 생각을 하였다. 조선의 왕비를 제거하는 것은 일본 조야에서 지난해 말부터 은밀하게 거론되어온 사안이었다.

일본인들은 조선의 왕비를 몹시 증오하였다. 일본 젊은이들이 흘린 피의 대가로 얻은 요동반도를 러시아의 간섭으로 청나라에 되돌려주고 입안에 넣은 것이나 마찬가지인 조선이란 땅덩어리를 다시 뱉어내야 하는 현실에 격렬하게 반발했다. 특히 조선에 거류하는 일본인들의 분노는 미우라가 예상한 것보다 훨씬 더 격렬했다.

일본 내각은 열강의 간섭을 받지 않고 조선을 지배하려는 계획을 극비리에 세우기 시작했다. 그 계획안은 여러 가지가 모색되었으나 마지막으로 결정된 것이 왕비의 제거였다. 물론 그것은 공식적인 논의의 대상이 아니어서 각료들 중에서도 총리대신 이토와 이노우에가 그 중심 역할을 했다.

미우라는 조선에 도착한 뒤에 그 사실을 숨기기 위해 은인자중하며 불경에 몰두하는 척했다. 그러나 뒤로는 왕비에 대한 정보를 수집하고 여우를 사냥할 방법을 골똘히 연구했다. 무엇보다 러시아를 비롯한 열강 공사들의 동정에 촉각을 곤두세웠다.

미우라는 3성 장군 출신답게 치밀한 계획을 세우기 시작했다.

왕비는 친일 군대인 훈련대를 장악하기 위해 연대장에 홍계훈을 임명했으나 홍계훈 혼자서는 이들을 장악할 수가 없었다. 홍계훈은 훈련대 장악이 실패로 돌아가자 마침내 훈련대 해산을 왕비에게 건의하기에 이르렀다.

훈련대의 제2대대장 우범선과 제1대대장 이두황은 왕비가 훈련대를 해산하기 위해 경무청 순사들과 훈련대 병사들의 충돌을 조장하자 일본군과 일본 공사관에 구원을 요청하고 있는 실정이었고, 훈련대 병사들은 왕비에게 불만이 높아 폭발 직전에 있었다.

미우라는 훈련대 병사들에게 폭동을 유발시키려 했으나 조선 병사들로서는 실패할 가능성이 높다고 생각하여 일본군 수비대를 주력으로 동원하였다.

미우라는 왕비 시해 계획을 공사관 1등 서기관 스기무라 후카시, 궁내부 고문관 오카모토 유노스케, 군부 고문관 구스노세 유키히코 중좌, 한양신보 사장 아다치 겐조와 함께 세웠다. 오카모토는 갑신정변에도 가담한 인물이었다.

음력 8월 14일(양력 10월 2일) 미우라는 구스노세 중좌를 불러 군대 동원을 협의하고 수비대 대장 미야바라 쓰토무 소좌에게도 군대를 동원할 것을 지시했다. 수비대의 중대장들에게는 비밀이 새어나가지 않도록 결행 당일 통고하도록 했다.

음력 8월 14일은 한가위 전날이었다. 한양엔 둥근달이 높이 떠올랐고 조선인들은 집집마다 송편을 빚고 명절을 지낼 준비를 하느라고 부산했다. 그러나 일본의 공사관은 조선의 왕비를 시해하기 위한 음모를 꾸미는 데 혈안이 되어 있었다. 영사 경찰을 동원하는 일은 하기하라 히데지로 경부에게 맡겼다.

민간인을 동원하는 일은 아다치가 담당했다. 아다치는 구니토모 시게아키, 히라야마 이와히코, 고바야카와, 국민신문 특파원 기구치 겐조 등을 동원하였다. 이들은 신문사에 관계자들로 일본에서도 뛰어난 지식인들이었으나 왕비 시해에 기꺼이 가담하였다.

오카모토와 호리구치 구마이치에게는 이하응 추대와 궁궐 침입의 대임을 맡겼다.

'이들이 지사들이기는 하지만 여우를 사냥하는 것은 아무래도 역부족이다. 사냥이라면 전문 사냥꾼이 해야 하는 것이 아닐까?'

미우라는 지사라고 자부하는 낭인들에게 왕비 시해라는 중차대한 임무를 맡기는 것이 어쩐지 불안했다. 그는 전형적인 군인이었다. 말만 앞세우는 민간인들을 그다지 신뢰하지 않았다.

'여우를 사냥하는 것은 역시 우리 일본군이 해야 돼.'

미우라는 고심 끝에 훈련대 교관으로 활동하고 있는 미야모토 소위를 차출하여 비밀 지시를 내렸다.

"미야모토 소위! 귀관에게 특별 임무를 부여한다! 귀관은 지금 즉시 별동대를 편성하라!"

"각하! 별동대의 임무는 무엇입니까?"

"별동대는 여우 사냥 작전의 현장 감독 및 살해를 담당한다!"

"각하! 여우 사냥 작전에서 살해는 민간인 지사들이 담당하기로 하지 않았습니까?"

"민간인들은 믿을 수가 없다! 민간인들이 우왕좌왕할 때 귀관이 신속하게 살해하라!"

"알겠습니다."

"물러가라!"

"핫!"

미야모토 소위가 부동자세로 거수경례를 하고 물러갔다. 그들은 계획이 누설되지 않게 하기 위하여 오카모토와 구스노세 중좌를 일본으로 귀국시키는 것처럼 위장하여 인천으로 보내 대기시켰다.

고바야카와 히데오는 한양신보의 편집장이었다. 그는 운명의 날이 가까이 다가오자 궁궐의 내부를 정탐하기 위해 경복궁의 정문 광화문을 지키는 시위대의 병사들에게 뇌물을 주면서 잠입을 시도했으나 끝내 실패하고 말았다. 고바야카와의 보고를 받은 미우라는 계속해서 정탐하도록 지시했다.

'어쨌든 우리는 이미 궁궐에 수많은 첩자들을 심어두었으니 여우를 사냥하는 것은 어려운 일이 아니야.'

미우라는 고색창연한 궁궐 쪽을 바라보며 기분이 유쾌해졌다. 이제 며칠 있지 않으면 그의 지휘하에 조선의 왕비가 역사의 무덤 속으로 사라진다는 생각을 하자 온몸으로 짜릿한 전율 같은 흥분이 번져나갔다.

***

가을 해는 짧았다. 정동 골목에 땅 그림자가 길게 깔리기 시작하면서 정동 일대에 수상스러운 일본인들의 발길이 부쩍 잦아졌다. 유서를 쓰고 칼을 간 고바야카와에게 사장인 아다치가 찾아왔다.

"오늘 작전에 우리 신문사의 직원 전원이 참석할 수는 없소. 고바야카와 군, 내일 신문을 발행하려면 편집장인 자네가 남아야 하네."

고바야카와에게는 청천벽력 같은 지시였다.

"지금에 와서 제가 어떻게 빠질 수 있습니까?"

고바야카와는 분개하여 격렬하게 항의했다.

"고바야카와 군, 신문은 반드시 발행해야 하네!"

"저는 빠질 수 없습니다. 여우 사냥에 제가 빠지는 것은 상상도 할 수 없는 일입니다!"

"고바야카와 군이 정 빠질 수 없다면 구니토모 군, 주필인 자네가 남게."

아다치 사장은 주필인 구니토모에게 남으라고 지시했다. 그러나 구니토모는 여우 사냥에서 자신을 빼놓으면 신문사를 사직하겠다고 단호하게 말하였다. 아다치 사장은 고민 끝에 왕비를 살해하는 일이 성공하든 실패하든 내일 아침 8시까지 신문사로 돌아오라는 조건으로 고바야카와를 거사에 참가시키기로 하였다.

일본인들은 조선의 왕비 살해에 가담하는 일을 일생일대의 행운으로 생각하고 있었다.

미우라 일본 공사가 왕비 시해 결행일을 앞당기자 일본군 수비대도 긴박하게 움직이기 시작했다. 일본군 수비대 대장 마야바라 소좌는 각 중대장을 비상소집하여 왕비 시해 명령을 내렸다. 미야바라 소좌는 이들에게 '여우 사냥' 방략서에 따라 작전 명령을 내렸다.

"제1중대는 용산 방면으로 행군하여 이하응 일행을 만나 1소대를 전위로 삼고 잔여 소대는 조선군 훈련대의 호위가 되어 이하응을 호위 입궐하라!"

마야바라 소좌는 잔뜩 긴장된 표정으로 서 있는 후지토 대위를 쏘아보았다.

"핫!"

후지토 대위가 빳빳하게 부동자세를 취했다.

"제2중대는 시라키 중위, 다케나가 소위가 사다리를 휴대하여 경복궁 북쪽 여러 문을 경비하고 있다가 광화문에서 총소리가 나면 즉각 돌파하여 조선의 국왕과 세자를 볼모로 잡으라."

"핫!"

무라이 대위가 군도를 힘주어 잡으며 대답했다.

"여우 사냥의 최대 목표는 조선의 왕비를 제거하는 일이다! 조선의 왕비를 제거할 때는 수단과 방법을 가리지 않도록 하나 가능한 일본군은 직접 살해하지 말고 민간인들을 보호하여 왕비의 침전까지 인도한 뒤에 민간인들을 시켜 척살하도록 하라!"

"핫!"

"이미 제군들에게 작전의 개요를 설명한 바 있지만 '여우 사냥'은 오로지 조선군 훈련대와 이하응의 주도로 이루어지는 것처럼 위장해야 한다! 따라서 무라이 중대장은 훈련대 제1대대장 이두황에게 지시하여 훈련대 병사들과 함께 건춘문을 수비하라!"

"핫!"

무라이 대위가 다시 부동자세로 대답했다.

"제3중대는 광화문 및 그 양측의 경비를 맡고 1소대는 미우라 공사 각하의 입회 때 호위를 담당한다! 나머지 소대는 사다리를 준비하였다가 왕궁에 돌입한다!"

"핫!"

마키 대위도 부동자세로 대답했다.

"어느 중대든지 건청궁에서 조선의 국왕을 포로로 만들면 시위대에 명령을 내리게 하여 전투를 중지하게 한 뒤 무장해제하라!"

"핫!"

이번엔 각 중대장들이 일제히 대답했다.

"질문 있나?"

"없습니다."

"좋다! 각 중대는 작전 개시하라!"

"핫!"

마야바라 소좌의 명령에 일본군 중대장들이 일제히 대답했다. 일본군 수비대 제2중대장 무라이 대위는 즉시 조선군 훈련대로 달려가 야간훈련을 해야 한다면서 대대장 이두황과 우범선에게 훈련대를 동원할 것을 요구했다. 이두황은 무라이 중대장의 명령에 따라 훈련대 중대장 이범래, 남만리에게 지시하여 훈련대 병사들을 동원하라고 지시했다.

훈련대의 총책임자인 연대장 홍계훈에게는 알리지도 않은 채였다.

날은 이미 음력 8월 19일을 지나 8월 20일 새벽이었다. 일본군은 완전 무장한 채 한양 장안의 요소요소에 배치되었다. 공덕리에

서 이하응의 행렬이 도착하면 그대로 경복궁으로 쳐들어갈 예정
이었다.

그러나 행동 개시 시간이 되었는데도 이하응의 행렬이 좀처럼
나타나지 않았다. 이것은 이하응을 추대하는 일이 뜻밖에 시간이
걸렸기 때문이다. 일본인들은 온갖 방법을 동원하여 이하응을 설
득하려고 했으나 끝내 실패하고 말았다. 오카모토와 아다치, 호리
구치 등은 이하응을 설득하는 사이에 날이 밝으려고 하자 이하응
을 강제로 끌어내어 가마에 태웠다.

아다치가 이끄는 낭인 패거리들이 행렬의 앞에 서서 이하응의
가마를 인도했다. 방략서에는 남대문에서 가까운 고개에서 일본
군 수비대와 합류하기로 되어 있었으나 예정된 시간이 상당히 흐
른 뒤여서 서대문으로 곧장 달려 들어갔다.

이하응 일행이 서대문 바깥의 대로에 이르자 우범선이 이끄는
훈련대 2대대가 도로 좌측에 정렬하여 일행을 맞이하였다. 일본
수비대의 사관 몇 명도 훈련대 병사들을 지휘하고 있었다. 그러나
일본군 수비대의 본진은 약속 장소가 달라지는 바람에 미처 도착
하지 못하고 있었다.

이내 일본군 수비대 본진이 도착했다. 마야바라 소좌의 지휘로
이들은 신속하게 돌격 대형을 편성하여 앞으로 달려갔다. 그들은
구보로 서대문을 지나 정동 가로를 달려 경복궁의 광화문 앞에 이
르렀다. 그들은 작전 시간이 지체되었기에 모두 헐떡거리고 있

었다.

광화문 앞에는 구스노세 중좌가 말을 타고 도착해 있었다.

광화문의 성벽과 장안의 요소요소에는 이미 일본군이 이하응이 쓴 것으로 위장한 고시문이 나붙어 펄럭거렸다.

하기하라 경부는 순사들을 지휘하여 사다리를 타고 광화문 옆의 성벽을 넘어가 광화문을 열었다. 일본군 수비대는 와하는 함성을 지르며 경복궁 안으로 돌진하였다. 그 뒤를 이하응의 가마가 따르고, 야간훈련에 동원된 것으로만 알고 있던 조선군 훈련대, 일본군 수비대가 함성을 지르며 돌진했다.

그때 훈련대의 연대장 홍계훈과 군부대신 안경수가 나타나 훈련대의 궁궐 침입을 저지하기 시작했다. 일본군은 홍계훈을 피살했다. 홍계훈은 여덟 발의 총탄을 맞아 광화문 앞에서 즉사했다.

비슷한 시간 궁궐 수비를 담당한 시위대의 연대장 현흥택은 새벽 4시에 일본군의 침입 사실을 알게 되었다. 그는 시위대의 교관 맥이 다이 장군에게 비상사태를 알리는 한편 시위대에 비상경계령을 내렸다.

광화문에서 최초의 총성이 울린 것은 새벽 5시경이었다. 현흥택은 시위대 병사들을 신무문 쪽으로 배치시켰다. 신무문은 북악산 남쪽에 위치한 경복궁의 북문이었다. 그와 함께 춘생문과 추성문 쪽에서도 요란한 총성이 들려왔다.

현흥택은 다이 장군과 함께 일본군 수비대를 저지하기 위해 필사적인 저항을 했다. 그러나 시위대는 변변한 무기가 없었기에 일본군을 효과적으로 방어할 수 없었다. 시위대 병력은 5백 명가량 되었으나 그날 궁궐을 수비하던 병사들은 3백 명 정도밖에 되지 않았다. 게다가 3백 명의 병사들 가운데 절반 이상이 비무장 상태였다.

현흥택을 더욱 분노하게 한 것은 시위대 병사들이 선무문에서 치열한 전투를 벌이는 동안 광화문을 돌파한 일본군 수비대가 어느 사이에 국왕과 세자를 포로로 만든 일이었다.

재황은 경복궁 점령 때와 마찬가지로 시위대 병사들에게 전투 중지 명령을 내렸다. 목숨을 버릴 각오를 하고 일본군을 방어하던 시위대 병사들은 통곡을 하면서 전투를 중지했다. 일본군은 재빨리 시위대의 무장을 해제하고 포로로 만들었다.

현흥택도 일본군에게 포로가 되어 군홧발로 마구 짓밟혔다.

경복궁으로 노도처럼 진입한 일본군은 미쳐 날뛰고 있었다. 그들은 조선의 국왕과 왕비의 침전인 곤령합을 점거한 채 닥치는 대로 칼을 휘둘렀다. 재황과 왕세자 척은 공포 때문에 얼굴이 하얗게 질렸다. 일본인들은 곤령합 안팎을 누비고 다니며 궁녀들의 머리채를 잡아끌고 나와 발길로 내지르고 마루 아래로 내던졌다. 궁녀들은 비명을 지르며 울부짖었다. 이 사실은 궁궐의 전기기사인 러시아인 사바틴이 목격하여 폭로한 것이다.

왕세자 척에게는 세 명의 일본인이 달려들었다. 척은 일본인에게 상투가 잡히고 옷이 찢어졌다. 낭인들 중에 하나는 불경하게도 왕세자 척의 목을 칼등으로 내리쳐 왕세자를 혼절시키기까지 하였다.

건청궁 일대는 아비규환이었다.

일본군 수비대는 이 와중에도 외교적인 문제를 고려하여 재황과 왕세자를 장안당으로 옮긴 후 곤령합을 완전히 포위했다. 조선군 훈련대는 우범선과 이두황, 남만리, 이범래의 지휘를 받으며 시위대의 무장을 해제하고 대궐의 외곽 경비에 나섰다. 그들은 훈련대가 조만간 해산되리라는 소문을 들었기 때문에 시위대의 무장해제를 기꺼이 맡았다.

옥호루는 이내 일본군에게 에워싸였다. 일본군은 옥호루를 삼엄하게 에워싼 뒤 낭인들로 구성된 별동대를 옥호루 안으로 들여보내 조선의 왕비를 살육하게 했다.

왕비는 그때 옥호루 안에 숨어 있었다. 일본군이 광화문과 신무문을 돌파했을 때 의화군 강이 뛰어 들어와 피난할 것을 권고했다. 그러나 왕비는 "궁중의 어른인 조 대비가 연로하시어 피난할 수가 없다", 또 "피난을 하기에는 너무나 늦었으므로 이 자리에서 죽겠다"고 피난하라는 제안을 거절했다.

"나는 조선이 국모이니라. 내 비록 원수의 왜인들에게 죽을지는 모르겠으나 의화군은 나를 두고 속히 피신하라!"

왕비의 목소리는 처연했으나 태도는 의연했다.

의화군 강은 눈물을 머금은 채 왕비를 설득하는 것을 포기하고 궁궐에서 빠져나갔다.

옥호루는 곤령합에 달린 부속 건물로 ㄱ자 형태의 낮은 담장 안의 북쪽에 위치에 있었다. 대문은 모두 네 개가 있었으나 일본군 병사들이 보초를 서면서 출입을 차단하였고 옥호루 안뜰에도 40명의 병사들이 왕비가 시해될 때를 기다리며 도열해 있었다.

"여우를 찾아라."

미야모토 소위는 별동대를 이끌고 옥호루의 방을 모조리 뒤져나갔다. 그들은 일본군의 삼엄한 보호 아래 옥호루의 궁녀들의 머리채를 끌고 나와 마당에 내동댕이쳤다. 궁녀들은 비명을 지르며 울부짖었다. 그때 방 안의 궁녀 무리 사이에서 단정하게 앉아 있는 한 여인이 보였다. 미야모토 소위는 숨이 멎는 듯한 기분이 들었다.

***

나는 숨이 끊어진 것일까. 나는 죽은 것일까. 자영은 빠르게 생각했다. 일본군 사관의 칼이 어깨에서 가슴으로 사선으로 베고 또 다른 칼이 복부를 깊숙이 찔러 피가 콸콸대고 흘러내렸으나 기이하게 어떤 고통도 느껴지지 않았다. 모든 것이 멈춰버린 듯 정지해 있었다. 사방은 고요했고 무엇인가 빠르게 흐르는 것 같았다.

자영이 기억하지도 못하고 있던 어머니의 품속에서 젖을 먹던 일, 햇살이 따뜻하던 어느 날 아버지에게 글을 배우던 일, 재황과 국혼을 올리고 첫날밤을 지내던 일, 세자 척을 낳아 젖을 물리던 일 등 수많은 일들이 주마등처럼 머릿속을 스치고 지나갔다. 그것은 억겁의 시간 같기도 했고 찰나의 시간 같기도 했다. 자영은 옆으로 시선을 돌렸다. 낯익으면서도 어쩐지 낯설게 느껴지는 대궐의 풍경이 눈에 들어왔다. 그런데 숨이 끊겼는데 영혼이 남아 있는 것일까. 평소 같았으면 조용해야 할 대궐이 왁자했다. 검은 옷을 입은 일본군도 보이고 소리를 죽여 울고 있는 궁녀들의 모습이 보였다.

1895년 음력 8월 20일 첫새벽. 동녘 하늘이 푸르게 밝아오고 새들이 지저귀는 소리가 잠깐 들려왔다. 새벽 공기를 찢어발기던 총소리도 그치고 궁녀들의 울음소리도 들리지 않았다. 우리 왕궁 시위대는 어떻게 된 것일까. 그때 검은 군복을 입은 훈련대 대대장 우범선의 얼굴이 보였다. 그가 훈련대 병사들에게 무엇인가 지시하고 병사들이 일사분란하게 뛰어가는 것이 보였다.

"일본인들은 빨리 나가시오."

미우라 공사가 양복을 입은 일본인들에게 명령을 내리고 있었다. 그런데 내가 어떻게 일본 말을 알아들을 수 있는 것일까.

"시체는 어떻게 할 거요?"

"당신들이 관여할 일이 아니다. 어서 나가시오."

"알겠소. 뒷마무리를 잘하시오."

낮고 단호한 명령을 받은 일본인들이 우르르 달려가는 것이 보였다. 그와 함께 또 다른 쪽에서 궁녀들의 낭자한 웃음소리가 들렸다. 아아 대궐의 분주한 아침이 시작되는구나. 자영은 머릿속이 혼란했다.

그때 장안당에서 재황이 나오는 것이 보였다.

"국태공이 근정전으로 입시했다. 대군주 폐하를 근정전으로 모셔라."

오카모토가 건청궁으로 달려오면서 소리를 질렀다. 일본군과 훈련대 병사들이 재황을 끌고 건청궁을 나가려고 했다.

"폐하."

자영은 재황을 소리쳐 불렀다. 그러나 재황에게는 그녀의 소리가 들리지 않는 것 같았다.

"중전은 어디 있느냐? 중전이 시해당한 것이 아니냐?"

재황이 병사들을 뿌리치면서 울부짖었다. 아아 아이처럼 심약한 우리 폐하시여, 나 죽은 뒤에 이 나라를 어찌 지키려고 하십니까? 내 영혼이 대궐을 떠나지 못하게 하시려는 것입니까? 자영은 울고 있는 재황을 보자 비통하여 가슴을 두드리면서 울었다.

"대군주 폐하, 근정전으로 가셔야 합니다. 국태공 저하에게 대정을 위임하셔야 사태가 수습됩니다."

미우라 공사가 재황을 위협했다.

"이놈들아, 네놈들이 악독한 짓을 저지른 것이 아니냐."

"대군주 폐하, 이렇게 하시면 세자 저하도 안전을 보장하지 못합니다. 어서 끌고 가라."

"이놈들아, 이 악독한 놈들아, 중전을 어떻게 했느냐?"

재황은 울면서 일본군에게 끌려갔다. 자영은 그때서야 자신이 건청궁 곤령합 앞에서 일본인의 칼에 시해되었다는 사실을 깨달았다. 아아, 내가 일본인들에게 죽었구나. 자영은 자신이 죽었으나 너무나 원통하여 영혼이 육신을 떠나지 못하고 있다고 생각했다. 한 방울의 눈물이 흘러내렸다.

"중대장님, 장작과 석유가 준비되었습니다."

"시신을 옮겨라."

모리 소좌가 명령을 내렸다. 일본 병사들이 자영의 팔다리를 들고 녹원으로 달리기 시작했다. 자영의 눈에 대궐의 무수한 전각과 수목이 들어왔다. 때로는 한숨을 짓고, 때로는 눈물을 흘리고, 때로는 즐겁게 웃던 대궐이었다. 일본군 병사들이 자영을 장작더미 위에 던졌다.

'석유를 뿌리는구나.'

자영은 기이하게 모든 것을 알 수 있었다. 화르륵. 순식간에 장작더미에 불이 붙고 맹렬하게 불길이 치솟았다.

'내가 불에 타는구나.'

자영은 기이하게 정신이 맑았다.

　바람은 어디에서 불어오는 것일까. 어수선하고 비통한 낮이 지나가자 밤이 왔고 세찬 바람이 불고 있었다. 허공을 달려오는 바람 소리가 지옥에서 아귀가 울부짖는 것처럼 음산했다. 척은 바람 소리가 어머니의 비명 소리처럼 폐부를 찌르는 것을 느꼈다.

　'아바마마는 얼마나 상심하셨을까?'

　척은 어머니의 죽음에 넋을 잃은 아버지 대군주의 모습을 보며 참담함을 금할 수 없었다. 그는 넋을 놓고 애통해하고 있었다. 척은 피가 나도록 입술을 깨물었다. 그가 넋을 놓고 있는 것은 일본인들이 어머니의 시신을 어떻게 했는지 시신도 찾을 수 없었기 때문이다. 곤령합 앞에서 어머니의 죽음을 보고 정신을 잃었던 생각이 떠올랐다. 의식이 돌아왔을 때는 동궁전에 연금되어 있어서 시신을 어떻게 했는지 알 수 없었다.

　하늘은 왜 우리에게 이런 재앙을 내리는 것일까. 척은 방바닥에 주저앉아서 넋을 잃고 눈물을 흘리는 아버지를 보자 목이 메었다. 궁녀와 내시들도 곳곳에서 소리를 죽여 울고 있었다.

　"아바마마, 역적의 괴수는 우범선입니다."

　척이 재황의 얼굴을 쳐다보면서 주먹을 꽉 움켜쥐었다.

　"잊지 마라. 반드시 그놈을 죽여라."

　재황이 피눈물을 흘리면서 말했다. 마음이 여려서 악독한 말을 할 줄 모르는 그였다. 외국 공사들의 손을 잡고 일본의 만행을 그치게 해달라고 애원하던 그였다. 그가 피눈물을 흘리면서 우범선에게 이를 갈고 있었다. 그때 밖에서 일본군 사관의 호령 소리가 들려왔다. 대궐은 아직도 일본군이 지키고 있었다. 더욱 고통스러운 것은 미우라 일본 공사가 어머니를 폐서인시키라고 요구하고 있다는 점이었다.

"왕비의 시신은 어디에 있는가?"

아버지는 미우라 공사를 노려보면서 단호하게 말했다.

"왕후 폐하가 어찌 되었는지는 알 수 없습니다."

미우라 공사는 사악한 인물이었다. 그의 지휘로 일본인들이 어머니를 죽였으면서도 거짓말을 하고 있었다.

"왕비가 어디 있는지 모른다니 말이 되는가? 시신의 행방을 알기 전에는 폐서인하지 않겠다."

아버지는 강경하게 버티었다. 아버지가 강경하게 나오자 국태공인 할아버지 이하응이 일본인들과 함께 찾아왔다. 어머니와 평생을 증오하고 미워하면서 대립해온 할아버지였다.

"폐하. 일은 이미 벌어졌습니다. 이제는 수습을 해야 합니다."

할아버지가 침중한 목소리로 말했다.

"아버님, 아버님께서 일본과 손을 잡았습니까?"

"아닙니다. 내가 어떻게 천인공노할 짓을 저질렀겠습니까?"

"중전을 죽인 자들이 누구입니까?"

"중전이 죽었는지 살았는지 나는 모릅니다."

"내각을 어찌하든지 마음대로 하세요. 이제는 아버님과 싸우는 것도 지겹습니다."

"주상, 이번 일은 나와 상관없는 일입니다."

"그럼 누구의 짓입니까?"

"왜놈들 짓입니다."

"대정을 위임할 테니 내각으로 가보세요."

아버지는 할아버지의 말에 헛웃음을 날렸다. 대궐에 위기가 올 때마다 할아버지가 나서서 수습했다고 했다.

"마음을 추스르십시오. 나도 이제 늙었습니다."

할아버지가 장안당에서 나갔다. 일본군 사관이 할아버지를 둘러싸고 건청궁을 나가는 것이 보였다.

'어머니의 시신이라도 찾아야 하는데…….'

시신을 찾아서 장례를 치러야 했으나 일본군 때문에 움직일 수가 없었다. 척은 자리에서 일어났다. 문을 열고 대청으로 나왔다. 건청궁 뜰에도 일본군이 도열해 있었다.

휘이잉.

음산한 바람이 나뭇가지를 흔들면서 달려왔다.

1895년 8월 20일 밤이 점점 깊어가고 있었다.

***

　낮고 찌뿌듯한 잿빛 하늘 아래 자갈밭 신작로가 황량한 들판을 가로질러 먼 산자락까지 곧게 뻗어 있었다. 신작로 양쪽 길섶으로는 수양버들이 듬성듬성 서 있었고 바람이 일 때마다 흙먼지가 자욱하게 날렸다.

　이하응은 야산의 영(嶺)마루에 올라서자 시린 눈빛으로 먼 신작로와 들판을 응시했다. 하늘이 점점 낮게 가라앉고 있었다. 음산한 날씨였다. 저 멀리 신작로와 들판은 빗발이라도 뿌리는지 한낮을 조금 지났을 뿐인데도 어둑어둑했다.

　추색 짙은 가을이었다.

　이하응은 남루한 행색이었다. 머리엔 떨어진 죽립을 깊숙이 눌러쓰고 손에는 단장, 미투리 두 짝이 달랑거리는 괴나리봇짐을 하나 지고 있었다.

　'아버님 산소가 가까워지고 있구나.'

　이하응은 가을걷이가 얼추 끝난 황량한 들판을 조망하다가 휘적휘적 걸음을 떼어놓기 시작했다. 이하응의 입에서 목쉰 원정요(遠征謠) 한 자락이 흘러나왔다.

　　해는 지고 저문 날에 옥창애도가 다 붉었네. 시흐시흐는 부재라
　　원정 부지가 이 아니란 말인가. 송백 수양 푸른 가지 높다랗게

그네를 타고 녹의홍장 미인들은 오락가락 추천을 하는데 우리 벗님은 어데로 가고 단오 호시절을 왜 모르는가. 생각을 하면 기가 막혀…….

노랫가락은 길고 느리면서 신명이 있었다. 그러나 음색이 탁해 색주가의 늙은 작부가 소리를 뽑는 것 같았다. 왜 이렇게 원정요나 흥얼거리게 되는 것일까. 그의 나이 어느덧 79세였다. 죽음이 멀지 않다고 생각하자 세상일이 부질없이 느껴졌다. 그동안 질풍노도와 같은 삶을 살았으나 조선이 일본에 의해 멸망해가는 것을 보자 가슴이 찢어지는 것 같았다.

지난 1월 8일 여흥부대부인 민씨도 죽었다. 어릴 때 혼례를 올려 평생을 함께한 부인이다. 남편과 아들의 싸움에 하루도 마음 졸이지 않은 날이 없었던 부인이다.

'부인, 그대에게 지은 죄는 저승에서 사죄하겠소.'

이하응은 민씨를 생각하자 가슴이 무거워지는 것을 느꼈다. 젊었을 때 그가 잡가를 부르면 민씨는 수줍은 듯이 손으로 입을 가리고 웃었다. 그러한 부인에게 몹쓸 짓을 많이 했다고 후회했다.

삼강오륜으로 배를 모아라. 효자충신열녀로 돛을 달아 제갈 무후로 배질시켜 요순 우탕을 싫었거든 제아무리 질수풍파가 일어날지라도 배 파선하기로는 종천리구나. 용천대금이 제아무리 잘

드는 비수라도 우리 낭군의 정지심사는 못 베리라.

이하응은 야산을 내려서자 신작로로 꺾어들어 터벅터벅 걷기 시작했다.

'비가 오려나?'

이하응은 죽립을 비스듬히 추켜올리며 하늘을 쳐다보았다. 갑자기 서늘한 바람이 불면서 냉기가 느껴졌다.

'지금 비가 오면 더욱 추워질 텐데.'

이하응은 다시 죽립을 내려 썼다. 걸음을 서둘러야 할 것 같았다.

욕망이 난망이요 불사가 자사로다. 동정에 걸린 달도 그믐이면 무광이요. 모진 광풍은 손이 없어도 만수장림을 흔드는데 우리나 다정하고 유정한 사람은 세류같이 곱고……

이하응은 다시 노랫가락을 뽑기 시작했다. 1897년 음력 2월이었다. 고르지 못한 날씨에 빗발이 자주 날렸다. 그가 남연군 구의 무덤에 이른 것은 빗발이 제법 굵어지고 있을 때였다.

"아버님."

이하응은 남연군 구의 무덤 앞에 향을 피우고 절을 올렸다. 얼마나 오래간만에 찾아오는 아버지의 무덤인가. 일본이 조선을 짓밟으면서 아버지의 무덤도 돌보지 않아 잡초가 무성했다.

"아버님, 불초소자가 이제야 왔습니다."

이하응은 남연군의 무덤 앞에 오면 할 말이 많을 것 같았으나 더 이상 생각이 떠오르지 않았다. 수십 년 동안 절치부심하여 둘째 아들 재황을 조선의 국왕으로 만들고 자신은 섭정으로 조선을 다스렸다. 안동 김문의 서슬 퍼런 세도 아래서 숨을 죽인 남인들을 발탁하여 조정에 새바람을 불러일으켰고, 서원을 철폐하여 향반에게 고통 받는 백성들의 원성을 풀어주었다. 경복궁을 중건하고 육조 관청을 번듯하게 세워 5백 년 조선왕조의 위엄을 만천하에 과시했다. 병인양요와 신미양요의 국난도 극복했다. 천하를 내려다보면서 대원위 분부 한마디로 조선 팔도를 벌벌 떨게도 했었다.

"아버님, 아버님 손자며느리가……."

이하응은 왕비 자영에 대한 불만을 주절주절 늘어놓으려다가 입을 다물었다. 일본인들에게 잔인하게 살해당하고 불태워져 시체조차 찾을 수 없었던 며느리에 대해 무슨 말을 하겠는가. 10년 동안 조선을 호령한 그를 권좌에서 밀어낸 왕비였다. 지혜로웠으나 영악했다. 우유부단한 아들 대신 조선을 뒤흔들었으나 도도하게 밀려오는 외세를 감당하지 못하고 처참하게 죽임을 당했다.

"아버님, 집사람도 죽었습니다. 소자도 멀지 않은 것 같아 인사를 드리러 왔습니다."

이하응은 공연히 눈물이 흘러내려 소맷자락으로 얼굴을 씻어냈다. 아버지의 무덤에 와 있는데 이상하게 마음이 편안했다. 그는 주저리주저리 혼잣말을 하면서 아버지의 무덤에 술을 따르고 자신도 술을 따라서 마셨다.

"아버님, 이제 다시 못 올 것 같습니다."

빗발이 뿌리는 하늘이 어두워지기 시작하자 이하응은 무덤 앞에서 일어나 삿갓을 쓰고 단장을 들었다. 무덤을 향해 반절을 하고 몸을 돌려 내려오는데 자꾸 걸음이 비틀거렸다. 한참을 가다가 뒤를 돌아보자 점점 어두워지는 무덤 앞에 늙은 아버지와 어머니가 오도카니 서 있었다.

아버지와 어머니뿐이 아니었다. 그의 부인 민씨도 서 있고 왕비 민씨도 흰옷을 입고 서 있었다.

'야속한 사람들⋯⋯.'

이하응은 다시 눈물을 훔치고 비틀대면서 걷기 시작했다.

이하응은 이로부터 한 달 후인 2월 28일에 죽었다. 부인 민씨가 죽은 지 49일 만의 일이었다.

***

굵은 빗줄기가 장대질을 하고 있었다. 고영근은 세차게 쏟아지는 빗속에서 무릎을 꿇고 엎드려 있었다. 조선의 왕비 민자영이 시해된 지 어느덧 3년이 흘렀다. 왕비가 일본인들에게 시해당할 때 그는 경상좌도 병마사로 부임해 있었다. 임기가 얼마 남지 않은 1895년 8월 21일 전신으로 시해 소식이 날아왔다.

'왕비 전하께서 시해당하시다니……'

고영근은 마치 꿈을 꾸는 기분이었다. 그는 왕비가 시해되었다는 사실을 오랫동안 믿지 않았다. 가슴이 뻐개질 것처럼 고통스러웠으나 국모를 시해한 원수를 반드시 갚을 것이라고 생각했다.

"역적의 괴수는 우범선이다."

시위대 대장 현홍택이 말했다.

"어째서 일본인이 아니고 우범선인가?"

"우범선이 음모를 계획했다. 그러므로 그가 주범이다."

"믿을 수 없다."

"왕비께서 시해당하실 때 우범선이 훈련대 병사 40명을 거느리고 건청궁 뜰에 도열해 있었다. 일본인들이 왕비 전하를 마음껏 능욕할 수 있도록 경비를 서주었다."

현홍택이 가슴을 두드리면서 울었다.

왕비 시해와 단발령으로 을미의병이 전국에서 일어났으나 그는 참여하지 않았다.

'두 충신을 내가 믿는다.'

언젠가 현홍택과 함께 알현했을 때 왕비가 그와 같이 말했다. 왕비의 목소리가 이명처럼 귓전을 울렸다. 그때 그는 세상 끝까지 쫓아가서 역적을 처단할 것이라고 말했었다. 이제는 그 약속을 지킬 때가 왔다고 생각했다.

'왕비마마, 이제 신은 국모보수(國母報讐)를 하기 위해 일본으로 갈 것입니다. 돌아와서 향을 피우고 평생 동안 모시겠습니다.'

고영근은 무덤에 절을 하고 일어섰다. 온몸이 비에 흠뻑 젖었으나 상관하지 않았다. 아쉬운 것은 시해당한 시신까지 불에 타서 옷가지를 겨우 관에 넣어 매장을 했다는 점이었다. 처음에는 시체도 없는 무덤을 무덤이라고 생각하지 않았다.

'시신을 불에 태웠다고 해도 뼛조각은 남았을 텐데…….'

일본인들이 왕비의 뼛조각을 어떻게 했는지 찾으려고 애를 썼다. 그러나 왕비의 뼛조각은 끝내 찾을 수 없었다. 고영근은 시체가 없어도 상관이 없다고 생각했다. 어차피 시체는 썩어서 흙이 되지 않는가. 영혼이 무덤을 찾아와 영면하고 있을 것이라고 생각했다.

1898년 11월 고영근은 최정덕과 함께 독립협회를 해산한 내각의 대신들을 암살하기 위해 폭약을 제조하다가 발각되었다. 최정덕이 폭발물을 잘못 다루어 거사를 하기도 전에 폭발하여 조사하는 과정에서 내각 요인 폭살 음모가 드러난 것이다.

고영근은 하인 노원명을 데리고 일본으로 도피하고 이기선과 임병길 등은 교수형을 당했다. 일본에서는 고영근이 일본으로 가기 위해 꾸민 음모라고 생각했다.

고영근은 일본에서 우범선의 행방을 수소문하면서 기회가 올

때만을 기다렸다. 일본에서는 이때 우범선이 피살될 것이라는 소문이 파다하게 나돌았다.

'사람은 좋지만 언제 암살될지 모른다.'

왕비 시해의 총책임을 맡았던 미우라가 한 말이었다. 그는 히로시마 재판소에서 재판을 받았으나 무죄로 석방되었다.

우범선은 일본 여인과 혼인하여 아들을 낳았다. 고영근은 구마모토와 오사카 등을 떠돌면서 우범선이 구레에 살고 있다는 사실을 알고 접근하기 시작했다. 우범선은 일본에서 영웅처럼 살고 있었다. 일본 정부로부터 거액의 생활비를 지원받고 정치가들과 기업가들도 그를 열사로 대우했다.

고영근은 오랫동안 그의 주위를 맴돌다가 접근했다. 고영근이 민영익의 겸인 출신이었기에 우범선은 경계했으나 시간이 흐르자 경계심을 풀게 되었다. 고영근은 집을 산 뒤에 그를 초대했다. 우범선이 의심하지 않고 초대에 응하여 그의 집에 오자 술을 같이 마시면서 경계심을 풀게 한 뒤에 그의 등 뒤로 가서 비수로 목을 찔렀다.

"역적 우범선을 참한다."

피가 분수처럼 뿜어졌으나 고영근은 수차례 더 찔렀다. 고영근의 하인 노원명은 쇠몽둥이로 우범선을 난타했다.

우범선이 살해되자 일본 언론은 대서특필했고 일본과 조선은 발칵 뒤집혔다.

고영근은 4년 동안이나 우범선 주위를 맴돌다가 집들이를 핑계로 우범선을 초대하여 살해했다. 그는 우범선을 살해한 뒤에 즉각 구례 와쇼마치 주재소에 자수했고 국모보수가 암살의 원인이라고 주장했다.

　　"방금 듣건대, 도피 중인 죄인 고영근이 제 손으로 역적 괴수 우범선을 죽이고 일본 경찰서에 구속되었다고 합니다. 대개 우범선의 극악한 역적죄에 대해서는 바로 온 나라 신하와 백성들이 기어코 찢어 죽이고야 말려고 했던 자이니, 이 보도를 듣고 나서부터 우리의 복수의 일념으로 칼을 베고 자던 사람들이 지극히 애통한 마음을 조금 씻을 수 있었습니다. 그러나 신등은 오히려 도피 중인 일개 죄신(罪臣)에게 부끄러움을 느끼지 않을 수 없고, 또 국법이 일찌감치 통쾌히 시행되지 못한 것에 대해 한이 없을 수가 없습니다. 지금 법망을 빠져나간 흉악한 역적들이 뱀처럼 들어앉아 있고 지렁이처럼 얽혀 있는데, 오히려 그 숫자는 늘어가고 있건만 오래도록 그 괴수를 베어 죽이고 귀순하는 자가 없는 것은, 참으로 형벌과 상을 분명하게 하지 않은 탓입니다. 이번에 고영근으로 인하여 격려한다면 충의로운 선비들이 계속 이어 나와 그를 본받을지 누가 알겠습니까? 삼가 바라건대, 빨리 법부에 명하여 고영근의 지난 죄를 씻어주시고 또 외부(外部)로 하여금 일본 공관에 조회해서 즉시 호송하여 돌아오게 하여, 위로는 하늘에 계신 왕비 전하의 영령을 위로하고 아래로는 천하 신민의 원통한 마음을 씻어주소서."

중추원 부의장 김가진 등이 상소를 올렸다.

"진실로 이런 일이 있다면 그 공이 죄를 덮을 만하다. 속히 고영근을 조선으로 데리고 오라."

재황이 명을 내렸다.

"아! 우범선이 을미년(1895)의 극악한 역적 중의 하나라는 것은 이미 확실한 증거가 있는데, 드디어 고영근과 노원명이 외국에 숨어 있다가 단칼에 찔러 죽였으니, 충의가 격동되면 흉악한 역적이 죄를 피할 수 없다는 것을 알 수 있습니다. 그러나 국법이 시원하게 펴졌다고는 할 수 없습니다. 역적 우범선은 법부로 하여금 역률을 추가로 시행하여 분노를 씻을 수 있게 하고, 고영근은 비록 죄적(罪籍)에 있지만 이미 특별한 공을 세웠으므로 속죄시키는 은전(恩典)을 시행하는 것이 마땅합니다. 고영근과 노원명 두 사람에 대한 선후책을 외부(外部)로 하여금 좋은 쪽으로 마련하여 기어이 보호해서 환국시키도록 하소서."

의정부 참정 김규홍이 아뢰었다.

재황은 외부에 명을 내려 어떠한 대가를 치르더라도 고영근과 노원명을 환국시키도록 했다. 일본은 러일전쟁을 앞두고 있어서 조선의 환심을 사야 했다. 그들은 고영근과 노원명을 조선으로 압송했다.

재황은 청량리에 있는 자영의 무덤 홍릉을 자주 찾아갔다.

1897년 국호를 대한제국으로 바꾸고 자영을 명성황후로 추증한 뒤에 성대하게 장례를 치르고 무덤을 찾아가 울었다. 종로와 동대문을 연결하는 전차를 개통한 것도 재황이 홍릉을 참배하는 데 편리하게 하기 위해서였다.

"마마, 신이 역적의 괴수 우범선을 처단하였습니다."

고영근은 조선으로 돌아오자 홍릉에 가서 향을 피우고 절을 올렸다. 그의 얼굴에서 눈물이 비 오듯이 흘러내렸다.

고영근은 능참봉을 자원하여 평생 동안 홍릉을 돌보다가 죽었다.

명성황후와 그의 시대

명성황후 민자영이 일본인들의 흉도에 비참하게 시해되고 불태워진 것은 1895년 음력 8월 20일(10월 8일), 미명의 새벽으로 그녀의 나이 45세 때였다. 그녀가 옥호루의 한을 품은 채 시해된 후 비운의 조선왕조는 급격하게 몰락의 길을 걷기 시작해 1905년 을사늑약, 1910년 한일합방으로 이어지는 치욕의 국권 상실 시대를 맞이하게 된다. 물론 일본 제국주의의 난폭한 침략을 연약한 여인이 막아내기는 역부족이었으나 그녀가 일본인들에게 시해된 후 조선왕조가 걷잡을 수 없이 무너진 것으로 보아 한말 조선왕조에서 그녀가 어떠한 위치를 차지하고 있었는지 짐작할 수 있다.

명성황후의 파란만장한 일대기를 돌이켜 볼 때 그녀는 한국 근대사를 가장 다채롭게 장식한 풍운의 여인이요, 여러 가지 과오가 있음에도 무너져가는 조선왕조를 지키려고 몸부림을 치다가 시해된 강인한 여성이었다. 그러나 오늘날까지도 명성황후에 대한 부정적 인식이 상당히 많이 남아 있고, 망국지색을 조장한 표독한 여인으로 매도되고 폄하되어왔다.

일본은 경복궁 점령 때도 그랬고 명성황후 시해 사건을 저지를 때도 수백 장의 고유문(告諭文)을 뿌려서 여론을 유도했다. 그 고유문의 내용은 언제나 명성황후가 정치에 간여하여 나라가 혼란하고 개혁이 되지 않아 조선의 이하응이 지사들과 함께 출병을 요구하여 일본이 개입하게 되었다는 것으로 되어 있다. 그러나 이하응은 한 번도 명성황후를 제거하기 위해 일본군의 출병을 요구한 일이 없을뿐더러 경복궁 점령 때와 명성황후 시해 사건 때 오히려 일본군에게 강제로 끌려다녔을 뿐이다.

명성황후에 대한 왜곡은 일제강점기에도 계속되어 당시의 교육을 받은 대부분 신여성들이 명성황후를 비판적으로 회고할 정도다.

아무튼 명성황후는 한국 근대사에서 마지막 불꽃 같은 여인이었다. 그녀가 태어나던 1851년은 철종조 초기로 누대에 걸친 부패와 호열자로 전국에서 수십만의 백성들이 죽어갔고, 세계사적으로는 봉건사회에서 근대사회로 급격한 전환이 이루어지던 시기다. 이러한 시기에 조선은 깊은 잠에서 헤어나지 못한 채 수구와 개화의 양극이 첨예하게 대립하여 멸망의 길을 재촉하고 있었다.

명성황후는 조선왕조가 무너져가고 있을 때 16세의 어린 나이로 국모가 되어 여성으로서는 드물게 정치에 참여하는 등 한 시대를 풍미하다가 45세가 되던 1895년 10월 8일 새벽, 일본인들에게 잔인하게 시해되어 파란만장한 생애를 마친다.

　어떻게 보면 명성황후의 생애는 한 개인의 비극적인 생애에 지나지 않는다. 그러나 명성황후의 죽음이 조선왕조의 몰락을 재촉하고 나아가 일본의 강압에 의한 한일합방으로 이어져 우리가 암흑의 일제치하 36년을 겪게 되었다는 사실을 상기하면 지금도 가슴에 셔리는 분노와 슬픔을 금할 수 없다.

　명성황후가 시해된 그날 미우라 일본 공사는 대궐에 입궐하여 고종을 알현하고 강압적으로 친일 내각인 제4차 김홍집 내각을 성립시키는 한편 8월 22일엔 이미 시해된 명성황후를 폐서인하는 조칙을 발표하게 한다. 이때까지도 명성황후의 죽음은 정확하게 밝혀지지 않아 고종은 일본인들에게 둘러싸인 채 두려움에 떨고 있었다. 명성황후를 시해한 일본인들은 미국 대리공사 알렌과 러시아 공사 베베로가 총소리를 듣고 입궐했을 때까지도 대궐에 남아 있었다.

　외국 공사들은 일본인들의 살기등등한 모습에서 일본이 무슨 일을 저질렀는지 막연하게 짐작할 수 있었다. 그러나 그 자세한 내막을 알 수는 없었다.

　일본 공사관의 우치다 영사는 사태의 핵심을 잘 모르고 있었다. 미우라 공사가 경복궁에서 돌아오자 흥분한 목소리로 "조선의 왕궁에서 굉장한 소동이 있었습니다" 하고 보고했다.

　"아니, 이것은 소동이라고 할 수 없는 일이다. 이것으로 조선은 드디어 일본의 소유가 되었다. 이제 안심이다."

우치다 영사의 말에 미우라 공사는 큰일을 해낸 듯한 자신감에 넘쳐서 기분 좋게 대답했다. 그러나 열국 공사들이 미우라를 난처하게 만들기 시작했다. 게다가 고종도 폐비 조칙에 강하게 반발했다.

"짐에게 왕비를 폐비하는 데 서명하라고 강요하려면 차라리 짐의 손목을 자르라."

그러나 고종의 뜻에 관계없이 명성황후에 대한 폐비 조칙이 일본의 위협에 굴복한 대신들에 의해 발표되었다.

"이 조칙은 짐이 내린 것도 아니고 서명한 일도 없다. 왕비는 언제까지나 짐의 왕비며 결코 폐비가 아니다."

고종은 일본 공사들의 감시를 피해 자신의 불행한 실정을 외국인들에게 호소했다. 외국인들은 고종의 비참한 모습을 낱낱이 기록해두었다.

"왕은 때때로 외국인들의 손을 잡고 불쌍하게 울었다."

고종이 어떠한 위치에 있었는지 보여주는 단적인 예다.

일본 군대는 모두 왕과 왕비의 처소로 돌진하여 포위하였는데 일본인 몇몇은 양복 차림이고 몇몇은 일본 옷에 칼을 잡고 있었으며 일본 정규군은 어깨에 총을 메고 있었다. 그들이 내 손을 등 뒤로 묶고 계속 폭행을 하면서 왕비의 소재를 추궁했다. 내가 모른다고 대답하자 나의 이름을 물었다. 내가 시위대 연대장 현홍택이라고 대답하자 나를 내실로 끌고 가면서 왕비가 어디에 있는지 말하라고 협박했다. 너희들이 죽인다고 해도 왕비가 어디 있는지 말할 수 없다고 하자 나를 폐하께서 계신 방으로 끌고 가 폐하의 앞에서까지 왕비가 여기에 있으면 말하라고 강요했다. 여전히 모른다고 말하자 각감청으로 끌고 가 계속 폭행하면서 왕비의 소재를 신문했다. 나는 이를 악물고 거부하였는데, 처음부터 끝까지 나를 폭행한 자들은 일본인이었다. 그런데 갑자기 대군주의 처소에 있던 많은 일본인들이 함성을 질렀고 그제야 일본인들은 나를 놓아두고 옥호루로 달려갔다. 그 후에는 일본인들은 아무도 나에게 왕비의 소재를 묻지 않았다. 나는 의심이 들어 내실로 달려가 무슨 일이 있었는지를 살펴보았다. 나는 대군주 폐하가 그곳의 바깥 건물인 장안당으로 옮겨진 것을 보았다. 나는 또 그곳의 안쪽 건물인 곤령합 옥호루 뜰에 왕비로 보이는 여인이 죽은 채로 누워 있는 것을 보았다. 그때 나는 일본인들에 의해 거기서 내쫓겼다. 조금 후에 일본인들은 근처의 동쪽 숲에서 피살된 왕비의 시신을 불태우고 있다는 얘기를 듣고 현장에 달려가 보았는데, 타고 있는 시신의 옷자락은 분명히 부인의 것이었음을 내 눈으로 똑똑히 보았다……

일본 수비대의 감시를 피해 미국 공사관으로 탈출한 현홍택이 미국 대리공사 알렌에게 알린 내용이다.

　궁녀의 이야기로는 소란한 상태에 놀란 궁녀들이 왕비의 방으로 몰려들었는데 궁내부대신 이경직도 그리로 달려왔다. 일본인 몇 명이 이 방으로 쳐들어왔고 이경직이 왕비의 앞을 가로막았지만 일본인 폭도의 칼에 맞고 살해되었다. 일본인 흉한들은 왕비를 내동댕이치고 구둣발로 가슴을 세 번이나 내리 짓밟고 칼로 찔렀다.

　왕세자 척의 증언이다. 이러한 사실은 영국 영사관 힐리어가 북경에 있는 오코너에게 보낸 보고서에서도 확인할 수 있다.

　건청궁의 앞뒷문을 통해 일본군의 엄호 아래 침입해 들어온 민간 복장의 일본인들을 한 무리(조선군 훈련대)의 군인들과 함께 일본군 장교와 사병들이 경비를 서주었다. 그들은 곧바로 왕과 왕비의 처소로 가서 몇몇은 왕과 왕세자의 측근 인물들을 붙잡았고 다른 사람들은 왕비의 침실로 향하였다. 이미 궁내에 있던 궁내부대신 이경직은 서둘러 왕비에게 급보를 알렸고 왕비와 궁녀들이 잠자리에서 뛰쳐나와 숨으려고 하는 순간이었다. 그때 살해범들이 달려오자 안경수 군부대신은 왕비를 보호하고자 그의 두 팔을 벌려 왕비의 앞을 가로막아 섰다. 살해범들 중의 하

나가 왕비를 식별하고자 손에 왕비의 사진을 가지고 있었다고
하지만 그의 보호 행위는 살해범들에게 왕비를 식별케 한 단서
를 제공하였다. 궁내부대신은 그들의 칼날에 양팔목이 잘리는
등 중상을 입고 쓰러져 피를 흘리며 죽었다. 왕비는 뜰아래로 뛰
어나갔지만 붙잡혀 넘어뜨려졌고 살해범은 수차례 왕비의 가슴
을 짓밟은 뒤에 칼로 거듭 왕비를 찔렀다. 분명히 실수가 없도록
해치우기 위해 왕비와 용모가 비슷한 여러 궁녀들도 살해되고
있었는데, 그때 여시의(女侍醫)가 앞으로 나서서 손수건으로 왕
비의 어안(御顔)을 가렸다. 한둘의 시신이 숲에서 불태워졌지만
나머지 시신은 궁궐 밖으로 옮겨졌다.

영국의 여행가 비숍도 고종의 비참한 상태를 폭로했다.

낮에는 외국 사절들이 국왕을 알현하였는데 이때도 왕은 심적으
로 몹시 동요하고 있었고, 간간이 울먹이며 그래도 아름다운 왕
비가 도피하고 있으리라고 믿었다. 왕은 관습을 어기면서까지
외국 사절들의 손을 잡고는 그들의 직권을 통해서라도 이 이상
불법과 폭력이 자행되지 않도록 막아달라고 부탁했다.

열국 공사들은 일본인들의 만행에 분노하여 대책을 논의했다.
조선 정부는 이미 일본인들의 수중에 들어가 내각 개편, 폐비 조

290

칙 및 왕비 간택령을 잇달아 발표하고 있었다.

"일본인들이 궁녀들을 끌고 나와 마당으로 내던지고 3~4명을 살해했다. 일본인 한 사람이 마당에서 사태를 지휘했다고 한다. 증인과 목격자들이 있다. 일본 공사는 해명하라."

베베르 공사는 대책회의를 마친 후 미우라 공사를 신랄하게 추궁했다.

"그것은 오해다. 그러한 불법은 일본군의 명예를 걸고 일어날 수 없는 일이다."

미우라 공사는 명성황후 시해 사실을 완강하게 부인했다.

"죽은 여인들의 시신을 수십 명이 목격했다!"

"일본군은 결코 그런 일은 저지르지 않았다."

미우라 공사는 궁색한 답변만 되풀이했다. 그러나 이 사건은 러시아인 전기기사 사바틴, 현흥택, 맥이 다이 장군에 의해 낱낱이 폭로되고 조선에 들어와 있던 외국 기자들에 의해 전 세계에 알려져 큰 충격을 주었다.

"공사, 이 사건은 너무나 중대하여 그대로 넘겨버릴 수 없소. 공사가 해명하지 않으면 러시아는 중대한 선언을 하지 않을 수 없소."

베베르 공사는 미우라에게 강경하게 선언했다.

사태는 미우라에게 불리하게 돌아가기 시작했다. 일본인들에 의한 명성황후 시해가 기정사실로 인정되고 여론이 비등해졌다.

열강들은 일제히 일본을 비판하고 나섰다. 문명국이라는 일본의 야만 행위를 규탄하는 국제 여론이 빗발치자 일본은 당황했다. 미우라와 그 일당은 베베르와 알렌, 힐리어 등의 노력으로 전원이 일본으로 소환되어 히로시마에서 재판을 받았으나 왕비를 살해한 점은 인정되나 증거가 없다는 이유로 석방되었다. 이들은 명성황후 시해 사건으로 재판에 회부되긴 했으나 불이익을 당하지는 않았다. 오히려 일본에서는 이들 모두 영웅이 되었다.

고종은 1897년 국호를 대한제국으로 바꾸어 황제가 되었다. 그러나 고종은 헤이그 밀사 사건으로 일본에 의해 황제 자리를 1907년 아들인 순종에게 물려주고 1919년 일본인들에게 독살되어 65세를 일기로 오욕으로 점철된 생을 마친다.

명성황후는 1897년 명성황후로 추증되고 성대한 국장을 지내게 되었으나 1919년 고종이 죽자 금곡 홍유릉으로 이장되어 평생을 바쳐 사랑한 남편 고종의 옆에 텅 빈 관만 묻힌다. 그런데 일본인들은 명성황후 시해 사건을 훈련대에 뒤집어씌우고 박선(朴銑), 이주회(李周會), 윤석우(尹錫禹) 등을 체포하여 재판에 회부했다. 그들에 대한 선고문이 기록에 남아 있다.

피고 윤석우는 이해 8월 20일 오전 4시에 대대장 이두황과 중대장 이범래, 남만리의 야간훈련을 하라는 명령을 받들어 거느리고 있는 군사를 이끌고 동별영으로 출발하여 태화궁에 가서 지키다가 춘생문으로 들어가서 강녕전 뜰에 이르러 병정을 각 곳에 파견해 보내고는 광화문과 건춘문을 순찰하던 중 녹산(鹿山) 아래에 이르자 시체 하나가 불타는 것을 보고 하사(下士) 이만성에게 자세히 물었더니 궁녀의 시체를 태운다고 하였다. 그런데 그 이튿날인 21일에 궁중에서 떠도는 말을 듣건대 그날 밤 변란 때 중궁 폐하가 옮겨 갈 겨를이 없었고 궁녀 중에도 피해당한 자가 없는 것으로 보아 녹산의 연기 나던 곳은 결국 구의산(九疑山)이라고 하였다. 그래서 그날 밤에 대대장 우범선과 이두황에게 청하고 불타다 남은 시체에서 하체만 거두어서 오운각(五雲閣) 서쪽 봉우리 아래에 몰래 묻어버렸다고 하였다. 피고가 그날 밤에 군사를 이끌고 대궐로 들어간 것이 비록 장수의 명령대로 한 것이라고는 하지만 진상이 여러 가지로 의심스러울뿐더러 녹산 아래의 시체를 피고가 이미 충분히 알고 있었으니 더없이 중하고 존엄한 시체에 거리낌 없이 손을 대어 제멋대로 움직일 것은 스스로 크게 공경스럽지 못한 죄를 지은 것이다. 그러므로 이것을 모반에 관한 법조문에 적용시켜 피고 박선, 이주회, 윤석우를 모두 교형(絞刑)에 처한다.*

훈련대의 윤석우 소위가 타다 남은 뼛조각을 수습(일부)하여 녹원의 숲에 묻어 장례를 치를 수 있었으나 명성황후 시해 사건의 주모자(왕비의 시신에 손을 대었다는 불경죄)로 몰려 이주회, 박선과 함께 교수형에 처해진다.

고종은 일본의 강압으로 1895년 음력 11월 25일 단발령을 내린다.

"짐이 머리를 짧게 하여 모든 신민에게 모범을 보이니 너희들 대중은 짐의 뜻을 헤아려 만국(萬國)과 병립(竝立)하는 대업을 이룩하게 하라."

고종과 왕세자에 이어 대신들이 차례로 상투를 잘랐으나 단발령은 유림의 격렬한 반발을 불러일으켰다.

고종은 미우라 일본 공사가 일본으로 소환된 후 친러시아파인 이범진, 이완용과 비밀리에 협의하여 러시아 공관으로 탈출했다. 이것이 처 유명한 아관파천이다. 러시아는 고종을 보호하기 위해 수병(水兵) 120명을 입경시켰다. 일본 수비대도 즉각 비상경계에 들어갔다. 그러나 청일전쟁으로 군사력이 약화된 일본은 러시아와의 전쟁을 회피하여 군사적인 충돌은 일어나지 않았다.

고종은 러시아 공관에 도착하자 명성황후 시해 사건을 저지르고 명성황후를 폐비하라고 강요한 대신들을 살해하라는 명을 내린다. 피의 복수가 시작된 것이다.

"역도의 괴수 조희연, 우범선, 이두황, 이호진, 이범래, 권형진은 보는 즉시 참수하여 목을 가져오고 김홍집, 유길준, 정병하, 장박 등을 즉각 포살(捕殺)하라."

이로 인해 김홍집, 정병하는 경무관 안환에게 체포되어 오다가 광화문 앞에서 성난 군중들에게 맞아 죽게 된다. 군중들은 김홍집 등이 일본군과 결탁하여 명성황후를 시해하고 단발령을 내리게 했다고 믿었다.

어윤중은 용인군 장서리에서 한 주막에 들렀다가 그곳 백성들에게 타살되어 비참한 죽음을 맞이한다. 일설에는 어윤중이 죽은 곳이 속칭 어사리(魚死里)라는 말이 있다. 후일 사람들이 어사리라는 지명이 '어씨가 죽는다'는 뜻을 내포하고 있는데 어윤중이 하필 그곳에 피신 와서 죽었다고 기이하게 여겼다.

윤석우 소위는 명성황후의 뼛조각을 수습한 공로를 인정받아 1896년 고종이 아관파천을 하고 있을 때 군부협판으로 추증된다.

이하응은 1898년 음력 2월 2일 79세의 고령으로 운현궁 사저에서 유명을 달리해 파란 많은 일생에 종지부를 찍는다. 이에 앞서 이하응의 부인 부대부인 민씨도 숨을 거두었는데 그녀는 숨을 거두기 2년 전 뮈텔 주교로부터 영세를 받았다. 숨을 거두기 1년 전에 첫 영성체를 모셨는데 민씨는 조선과 조선 왕실을 위해 간곡히 기도했다고 한다.

필자가 명성황후의 파란만장한 일대기와 그의 시대를 다룬 《나는 조선의 국모다》를 쓴 것은 참으로 행복한 일이었다. 많은 사가들이 명성황후를 부정적으로 왜곡하고 매도해왔음에도 그녀는 필자에게 한국 근대사에 가장 큰 족적을 남긴 여인으로 아로새겨져 있다.

　원고 8400여 매를 메우는, 1차 집필 기간 2년이 필자에게는 짧으면서도 길었으나 명성황후에게 오롯이 바친 열정은 조금도 후회하지 않는다.

　명성황후는 조선의 국모로서 언제나 당당했고, 16세의 어린 나이에 왕비가 되었으면서도 무너져가는 조선왕조를 지키려고 몸부림치다가 일본인들에게 시해되었다. 그녀는 자신에게 불어닥치는 운명조차 거부한 조선왕조의 마지막 불꽃 같은 여인이었다. 그리고 20년이 지난 지금 소설을 대폭 수정하여 새로운 작품으로 발간하게 되었다.

　이 소설을 쓰면서, 혹은 소설을 완성한 뒤에도 틈틈이 그녀의 발자취를 찾아보곤 했다. 그 옛날 그녀가 태어난 여주군 능현리의 고색창연한 생가, 그녀의 성장 터 감고당, 왕비로서, 국모로서 30년을 보낸 경복궁과 창덕궁 궁궐 뜰. 이제 그녀의 모습은 어디에서도 찾을 수 없다. 그러나 때때로 필자는 대궐의 후원에서 그녀의 숨결, 그녀의 영혼을 느끼곤 했다. 대궐의 빽빽한 전각과 누각, 그리고 침전의 모퉁이를 궁녀들을 거느리고 돌아오는 그녀의 환영, 사각거리는 치맛자락 소리와 꽃잎이 피어나듯 부드러운 웃음소리, 무너져가는 왕조를 걱정하는 그녀의 한숨 소리……. 모든 것이 대궐에 먼지처럼, 공기처럼 떠돌고 있는 것을 느낀다.